中公文庫

スミルノ博士の日記

ドゥーセ
宇野利泰訳

中央公論新社

目次

第一章　発端　11
第二章　糊づけにされたページ　17
第三章　警官第三一七号　28
第四章　偶然　46
第五章　尋問　67
第六章　「あなたの奥さんです」　85
第七章　犯行の時刻　103
第八章　三人目の客　120
第九章　新しい事実　138
第十章　レオ・カリング援助を求める　156
第十一章　第二の銃弾　176
第十二章　犯人の名　191
第十三章　意外な展開　207
第十四章　深夜の冒険　216
第十五章　厚かましい侵入者　232

第十六章　新しい証拠　250
第十七章　手　紙　263
第十八章　犯人はだれか？　275
第十九章　告　白　297
第二十章　レオ・カリングの付記　309

ドゥーセ今昔　宇野利泰　314

本書の底本および翻訳について　316

解　説　戸川安宣　321

登場人物

レオ・カリング　著名な私立探偵。
ゲオルグ・トルネ　第一章の語り手。新聞記者。カリングの友人。
ワルター・スミルノ　法医学者・細菌学者。

アスタ・ドゥール　女優。スミルノの元恋人。
スティナ・フェルセン　ファビアンの妻。スミルノの元恋人。
ファビアン・ボールス　工業技師。スティナの夫。
ヘレナ・スンドハーゲン　資産家令嬢。スティナの友人。スミルノの婚約者。
ゴットハルド・ルネスタム　フィンランド人。アスタの恋人。

ヴェラ　アスタの娘。
シャルロッテ　アスタの女中。
サンデルソン　事件を担当する警部。
グリンマー　刑事。サンデルソンの部下。
ローランド　刑事。サンデルソンの部下。
警官第三一七号　スミルノと路上でトラブルを起こした警官。

スミルノ博士の日記

第一章　発端

その夜、レオ・カリングはきげんがよいとはいえなかった。疲れているのか、元気がなく、消えのこった煖炉の火をのぞきこんだままだ。ぼくも、なにかと話しかけてみたのだが、応じてくるようすもない。しまいには、こちらがいらいらしてきたくらいだった。

ぼくは六週間の休暇をとって、イェムトランドまで出かける予定を立てていた。そこで休養をとるあいだに、この著名な私立探偵がとりあつかった数々の興味ある事件について、一冊の書物を書きあげるつもりだったのだ。それには、ここでかれに、その奇怪な経験談のいくつかを語ってもらう必要があるのだが、肝心の本人が、暗い表情でだまりこんだまま、話にのってこようともしないのである[*1]。

ながいあいだ、会話が中断していたあと、ぼくはたまりかねて質問した。

「どうかしてしまったのか、きみ。なにか、不愉快なことでもあったのかい？」

「いや、そんなことはないよ。どうして、そんなふうに考えるんだ？」

「いつものきみとちがうからさ。からだのぐあいがわるいんじゃないのか？」

「とんでもない。健康そのものだぜ」

「すると、過労だな。ぼくはまえからにらんでいた。きみはいまのうちに、根本的な休養をとる必要がある。当分のあいだ、むずかしい問題は、すべて頭から遠去けなければいけないよ」

「たしかに、きみの見たところはまちがっていない。私立探偵なんて仕事をしていると、毎日が緊張と冒険の連続なんで、神経的にまいってしまうような時期が訪れることがある。ぼくもときどき考えるよ。なぜ弁護士稼業をやめて、私立探偵なんて仕事にとびこんでしまったかとね。犯罪事件の謎を解くのがおもしろくて、ついこの道に踏みこんだわけなんだが、いまとなって考えれば、まえの商売のほうが、まだしも気楽で、愉快だった。なんのために商売換えをしたかと、後悔しているくらいなんだ」

「しかし、きみのように冒険心のつよい人間には、これ以上適切な事業はないといえるんじゃないか」とぼくは反駁した。「平穏無事な市民としての単調な生活は、きみにふさわしいものでない。それこそきみは、自殺したくなるかもしれないぞ」

　かれはため息をついて、

「冒険もけっこうだが、あまり多すぎるのも考えものさ。このあいだじゅうは、スパイ検挙の困難な仕事と取組んでいた[*2]。やっと片づけて、コペンハーゲンからもどってきたところだが、するとどうだ。ぼくの帰りを待ちかまえている仕事がなんと、四つもあったんだぜ。そのどれもが、相当複雑な事件ばかりで、八日のあいだに、二件はいちおう解決したが、あとのふたつは、かなりの長期戦を覚悟しなければならぬようすなのさ」

「そのうちのどれかを話してもらいたいな」

「いや、それはできない。第一に、ぼくの使命を完全に果たしおえないうちは、どんな親友にも、手のうちを見せるわけにいかない[*3]。第二に、いまはそれを話している時間がないし、疲れてもいるんだ。このつぎのことにしてもらおう」

「それではこまるんだ」とぼくはいった。「ぼくはあす、山へ出かけて、六週間、休養をとってくる。そのあいだに、きみが私立探偵として、難事件を解決した手柄話をひとつ書きあげてくるつもりなのさ」

「光栄のいたりだと、礼をいうべきところだが」

「だから、手紙とか日記とか、そんなものを貸してさえくれれば——」

「日記だったら」とレオ・カリングは、椅子から身をおこして、「提供できるものがあるぜ。それには、きわめて興味ある内容がふくまれているんだ」

そしてかれは、大きな書類戸棚の引出しをあけて、古い記録やメモのたぐいをかきまわしていたが、しばらくして、黒い厚紙表紙のついたノートブックをとり出した。

「このなかには、いろいろな種類の犯罪の報告が記してあるんだ。ぼくはこれに、事件の発端から関係して、捜査当局と手をむすんで働いてきたんだ。この事件の特色をいうと、捜査当局は事件の最初から、いわば、犯人をその手中におさめていたのだが、ただ、それと知らずにすませていたところにある。そしてぼく自身は、長時間をかけた熟慮の結果、だれが凶行をおかしたかを悟ったが、判然とした証拠がないために、当分その見解を、自分ひとりの肚《はら》に秘めておくだけで、発表するわけにいかなかった。そしてそのかわり、いつものぼくとは、ちがった手段をとることにしたのだ。いや、そのくわしいことは、この日記に語ってもらうとしよう。これを書いたワルター・スミルノ博士は、すでに死亡しているので、発表したところでさしつかえないはずだから」

「スミルノというと」と、ぼくは、その名をくりかえした。「あの細菌学の権威として有名だった学者か？」

「そうなんだ。法医学者としても、わがスエーデンでは、もっとも優秀な存在だった。比類まれな犀利《さいり》な頭脳の所有者で、ああいうのを、真の天才的人物と呼ぶべきなんだろうな。その天才にふさわしい名声を確保はしたが、ただ惜しいことに、みずからえらんだ人生行路を完遂する直前で挫折してしまったんだ。われわれ私立探偵の活動が、このように複雑な事件において、その開始から最後にいたるまで、終始一貫して、事件の核心にタッチしていたことは、めったにない偶然といえるのだ。

この日記のなかでも、博士は事件の当初からの観察と、その印象とを書き記して怪奇な謎が解決するまでの経過を述べ立てている。そうなんだ、博士はサンデルソン警部から、死体の検案を依嘱されたんだよ。そうしたわけで、ぼくは博士と折衝があった。いわば博士は、ある期間、ぼくの活動の助手をつとめたような恰好だったのさ。かれがぼくという人間を、どのように判断していたかを見るのは、きみにも興味のあることだと思うね。その判断には、なんの遠慮もなく、率直でしかも辛辣きわまるものがあった。しかし、きみみたいに、ぼくの人物をよく知っているものから見れば、かれのするどい批判なるものも、ふき出さずにはいられぬところがあるかもしれないのだ。事実博士は、ぼくがこの事件の謎をとき、勝利を手にしたことに気づくと、この男、大言壮語するだけのまやかし的存在ではないと知ったらしい。さっそくその態度を変えたくらいだからな。

　これらの事情いっさいは、スミルノ博士の日記を読むことによってわかるんだ。きみがこの事件を書物にして発表しても、ぼくはとやかくいうつもりはない。ただし、小説的な潤色はくわえんでもらいたい。日記にしめされているように、事実をありのままに記述してもらいたい。きみ自身の言葉で、正確に書いてほしいのさ。

　日記に眼を通せばわかることだが、この殺人ドラマは、去年のはじめに幕をあげた。そこで、博士は、その一年まえから記入をやめていた日記を、事件の突発と同時に、再開することにした。見られるとおり、ずっと過去におけるいくつかの事実を記載したページは、糊づけにされてしまっている。スミルノ博士は婚約を機会に、それによって過去と一線を劃《かく》すつもりでいたのだ。それがあって、この日記はかならずしも読みやすいものではない。ぼくはできるだけ注意して、糊づけの部分をはがしておいたのだが、その点はいっこうにあらたまっていない。それにまた、この部分にあらわれている人名のうち、アンダーラインを引いておいた部分は、そこに登場する人物が、すべてのちにいたって、殺人事件に関係をもってくることになるし、同時にまた、日記の筆者の性質をあらわすエピソードをふくんでいるので、書き洩らさぬよう気をつけてもらいたい」

ぼくはレオ・カリングに感謝して、日記を受けとった。そして、休暇旅行に出かけると、さっそく読みはじめた。

二、三ヵ所簡略にしたことと、章別した点をのぞけば、日記の記述は、ほとんど修正をくわえることなく、ここに発表した。

そして末尾には、レオ・カリングが書きくわえた個所が見られるが、この数行によって、多くの点において前例のないこの怪事件の真相が、よりいっそうあきらかにされるものと信じるので、この高名な私立探偵の付記を、そのまま残存しておくことをゆるしていただく。

第二章　糊づけにされたページ

一九一二年　一月二十六日

ファビアン・ボールスは肚からの悪人だ！　長年のあいだ、ぼくの親友だと自分から称していたし、ぼくもまた、かれの友情を信じて疑わなかった――きょうという日がくるまでは。

しかし、いまやその仮面がはがされた。かれがつねづね、口にしていた友情は、とんでもないまやかしであり、偽装にすぎなかったのだ。

アスタ・ドゥールがぼくの女と知りながら、こそ泥のような陰険さで、彼女の心を奪い、ぼくに現場をおさえられると、ひらきなおって、反省の色も見せない。いや、それ

どころか、図々しくも、冷笑さえ浴びせてくるのである。怒ったぼくが、なんという恥知らず、なんといううそつきと罵ってみても、てんとして恥じ入るようすもなく、真正面からぼくの顔を見返して、せせら笑っているのだった。

……………………………………

しかし、ぼくはこの恨みを、ぜったいに忘れることはない。ファビアン・ボールスめ！　いつかまた、顔をあわせることがあろうが、そのときこそは——

一九一四年　七月九日

自分自身の心をままにするほどむずかしいことはないといえよう。しかし、現在のぼくは、完全に成熟した男であるのだ。だれの眼からも、優秀な人物と見られているし、医師としては、現在、一流のひとりに数えられているのである。

それでいて、婦人が相手となると、とたんに臆病になり、まるで、小学生かなにかのように、どぎまぎしないではいられないのだ。

きょう、ぼくとスティナ・フェルセンのふたりは、森を散歩して、すばらしいおもいを味わった。小鳥のさえずりと、光りかがやく太陽と……

きょうこそ彼女の耳に入れようと、ぼくはあらかじめ、肚をきめておいた。しかし、いざ顔をあわせてみると、そのあいだ、ひとこともそれに触れることができなかった。

熱烈な愛情の告白、ぼくの妻になってくれるかという質問、それらの言葉が、舌のさきで燃えていたのだが、ついに音にならぬままでおわった。

ぼくとスティナは、一千にもあまるさまざまな事物について話しあった。ぼくたちはいつものとおり、冗談をいって笑いあった。会話は生き生きと、いやがうえにも陽気になったが、心のなかに燃えているおもいを、彼女のまえに打ちあけることだけは、いよいよ不可能になっていくのを知るのだった。

おそらくそれは、あかるい昼の光、太陽が原因と思われた。ぼくを逡巡させていたのは――

それまでにも、幾度となく気づいたことだが、ぼくは性分として、あかるい陽ざしを浴びると、不思議なほど内気な、引込み思案になるのだった。ことに、そうした情景の下に、女性がひとりくわわったとなると、ぼくはもはや、完全な臆病者というにひとしかった。太陽の光線が、ぼくの感情と意識を無条件に制圧して、ぼくから大胆さと厚かましさを奪い去ってしまうのだ。

これが夜になるとか、たそがれ時であるとかして、月光か、人工的な照明の下に立つと、事情はまったく一変する。そのときは、本来の自分にもどり、婦人のまえでも、なんらものおじすることなく、思うがままにいってのけられる。若くて、熱い血が波打っている女性が相手のときも、どぎまぎしないで話しあうことができるのだ。

それが、あいにくなことに、スティナとふたりきりで、夜の時間をもつ機会に恵まれなかった。ふたりきりになることを彼女が承知したのは、きょうの森の散歩が、はじめてであるといってよかった――が、それも、陽光のさんさんとふりそそぐ下での散策であった。

彼女の家の戸口までもどって、いよいよ別れることになったとき、はじめてぼくは、不器用な試みをやってみる気になった。

「スティナ、きみはほんとうにすばらしい!」

ぼくはそういうと同時に、小学校の生徒のように、顔が赤くなるのを感じた。

彼女の返事は、おどろくほどひややかなものだった。

「つまらない冗談はおっしゃらないで」と、彼女はいった。「それに、これからは、あまりなれなれしい口をおききにならないでいただきます」

「なれなれしくてはいけない?」ぼくはびっくりしてきいた。「いままでぼくたちは、ずいぶん親しい口をきいていたじゃないか」

「それはわかっていますわ。ですけど、それも、きょうを最後にしていただきます。わたくし、来週、婚約を発表することにしましたの。ですから――」

「婚約する!」

ぼくは思わずさけんだ。

「ええ、そうなんです。あなたにしても、そうお考えなんじゃありません？　わたくしもそろそろ、結婚してよい年ごろになったって――」

「そ、それは――そうだが――」と、ぼくは口ごもった。「しかし、あまり突然の話で、おどろいた。ぼくは――ぼくは――考えてもみなかった」

「でも、それ、ほんとうなんです」と彼女は、あかるい表情でつづけた。「わたくしたち、これだけ親しくおつきあいをしてきたのですから、発表以前に、申しあげておくべきでしょう。わたくしの婚約者にしても、やはりその希望だと考えますので――」

　ぼくは思わず口走った。

「しかし、それはあまりひどすぎる！」

　彼女は肩をすくめた。いまさら、どうしようもないといった表情だった。

「その――婚約者というのは――だれなんだ？」

「技師のファビアン・ボールスですわ」

「ファビアン・ボールスか！」ぼくはまたさけんだ。「そ、そんなばかなことが！」

「なにがばかなんです？　ボールスと婚約しては、どうしていけないんです？」彼女は乙女らしく、くすくすと笑いながらききかえした。「わたくしたち、心の底から愛しあっています。婚約は、明後日、発表するつもりでおりますの」

「とんでもないことだ！」とぼくは、断固とした口調で、いってのけた。「あの男はいけない。スティナ、あれはきみの夫にふさわしくない人間だ。わるいことはいわないから、この話はとり消したまえ」

「まあ、なにをおっしゃるの？――頭が、どうかなさったのじゃありません？」

「そんなことはない。ぼくは正気で、忠告しているんだ。若い、魅力のある女性を、ファビアン・ボールスのような男の魔手から守るためにだ。あんなものと結婚したら、一生の不幸を招くことになる。とり消しなさい！　一刻もはやく、とり消すことだ！」

　しかし、彼女は負けていないで、強情にいいはった。

「先生！　あなたに、わたくしの選択を批判なさる権利がおありとは、夢にも考えていませんでした。なんとおっしゃろうと、わたくしの気持は変わりありません。ファビアンは実行能力のあるいいひとで、しかもわたくしを、心から愛していてくれるのです」

「ファビアン・ボールスは悪党なんだ！」ぼくは暗鬱な口調でさけんだ。「スティナ、きみはぼくの忠告を、すなおな気持できくべきだ。ぼくはけっして――」

　だが、スティナ・フェルセンは、くるっとぼくに背をむけて、つぎの瞬間、ドアが音を立てて、彼女の姿をかくしてしまった。


…………………………………

　ぼくは打ちのめされて、絶望のあまり、なにごとも手がつかなくなってしまった。自殺する心境が、はじめて理解できるのだった。

……………………………………………

ファビアン・ボールスが、ぼくの行手をさえぎり、ぼくを絶望の淵へつき落としたのは、これが二度目のことだった。生かしておけるやつではない！

……………………………………………

一九一四年　十二月五日

いま、スティナの結婚式からもどってきたところだ。

どのようにして、ファビアンへの憎悪の念を、おさえつけることができたのか、いまだに理解することができない。挙式のあいだ、ぼくの内心は煮えくりかえっていたのだが、すくなくとも表面だけは、平静をつくろいつづけるのに成功した。

花婿は例によって、陽気にしゃべりまくっていた。大言壮語するようすも、平常とまったくかわりがなかった。花嫁はそれに反して、いつになくものしずかで、元気がないように思われた。式のあいだ、一度もその唇が、微笑にほころぶところを見なかった。顔色もきわだって蒼ざめていた。スティナがこのように、だまりこんでいるのは、ぼくとしても、見たことがなかったくらいである。

おそらくは、すでに後悔しはじめているのではなかろうか。

……………………………………………

結婚式にあたって、新郎の介添えをぼくにたのんできたのは、スティナのほうだった。彼女にたのまれて、断ることができようか！　そのうえぼくは、彼女のために約束した。ファビアンへの旧怨を忘れて、彼女のいわゆる《古くからの友情》へ立ちもどることをである。

それは彼女が、いまだにぼくは、彼女を愛しており、このさきもまた、いつまでも愛しつづけるであろうことを知っていないからだ。これは彼女ばかりでなく、ぼく以外のだれも知らないことであり、いつまでも知らずにすますことなのだ。つまりはぼくひとりの永遠の秘密であるのだ。

その点、ぼくが孤独の人間であり、だれからも、内心をのぞきこまれることがないのが幸福だった。ぼく自身のほか、ぼくがなにを考え、どのような過去の追憶のうちに生き、どのような思想と希望をいだき、どのような未来を夢み、どのような問題に頭をついやしているかを知るものはないのである。

ぼくは《ぼく自身》とだけの孤独に生き、《ぼく自身》を研究することに満足を感じていた。おのれの神経が、どの程度に強靭であるか、ぼくの筋肉の弾力性、明快尖鋭な思考の力がどれほどのものであるか、それを試すことにだけ、この世に生きる興味を感じていたのだ。

……………………………………

スティナの結婚式のとき、新婦の介添えをつとめたのは、まれに見る美しい女性だった。それまでに知ったどの女ともちがった型で、名をヘレナ・スンドハーゲンといい、非常な資産家の令嬢とのことだった。

食後、ボールス夫人が——いまでは、そう呼ばないわけにいかないのだが——ぼくの耳もとでささやいた。

「スミルノ先生、ヘレナこそ、あなたにふさわしいひとですのよ。お近づきになったほうがよろしいわ」

……………………………

一九一五年　一月十八日

ぼくは破産した。

あの呪うべき大戦が、すでにぼくを、どん底につき落としていた。それがさらに、去年の夏には株式相場に手を出して、自分の資産の二倍にあたる株式を買いこんだ。そのためには、当然借財をしているのだった。

いま、その株式を、買入れ価格の半額で、売りに出さねばならなくなった。——ぼくは完全に、無一物になった。

一九一五年　二月二十日

ぼくはヘレナ・スンドハーゲンと婚約した。

しかし、それはかならずしも、彼女の財産が目当てであったわけではない。彼女がぼくの妻にふさわしい女性であることを確信していたし、山猫にも似たこのような無軌道娘を飼い馴らすことは、愉快な仕事に思われもしたからである。

事実、ヘレナはほかの若い女性とは、まったくちがった性格だった。ぼくが彼女にひきつけられたのは、その点だったのだ。彼女の頭には、あふれるほどの思想がひしめいている。ぼくはこれまで、彼女ほどの若さで、ああまですぐれた意見と、あのようにしっかりした信念をもっている女性を見たことがないのだ。

ぼくは彼女を、無軌道娘の面からはなれて、まじめな思想と信念の持主として応対し、

それによって、彼女の心を獲得することができた。

いまとなっては、すべての過去を忘れ去らねばならない。なんの役にも立たぬ過去を

想い出さぬために、ぼくは日記のページを、糊づけにしてしまうつもりだ。

後日、このページをひらいて読むものがあれば、かれはこれによって、ぼくを批判することになろう――自分のものとはなりえない女性を愛し、その女性のため、なんの躊躇もなく、おのれの命を捨てて惜しまない――それでいて、ほかの女性と婚約した、このぼくのことを。

ぼく自身、その理由がわからないのだ……

ただ、ひとつだけ、はっきりしている理由がある。それは、ぼくは貧困に堪えられぬ人間だということである。財産をもたなければならぬ——おびただしい資産を！　そのためにぼくは、すべての考慮をはらった。

だからといって、ぼくにはヘレナを幸福にすることができぬと、だれがはたしていえようか？　——けれど。

第三章　警官第三一七号

一九一六年　二月十三日（日曜日の朝）

昨夜は一睡もしていない。それでいて、眠ることはできそうもない。死ぬほど疲れきっているのだが、それも、からだばかりでなく、頭脳もまた、うごこうともしない。昨夜、とつぜん出っくわすことになった奇怪な謎について、その意味を悟ることにつとめていたので、はげしい疲労を感じていたのだ。しかも、この過労した頭のなかへ、昨夜経験した異常な事件が、くりかえしくりかえしあらわれてくるのだった。

この灼熱してしずまるようすも見せない思考から遠去かり、偶然かかりあうことになった人生悲劇の、いたましい光景を忘れ去るために、この古い日記をとり出すことにした。事件の経過を書き記してみようと考えるのだ。

ほとんど一年ちかく、この古い日記をしまったままにしておいた。婚約の日に書いたのが最後であるし、あれ以来、ぼくの気持を打ちあける相手ももたなかった。糊づけにしたページが、ものいわぬ言葉で、かつておこった事実を、ぼくに話しかけてくる。記憶はふたたびよみがえってくるが、そのページになにが書いてあるかは、ひらいて読むことのできぬいまとなっては、正確に考えることさえできない。

とはいえ、二度までもぼくの生涯に、怪しからぬ妨害をくわえた男のことは、いまだに記憶がなまなましい。そしてまた、あるひとりの女性についても書き記した。——いや、なお二、三、ほかの女性についても——

不思議なことだが、これから書きつけようとしている事実は、どれもこれらの女性に関係があるのだ。ぼくのかつての人生に、大きな役割をはたしたこれらの女性、ぼくが無理にでも、忘れ去ろうとつとめているそれらの女性に——彼女たちが、ふたたび古傷から浮かびあがってくる。どすぐろい血をしたたらせて、容赦なく、あかるい陽の光のなかにあらわれる。若き日のかずかずの愚行が、想像上の、そしてまた現実の悩みが——

古い日記をまえにするくらい、神経を興奮させるものはない。それはちょうど、なにひとつかくすことなく、心の底まで打ちあけることのできる親友とむきあったような気持に似ている。

だが、これからぼくが書こうとしている事件、昨夜からけさにかけての出来ごとは、非常に異様な面が多くて、どこから書きはじめてよいものか、ぼくとしても迷わざるをえない。子供っぽい、悪ふざけにちかい場面が、とつぜん、血なまぐさい悲劇の舞台にかわって、ぼく自身、おどろかされたものであるのだ。

現在のぼくは昨夜の事件が、すべて夢であってくれたらと考えている。このようなおそろしい出来ごとが、この平和なストックホルムの街におこるとは、真実とは考えられぬくらいで、事実この都会で、重大犯罪の話をきくのは、めずらしいことなのだ。いわんや天才的な名探偵が、その犀利な洞察力と、機敏な行動力を駆使して、その解決にあたらねばならぬような事件は、まだこれまでに、聞いたことがなかったものである。

とにかく、ぼくはこれを、そもそものはじめから書きしるしておくことにする。

ぼくが警官第三一七号とのあいだにおこしたいざこざは、だいたいにおいて、冗談にすぎなかったといえるのである。いささかいたずらの度がすぎて、おとなげなかったといえるかもしれぬが、ふかいわる気があったわけではない。

その夜、ぼくはほろ酔いきげんから、すこしばかり巡回中の警官にからんだが、それがこの警官三一七号をひどく怒らせた。それくらいのことで、どの警官も、かれのように振舞うかどうかは、これがはじめての経験だけに、ぼくは知らない。しかし、この警官は、仮面舞踏会から帰りがけの男の上きげんにたいして、あまりに思いやりがすくなかったということはできよう。

なにが理由でかれを怒らしたのか、ぼくはいまだに理解できない。かれはそのとき、クング街とドロートニング街のかどに、ヒンデンブルグ将軍の立像みたいな恰好で、直立していたのだが、ぼくはかれに近づくと、急いで黒絹の仮面をかけた。それがかれの気にさわった原因かとも思われる。あるいは、葉巻の火が消えたので、もう一度火をつけようとして、なんの前おきもいわずに、いきなりマッチを貸せといったからかもしれない。

いずれにしても、ぼくの行動がかれの眼に、すこし異様なものとうつった。ぼくとしては、巡回中の警官が、その程度のことで侮辱を感じるとは、予想もしていなかった。おそらく、夜分になると、かれはいつも、そういった気持になるのではないか。それとも、肌を刺す二月の夜風が、すでにかれの心を苛立たせていたのかもしれない。

功一級の鉄十字章でも授けるような態度で、かれはぼくの手に、こわれかかったきたないマッチ箱をわたしてよこした。

警官はそれに、マッチがいっぱいつまっていたと主張しているが、ぼくもまた、誓っていうことができる。事実はそこに、ほんの数本のマッチしかはいっていなかったのだ。それがまた、かれの言葉によると、ぼくは泥酔していたので、その間の実情がわからないとのことになるのである。

ぼくの利益からいうと、むしろ警官が、マッチ箱など貸してくれようとしなかったほうがよかったのだ。昨夜はけっきょく、ぼくの葉巻には、火をつけることができずにおわったからだ。とにかくぼくは、警官がさし出したマッチをつけようとすると、数すくないそれが、ぼくの手からすべり落ちて、たちまち風に吹き飛ばされてしまった。

ぼくはさっそく詫びをいった。他人に失礼なことをしたとき、ぼくはかならず謝罪することにしている。ところが、それもこの警官にたいしては、なんの印象もあたえなかったようで、かれはぼくを罵った。罪のあるのは、ぼくでなくて、風なのだが、かれは風にではなく、ぼくをどなりつけた。

ぼくはかれの気持をやわらげるために、葉巻を一本、さし出した。ところが、ぼくの葉巻ケースは、かれの手にとどくかわりに、その力づよいこぶしで、すでに地上に散乱しているマッチの軸の上に落ちた。

これはけしからん、とぼくは思った。ケースが落ちる瞬間、それが空であることに気づいてはいたが、しかし、それがぼくのものであることは疑いない。ぼくの性分として、平素はこのようなそそっかしいまねをしないのだが、結果論としては、なかを見ないで、さし出すという失態を演じてしまったのだ。

「おや、おや、きみ、そのケースをひろってくれたまえ」

ぼくができるだけ、命令的な口調でいうと、かれは聞こえないふりをして、

「家へ帰って、ベッドにはいることですな」といった。「あんたはひどく酔っておいで

だ」

「葉巻ケースをひろいたまえ」

ぼくは相手の言葉には返事をしないで、さっきの要求を、頑強にくりかえした。

「いやです」警官は冷笑するようにいった。「あんたが自分でひろったらいいでしょう。警官をからかうというのは、よくない冗談ですぞ」

ぼくはただ、警官の毛皮帽を、鋪道の上にたたき落として、ぼくの葉巻ケースの仲間にさせようと思っただけなのだ。考えてもみるがいい。なんのためにぼくが、警官の頭を殴る必要があるというのだ。しかし、ぼくの手はすこしばかりふらふらしていたので、ちょっとしたはずみから、力いっぱい——ぼくはこれで、相当腕力がつよかった——警官の耳のあたりをひっぱたく結果になった。じっさい、はずみほどおそろしいものはない。この公共の治安を守る番人は、足を宙に、ぶっ倒れてしまったのだ。

ぼくが、それと気づく間もおかせず、呼笛が鳴りひびき、べつの警官がふたり、きっかけを待っていた俳優みたいに、突如、ぼくのまえに登場した。つづいて、警察のすばらしい機動力を証明するように、警察自動車までが駆けつけた。弁明もなにもあらばこそ、ぼくはそれへおしこまれ、もよりの警察署へ連行されてしまったのだ。

そこで、警官三一七号は、署長に事情を報告した。これもまた、ぼくをおどろかせる事実の一部だった。かれは顔をまっ赤にしながら、小説作家も羨望を感じるような空想ゆたかな描写力をもって、かれが犠牲者となったその夜の出来ごとを述べ立てるのだ。

ぼくがマッチと空の葉巻ケースをあやつったのは、巡回中の警官に近づき、その眼をくらまし、殺人にうつろうとする奸計である。仮面を携帯していたので、当初から、その意図をもっていたことが立証されるというのだった。

叙事詩でも歌いあげるような調子で、警官が報告をつづけていくうちに、ぼくはいつか、仮面をつけた暗殺団の一員に昇格していて、たまたま通りあわせたふたりの警官によって、凶行が阻止されたという事実が証明されているのを知った。その報告が、あまりにも力づよいので、自分としては、反駁することさえできなかった。このようにたくみに立証されたのでは、一ダースの人間を殺したと論告されても、ぼくにはとうてい、異議を中立ることはできそうにもなかった。

かくて、警官三一七号が、その絵画的報告を述べおわったときには、ぼくは思わず、嘆賞のさけびをあげないではいられなかった。

「すばらしいものだ！」と、ぼくはいった。「久しく聞いたことのない大弁説でしたよ。できれば、もう一度、くりかえしてほしいくらいですな。こんな愉快な思いをしたことは、最近にないことだ」

ぼくは愛想よく、賞讃の言葉を送ったつもりだったが、それは警官の雄弁を称えるものとは受けとられずに、かえって警官を侮辱したものと解釈された。警官三一七号は、つつかれた犬のように、興奮してどなりたてた。署長だけは、興奮に巻きこまれず、軽蔑した口調をたもっていった。

「この男は、いまだに酔いがさめずにいるのだ」

ぼくはかるく会釈してからいった。

「ぼくはきみたちの崇高な職務を尊重して、きみたちの意見に反対は唱えないつもりですよ」

とたんに署長は、声に怒りをあらわして、

「きみはなんというんです？」

「ワルター・スミルノ」と、ぼくはこたえた。「医師です。一八八三年十月一日、ストックホルムに生れて、未婚です。職業上の地位は、相当のものであると自認しているし、処罰は一度も受けたことがありませんよ」

「すると、これが第一回だというんですね？」

と署長は、嘲笑するようにいった。

「お言葉のとおりですよ」

と、ぼくは、それでも、ていねいな口調になってこたえた。

「あんたの大胆なことにはあきれましたよ！」と署長はさけんで、こぶしでデスクを、力いっぱいたたいた。「するときみは、いまの報告を承認する気ですね？」

「ぼくがそれを承認すると、なにかの意味があるんですか？」

「承認しようがしまいが、どっちみちきみに罪があることはわかっています」

「だったら、こういわせてもらいましょうか。警官三一七号のゆたかな空想力と、たぐいまれな描写力に驚嘆させられたことはたしかだとね」

「きみはそれで、さっきの報告を否定しているつもりですか？」

「とんでもない。否定なんかしませんよ」

「するときみは、警官を殴り倒し、地に匍《は》わせたことをみとめるんですね？」

「警官にどいてもらわないと、そこにかがんで、葉巻ケースをひろいあげることができませんでしたからね。そのためにぼくは……」

「よけいなことはいわんでもよろしい」警察署長は、われを忘れてさけんだ。「するときみは、巡回中の警官に、暴力行為をおかしたことになる」

「いや、それは断固として、抗議しますぞ。この警官は、巡回などしていなかった。塀によりかかって、立っていただけで、ぼくは最初、パウル・W・ベルクストロームの広告画だと思ったくらいですよ」

　ある種の人々にとって、自分をおさえることほど、むずかしい仕事はないのだ。署長にはそれができなかったし、警官もまた同様だった。ぼくがそういったつぎの瞬間には、ふたりして口々に、ぼくの卑劣な行為を攻撃しだし、カラスのようにどすぐろい性格だと罵り、そして常習犯の特性を、ぼくにおしつけてしまったのだ。

ふたりはどちらも、まったくおなじ言葉をがなり立てた。しばらくして、われに帰った署長は、しゃべっているのが自分だけでないことに気づいて、もう一度、拳骨でデスクをたたいて、警官をだまらせた。

「尋問をしているのは、おれなんだぞ」

とかれは、おのれの地位を悟らせる口調でさけんでから、またもぼくのほうへむきなおって、

「するときみは、警官を殴りたおしたことはみとめるんですね?」

「その点は争いません」と、ぼくはこたえた。「ぼくはやむをえず、平手打ちをくわしたんです。しかし、かれは当然、殴られるだけのことをした、ぼくの葉巻ケースは……」

遺憾ながら、ぼくにはそれ以上、それについて語ることがゆるされなかった。ぼくがここへ連行される誘因となった葉巻箱は、それを見るだけで、かれら警官に不快な気分をあたえるもののようで、ぼくがそれに触れると、相手はすぐに、口を封じてしまうのだった。要するにかれらは、ぼくの眼から見て重要と思われることをあきらかにしようとしないで、たいした意味のない些細な事実について、根掘り葉掘り、説明を求めるのだった。たとえば、警官三一七号に出会うまで、夕刻から夜分にかけて、どのような行

動をとったかというようなことをだ。

手続上の必要があったのかもしれぬが、署長はぼくが路上で、仮面をつけていた理由を、くどいほど追求した。つまりかれは、ぼくがどこかの仮面舞踏会に出席したにちがいないと推察して、無器用な質問ぶりで、その放恣《ほうし》きわまる会場の模様を、ぼくの口からきき出そうとしているのだった。

しかし、かれの好奇心は、ぼくの説明でみたされることはできなかった。ぼくは、《ナチオナール》に行ったことを打ちあけたにしても、それだけでは、かれの希望に添うことにはならない。婚約中であるぼくが、それ以上の真実を語るわけがなかったからだ。

そのうえ、ぼくはその仮面舞踏会に、だれにも知れぬように出席して、見物人の立場にいただけであったのだ。ぼくはできるだけ、人目に立たぬように、背後にひっこんでいたのだが、それでも、まったく思いもかけぬ女性に出っくわしてしまった。この女性だけには、会いたくないと考えていたのに……それは、かつてぼくと関係のあった女優、アスタ・ドゥールだった。

マスクのおかげで、アスタにはぼくがわからなかった。それに、アスタは相手の男に夢中になっていたので、ほかのことにまで気のつく余裕がなかった。その相手とは、だれあろう――ファビアン・ボールスだった。

アスタとファビアン！

ファビアンは結婚してから、まだ一年とたっていない。それだのに、またもかれの浮気な生活がはじまっていたのである。

が、それがぼくをおどろかしたわけではない。この男に、このような行動があるのは、はじめからわかっていたことで、げんにぼくは、それをスティナに忠告しておいた。彼女がそれを、聞こうともしなかっただけで、いつか彼女が、後悔することになるのは、予想されていたのだった。しょせんは自分に、罪があるといえるのだ。

ファビアンはアスタにうつつをぬかしているように思われた。あいかわらず女は、その魅力を発揮しているにちがいない。ぼくがどこにも傷を受けずに、彼女の爪から逃れることができたのはむしろ幸福というべきなのだ！　ファビアンもそのうちに、髪の毛までむしりとられることになるにちがいない。そして、ぼくは心から、かれがそのような目にあうことを望んでいる。スティナのような女性をあざむくことは、ゆるすべからざる罪悪だからだ。

しかし、それはここで書くべき事がらではない。すくなくともぼくは、このときの尋問にさいして、ぬけめのない質問をさんざん浴びせられたが、それについては、ひとことも洩らさなかった。仮面舞踏会へ行ったことを、あたまから否定してしまったのだ。

やがて署長も、いくらきき出そうとしても意味がないと見てとって、質問を打ちきることにした。なお一度、無言のまま、聴取書に目を通してから、結尾のところだけを、大声で読みあげた。

「各方面より尋問を行なった結果、被告はつぎの事実を自白した。警官第三一七号に、暴行をくわえて、人事不省の状態におち入らし――」

そこで署長は、当然ぼくの口から抗弁がとび出すものと思ってか、ちょっと息を入れた。しかし、それはなんの意味もなかった。ぼくのほうは、すでにこの取調べに、退屈を感じていたので、はやく釈放してもらいたい気持でいっぱいだったのだ。

「科料はどのくらいになりますか?」

ぼくはおとなしくきいて、紙入れをとり出した。

「いやいや、そうかんたんに、釈放するわけにはいきませんぞ」

署長が確信をもった口調でいうと、そばで警官が嘲笑した。

「そうですか」とぼくはいった。「ぼくにとっては、どうでもいいことですが、なんにしても、時間がおそいですからね。三時を十五分もすぎているんですよ。帰らしてもらって、いい時間ではないでしょうか」

署長は肩をそびやかした。路上でぼくと闘った警官は、もう一度、大きな声で笑った。

「するときみは、おそい時間だということが、いまはじめてわかったんですね?」と、署長はいって、「では、あの街筋で、この警官に出会ったのが、何時だったかもわかっているんですか？」

　ぼくは尋問がおわったものと信じていたので、この質問は余分なものだと考えた。何時に警官に出会おうが、どうでもいいことではないか。当然ぼくはだまっていた。

「わからないんですか？」署長はがなり立てた。「それ、何時でした？」

「それは、警官に聞いてもらいましょう」

　ぼくは用心して、そのようにこたえた。何度となく新聞で読んで、うっかり警官の言葉と矛盾することをいうと、官憲を偽ると非難されるからだ。

　警官はしばらく考えこんでいたが、この男はいざこざをひきおこしてから、およそ十五分のちには、検挙されている。それから、警察署へ連行されたのが二時四十分で、そこまでの道のりは、だいたい五分と見てよいだろうと説明した。

　この警官の計算によって、最初ぼくがかれに話しかけたのは、午前二時二十分ということになった。

　まえにも述べたように、警官三一七号は、報告を敷衍《ふえん》することにかけては、驚嘆すべき才能をもっていた。いつかそれが、署長にものりうつったとみえて、ふたりしてもう一度、聴取書をはじめから読みなおしてみて、なにかと書きくわえ、それによって、さらにまた、質問を補った。

　ぼくはくりかえして、あくびをしてみせたが、いっこう気にしてくれなかった。そして、やっと釈放されたのは、すでに夜が白みかける午前四時頃になっていた。

　ほっとして、ため息をつきながら、ぼくはふたたび、街頭に出た。じっさいのところ、一時はぼくも、その夜は監房であかさねばならぬのかと覚悟していたほどで、釈放と聞いて、自由の身になれたことをよろこんだくらいだった。

　警察署のながい取調べで、ぼくは新しい経験をつけくわえた。つまり、冗談もほどほどにする必要があるという教訓である。しかもそれを、警官相手にやってのけるのは、危険なはなしであると後悔した。この子供っぽい争いのおかげで、せっかく《ナチオナール》の舞踏会で愉快になった気分が台なしにされてしまった。

　現在のぼくは、冗談ごとに笑い興じていられる気持ではなかった。

　この夜の冒険が世間に洩れて、許婚者《いいなずけ》の耳にでもはいったら、どういうことになろうか？　世間の連中は、ことスキャンダルとなると、どんなにうるさいものか、ぼくにはよくわかっていた。
　二、三日たつと、おそらく警察から、呼出し状が舞いこむにちがいない。それはさっそく、警察新聞に報道され、つづいて各新聞に載ることになるだろう。
　はじめてぼくは、とんだことをしたものと後悔した。そしてぼくは、もう一度ひっかえして、ふたりの警官に面会をもとめ、この事件をもみ消してくれるように歎願してみようと決心した。弁解と、事件にふさわしい賠償金は、いくらでも払わしてもらうからというつもりだった。

しかし、運命とは不思議なもので、これがはからずも、街頭で問題をおこした相手に会うかわりに、刑事課へとびこんでしまう結果になり、ひいてはそれが、その夜発生した奇怪な殺人事件の渦中に、ぼくが投げこまれることになったのだ。

ぼくがちょうど、警察署へひっ返したとき、一台の自動車が、署のまえでとまった。降り立ったのは、警官と夜警、それに婦人がひとりであった。婦人は不安のあまり、足どりもおもく、立っているのがやっとといったかたちで、うめき声をあげたり、むせび泣いたりしているのだ。

「放してください！」彼女はむせび泣きとともにいった。「おねがいです。つかまえないでください。わたしがしたのではありません、わたしがあんなおそろしいこと、するわけがありませんわ！」

声に覚えがあった。すばやくぼくは走りよって、電燈の光で、婦人の顔を見た。

それは、スティナ・ボールスだった。

おどろきのあまり、ぼくは呆然と、つっ立ったままだった。

つぎの瞬間、ほっておけぬことだと悟った。両手をつき出して、警官のうごきをさえぎって、

「なにかのまちがいにちがいない」と、ぼくはいった。「この婦人は――」

「じゃまをしないでくださいよ」と警官が、はっきりした声でさけんだ。「警察の行動を妨害してはいけませんぞ」

スティナはすぐに、ぼくをみとめた。希望の光が、涙のあふれているその頬にかがやいた。ふたりの男の手から脱れて、ぼくのほうへ走りよろうとしたが、無慈悲にもおさえられてしまった。

「これはいったい、どういうことなんです?」と、ぼくがきくと、

「まあ、先生でしたのね。これは、まちがいなんです。とんでもないまちがいなんです!」と彼女はさけんだ。「救ってください! わたしを助けてください」

そういった瞬間、彼女は意識を失った。

「ぼくは医者です」と、熱心に説明して、「ぼくに、警察の行動を妨害する意図があるわけはありません。ただ、この婦人の介抱をしたいだけです。医師としてのぼくを役立たせてくれませんか?」

警官はうなずいて、

「それもいいでしょう」と、いった。「では、いっしょにきてくれますか、先生。われわれは刑事課へ行くところですが――」

「刑事課ですって?」とぼくはさけんだ。「いったい、どんなことがおきたんです!」

「殺人ですよ」と、警官がいった。「この婦人が、犯人と思われるんです」

ぼくはまたさけんだ。

「そんなばかなことがあるものか！　ボールス技師の夫人が、殺人をおかすなんて！　なにかのまちがいだ。で、殺されたのは、だれなんです？」

「アスタ・ドゥールという女優ですよ。今夜、自宅で、射殺されたんです」

第四章　偶　然

アスタ・ドゥールが殺害された！

ぼくは彼女を、最前、《ナチオナール》で見たばかりではないか。いつもながら、あふれるばかりの才気と、あかるさを武器に、ファビアン・ボールスを夢中にするために、その魅力を、十二分に発揮しているのを見たところだ。彼女の誘惑の手口を、ほかのだれよりもよく知っているぼくには、同時に彼女のねらいがどこにあるかも、はっきりと見てとることができたのだ。結婚している男性をまどわして、妻に不実な男にすることが、アスタにはなにより勝利の気分を味わわせるとみえる。事実彼女は、めったにその試みに失敗することがなかった。

しかし、その危険な女が死んだのだ。この真夜中に、自宅で殺されたのだ。そして、ファビアンの若い妻が、その兇行の嫌疑で、警察に拘引されている。おそろしいことではないか！

だが、彼女の夫は、どこにいるのだろうか？　今夜、アスタ・ドゥールの相手をしていたファビアンは、現在どこにいるのだろうか？　かれはその妻に、現場をおそわれたのであろうか、嫉妬にくるった妻によって――？

いや、そのようなことがあるはずはない！　スティナ・ボールスは、そのような女ではない。ものしずかな、やさしく、おとなしい、知性にみちて、あたたかい血のながれている女性である。嫉妬のあまり、復讐手段に出るようなことは、彼女の場合、考えることもできないのだ。

しかし、現実には、悲劇がおこっていて、その渦中に、どうしたわけか、ボールス夫人が巻きこまれている。いま、その理由を臆測して、頭をひねってみるのは無意味である。ぼくは警官に質問してみたが、返事を聞くことはできなかった。しばらくは辛抱して、待つ以外に方法もないようだ。

気を失った彼女は、警部の部屋へ運びこまれて、ソファの上に寝かされた。ぼくはすぐに、意識を回復させる手当てを行なった。そのあいだに、ぼくはとなりの部屋でかわされている談話を洩れ聞いた。それはこの殺人に関したもので、それによると、犯行の現場には、目下、捜査班が出張中で、間もなくサンデルソン警部がもどってくるであろう。そのときは、ボールス夫人の尋問が開始される手筈になっているというのだった。

事件がサンデルソン警部の担当ときまったことは、ぼくにとって好都合だった。年来の知己ではあるし、以前にも、二、三度法医学的知識を必要とする厄介な条件で意見を求められたことがあるので、尋問のさいに、立ち会わせてくれといえば、断わられるおそれはなかろう。それに、スティナにはだれか、支えになる人間が必要だ。

彼女が意識をとりもどすまでには、かなりの時間がかかった。彼女がつぶらな黒い眼をしばたたいて、しばらくは周囲をきょときょとと、見まわして、徐々に記憶を呼びもどしていったようすを、ぼくはいまだに忘れることができない。そのあと、ぼくの顔に視線が落ちると、不思議そうに、じっとみつめた。ぼくは思わず涙ぐんで、

「大丈夫ですよ、ボールス夫人、落ちつくことです」と、ささやいた。「そして、なにがおこったのか、話して聞かせてください。なにかの方法で、お力になってあげられると思いますから」

はじめは、彼女の口から、返事が洩れなかった。はげしく泣きつづけるだけで、完全に、平常の冷静さを失っていた。

ぼくはもともと、不必要に、他人の問題に介入したがるタイプの人間ではない。しかし、いまはちがう。ボールス夫人の身に、おそろしい災厄が見舞ったのだ。ぼくの友人であり支持を必要とするかよわい女性が災難に出会ったのだ。ぼくは医師として、そしてまた友人として、義務をつくさねばならぬ。

「どうして、このようなことになったか、話してみてください」ぼくはもう一度、くり

かえしていった。「あなたが、何故こんなところへくることになったか、わけを聞きたいのです。人の話だと、殺人事件がおきたようですが、まさか、それに関係があるわけではないでしょうね？」

彼女は身ぶるいをした。

「おそろしいことなんです！」彼女は大きく、吐息を洩らして、「わたくし、ファビアンをさがしに、――あの女のところへ行ったのです――あの女の家へ」

と、彼女は、軽蔑を露骨にしめして、そういった。

「わたくし――最初、電話をかけましたら――あのひとの声が聞こえたもので」

「だれの声です？　ファビアンのですか？」

「ええ、ファビアンの声が――」

ぼくは唖然とした表情で、さけんだ。

「じゃ、あなたは殺された女優の家へ、電話をかけたのですね？　真夜中に――？」

「ええ」

と、聞こえぬくらいの声がこたえた。

「で、ご主人が電話口へ出たというのですね？　それ、まちがいありませんか？」

「まちがいなんかありませんわ。はじめ、ひとこと返事をしましたが、すぐに、だまりこんでしまいました。わたくしの声がわかったのでしょう」

「可哀そうに」

ぼくは口のなかで、かすかにつぶやいた。しかし、彼女はすばやく聞きとって、

「あまりのことに、びっくりしてしまいました。結婚して、いくらもたっていないのに――」

ぼくはさっそく、口を入れた。

「だからあのとき、忠告したでしょう」

「あのときは、あなたの言葉が信じられなかったのです。男というものが、そうまで卑しい気持のものか、世間がなんといおうと、信じる気になれませんでした。ことに、ファビアンのことになると、よいこと、美しいことばかり考えられて――それがこんな――」

彼女は両手で、顔をおおった。

「いや、あなたが考えるほど、わるいことではないのじゃないかな」と、ぼくは彼女を慰めた。「これにはなにか、事情があるにちがいない。結婚している男が、芸界の女を訪ねたとなると、きっとなにか、ぼくたちの知らない理由があったにちがいない」

しかし、彼女は首をふって、

「でも、あのひとたち、夜の食事を、いっしょにしていますのよ」

と、ぼんやりした声でいった。

「どこからそれを知りましたか？」

「わたくし行ってみたのです」

「この夜中に？」

「ええ、わたくし、行ってみました。あのひとのところ——ええ、あの女の家へ行きました。ついたときは、ファビアンの姿はありませんでした。帰っていったあとなんです。そして、女が——女が血まみれになって、倒れていました。——殺されているのです——台所の外で」

「ぼ、ぼくには——よくわからない」

とぼくは、口ごもった。

「最初はわたくし、ぼんやりしてしまって、身うごきもできず、つっ立っていました」と、彼女はつづけた。「でも、ショックからわれにかえると、夢中で、階段を駆けおりました。外へ出ると、はじめて恐怖を感じて、大声でさけんだものとみえます。夜警が駆けつけ、つづいて警官がとんできましたが、わたくしがなんと弁明しても、聞いてくれるようすがありません。わたくしが殺したのだといいはっているのです」

　この最後の言葉は、聞きとれぬくらい小さかった。

「こういった事件がおきると、とかく、警察官という連中は、常識を失ってしまうものなのです」とぼくは、彼女の気持を落ちつかせるためにいった。「あなたを知っている人間なら、だれでも証言してくれますよ。あなたには、虫一匹、殺せないということをね。まあ、ぼくにまかせておきなさい。きっと、嫌疑を晴らしてあげますよ」

そのときとなりの部屋から、サンデルソン警部の声が聞こえてきた。

「自動車で、すぐにこの住所へ行ってくれたまえ。電話をかけてみたが、返事がないんだ。在宅していたら、無理にでも、連行してきてほしい。顔を見たら、とやかくいわせずに、ひっぱってくることだ。一秒の余裕もあたえぬほうがよいぞ。事情を知らせる必要はない。抵抗したら、逮捕してよろしい。わかったね」

「理由はなんです？」と、べつの声がきいた。

「ミス・ドゥール殺害の容疑だ。ときに、きみが連行してきた女はだれなんだ？」

とサンデルソンが、つけくわえてきいた。

「まだ名前を聞いていません。とりみだしているので、筋のとおった話のできる状態ではなかったのです。しかし、ちょうどこの署の玄関で、医師と思われる紳士に出会いましたが、このひとが知り合いらしくて、ボールス夫人と呼んでいました」

警部がはいってきたので、ぼくはかれを迎えた。

「やあ、あなたでしたか、スミルノ博士」警部はそうさけんで、手をさし出した。「あなたが知人とは、都合がいい。しかし、あなたはこのいたましい事件に、関係はないんでしょうな」

「もちろん、ありませんよ」と、ぼくはいくらかあわててこたえた。「ぼくはほかの理由から、この近くにきていたのです。そして偶然、ボールス夫人が自動車から降りるところを見かけたというわけです。彼女をよく知っていますし、気絶しないばかりのようすなので、医師としての義務をはたそうと申し出たようなしだいですが、それがやはり、必要となりました。夫人は長時間、失神していまして、いまやっと、意識をとりもどしたばかりなんです」

「そうでしたか」と警部は、とたんに声を低めて、ぼくを片すみにつれていった。「わたしの察したとおり、ボールス夫人の仕業ですな。スキャンダルのもつれというところでしょう。嫉妬に燃えた婦人が復讐したというわけですね。あなたは、あの婦人と、親しいご関係ですか」

「よく知っていますとも。しかし、誓っていいますが、あの婦人は、犯罪をおかすようなひとではありませんよ。彼女に殺人の嫌疑をかけるなど、まともに考えられることではありませんぞ」

「そう思いますかね？　しかし、どんな気のやさしい、りっぱな婦人でも、いったん、嫉妬の火が燃えあがったとなると、どんなことをするか、わかったものではありませんよ。激情ほどおそろしいものはない。わたしの経験でも、こういう例は、いくらもあることです」

「尋問はすぐにはじまりますか？」

と、ぼくはきいた。

「ええ、はじめるつもりです。――彼女の意識がはっきりしているようでしたらね。鉄は熱いうちに打つことが肝心ですよ、博士。あなたもお立ち会いになりますか？」

「ぜひ、立ち会わせてもらいましょう。ぼくのもっとも親しいひとに関係している事件で、当然興味がありますからね」

そればかりでなく、ぼくは子供のころから、複雑な犯罪事件に、興味を感じていた。だからぼくの父親は、冗談にいったものだ。おまえは職業の選択をあやまった。医師でなく、探偵になるべきだったというのだった。しかし、父の言葉は、かならずしも正しいとはいえない。ぼくのえらんだ職業にしても、探偵とおなじように、犯罪をとりあつかうことがしばしばあるもので、げんにぼく自身も、裁判医として、鑑定を命じられたことが幾度もある。そして誇張ではなく、ぼくの鑑定の結果で、世にセンセーションをひきおこした事件がすくなくないのである。

しかし、今度の殺人事件は、その程度のものではない。ぼくとしては、口外するわけにはいかないが、ぼくに、非常に密接な関係があるものだ。解決に困難な犯罪事件に、たまたま行きあわせ、捜査の当初から関係することができたばかりでなく、かつて自分と関係のふかかった婦人が殺害され、もっとも親しかった婦人に、犯行の嫌疑がかかっているのである。
アスタ・ドゥールは、ほかの個所で記したように、数年以前のぼくの人生に、重要な役割を演じていたのだ。ぼくを魅惑し、とりこにして、思うがままにあやつっていた。しかし、それもながくはつづかず、ぼくをはなれていったのだが、そのためにぼくの全生涯は、あやうく破壊されるところだった。真実を告白すれば、ぼくは二年のあいだ、彼女の情人であったのだ。

彼女と知りあったころは、ぼくもまったく、世間知らずの存在だった。資産はあるし、研究も順調にすすんで、ぼくのまえには、かがやかしい人生がほほ笑んでいた。彼女、アスタ・ドゥールは美しく、罪のように魅力があった。愚かだったぼく！　ぼくは彼女と、将来を誓いあう仲となった。彼女によって、人の世の幸福を克ち得、青春の夢を実現できるものと思いこんだ。

彼女がどのような女か見てとったときは、すでにおそかった。ぼくは彼女の玩弄物《おもちゃ》であり、やがては飽きがくる消閑《ひまつぶし》の道具にすぎないことを知ったのだ。ぼくはむなしい努力をかさねて、彼女から逃れる道をさぐっていたのだが、そうしたある日、はからずも発見した。彼女はぼくのほかにも、もうひとり愛人をもっていたのだ。それで、手をひくことができたが、それまでにぼくは、人生へのにがい幻滅を味わい、おびただしい財産を失っていたのである。

それも、いまとなっては、すぎ去った話で、その後、四年の歳月がながれていた。

その享楽欲、その金銭欲、その狡猾な陰謀好きは、とどまるところを知らなかった。が、いまは彼女も、死骸となって、つめたく横たわっている。無残にも殺害されたのである。その血管には、もはや熱い血汐がながれていない。二度とふたたび、男をまどわし、誘惑することはできぬのだ。

世人はしばしば、われわれの生活と、一生の運命を導く神意について述べたがる。全能の正しい神は、偶然をゆるさぬというのだ。ぼくはこうした言葉を理解できなかったし、神の使命が、とるに足らぬ卑小な人々を守り、支配することにあるという信仰にも承服することはできなかった。しかし、いま現実に、アスタ・ドゥールの最期を聞かされると、神意の存在をみとめないわけにいかなくなる。彼女は当然の罰を受けたのだ。同様に、ファビアン・ボールスもまた、その罪を償わねばならぬことになった。ぼくの見たところ、かれは無罪というより、この殺人に関係があると考えるのが、的を射ているような気がする。この夜訪れた運命が、当分のあいだ、かれの飽くなき歓楽を慎ませることになろう。そして、この運命のはげしい叱責によって、かれは善人に生れかわるかもしれない。かれはもともと、投機運がつよく、それだけにまた、拝金宗の熱烈な信者だった。それによって、元来脆弱《ぜいじゃく》だった道徳観念が、いよいようすらぎつつあったのだ。

　このようなファビアンが、神意によって、手痛い目にあったということは、当然の報いといえるであろうが、同時に気まぐれな偶然が、あの美《うる》わしい夫人までも、不幸の淵へつき落とした事実は、正しい現象とみることはできまい。おそろしい犯罪が行なわれた直後に、彼女が犯行現場に出向いたというのは、なんという不幸な偶然であろうか！　すべての証拠が、彼女のかわりに、彼女の夫をさししめし、彼女でなく、その夫が拘引されたというなら、ぼくはすこしもおどろかなかったであろう。かれにとっては、人を殺すぐらい、なんでもないことなのだ。率直にいってのければ、ファビアン・ボールスは、どんなことでも平気な顔でやってのける男である。

　ぼくは生れつき、復讐を好むわけではなく、底意地のわるい性質でもない。しかし、日記には真実を書いておかねばならない。ぼくの名誉にかけて、正直なところを話すと、かれの情事が、このおそるべき結末をもたらしたことは、痛快な気持を感じているのである。たとえ電話にしても、みずからの細君に、その現場をつきとめられたことは、不愉快でなかったとはいえぬにちがいない。

　ここでとりあえず、かれの情事のおそろしい結末——謎にみちた殺人事件について、書きしるしておこうと思う。

　この事件の、そもそものはじめの場面、ファビアンとアスタとが、仮面舞踏会で顔をあわせたところへ、ぼくがたまたま行きあわせたことから記録しておく。あの舞踏会で、ボールスは仮面をつけずに、ただひとり、会場の片すみに立って、わざと氷のような冷静さをしめして、仮面をつけて踊りくるっている人々をながめていた。

すると会場のむこうがわで、あかるい空色の仮装服《ドミノ》をつけた婦人が、かれの姿をみつけた。かるいさけびを発して、かれのほうへ近づいてきた。するとその途中で、仮面をつけた大柄の男に話しかけられた。ぼくはそのすぐそばにいたので、ふたりの会話を耳にすることができた。

「アスタ、今晩は」と男は、フィンランド訛りがわずかにまじったアクセントでいった。

「なんでまた、そんなにいそいでいるんだ？」

「ああ、あんたなの？」と彼女は、うるさそうにこたえた。その言葉に、やや興奮のひびきがあったが、ぼくはその声で、女がアスタ・ドゥールであることを知った。「なにかあたしに、ご用なの？」

「それはおまえのほうが、じゅうぶん承知じゃないか」

「いまはそんなひまがないわ。あそこに、お友だちがいるんで、話してこなければならないのよ」

「ぼくたちふたりのあいだの問題が、まだ片づいていないのを忘れたのか」

男は一種独特の口調でいったが、ぼくの耳には、それがすこし脅迫めいたひびきをもって聞こえた。

「たしか、約束したはずだったね」

「あんな面倒な話、いいかげんにしてもらいたいわ。あたし、今夜は愉しもうと思ってきているのよ」

「おれのほうは、あれをもう一度手にするまでは、愉しむなんて気持になれないんだ」と男はいった。「あまりおまえは、話をひっぱりすぎるぜ」

「今夜のあたしの愉しみを台なしにしてしまうつもり？　ねえ、おねがいだから、あたしを放して、話は、あとでするわ」

「おまえの《あとで》は、聞き飽きたぜ。逃げようったって、そうはいかんよ」

　その言葉が、彼女をついに怒らした。ぼくは彼女の仮面の下で、眼がきらりときらめくのが見えた。

「そんな態度は、やめていただくわ！」彼女はさけんで、足踏みをした。「うるさいことばかりいっていると、けっきょく損だってことを教えてあげるわよ」

　男は口のなかで、ぶつぶつ文句をいいながら、ふりむいた。あやうくぼくとぶつかるところだった。そしてぼくは、かれの口のなかの言葉を、つぎのようにきいた。

「いまに、思い知らせてやるぞ」

　このみじかい場面も、その数時間後におこった殺人事件とにらみあわせて考えると、なにかふかい関係があるように思われるのだった。

ぼくのほうから、そうしたわけではなかったが、その夜はそれからあと、ぼくはアスタとファビアンのようすを、幾度も近くで観察した。ファビアンは人目に立たぬように、仮面をつけていたが、ぼくには、それがかれであることがよくわかった。かれらは笑い、冗談をいいあい、やがてその結果が、おそろしい悲劇におわろうとは、夢にも気がつくようすはなかった。

ファビアン・ボールスはこの悲劇で、どのような役割を演じていたのであろうか？ かれの妻の言葉が真実であることは、ぼくとして、すこしも疑う気持はない。スティナが訪れたとき、アスタ・ドゥールはすでに殺されていたのは事実にちがいない。探偵はその後の捜査を、この出発点に立って行なう必要があろう。しかし、はたしてそれが、できるであろうか。

サンデルソン警部はすでにこの犯罪の動機を考えて、遺憾なことには、もっとも手近にある動機――嫉妬をそれと思いこんでしまった。それはしかし、きわめて、当然のことで、女が嫉妬に駆られて、夫の情婦を殺す事実は、従来もしばしば見かけるところであった。たしかにそれで、スティナに犯罪の動機があることはあきらかになったが、一方ではまた、彼女の夫にも、べつの動機があるのを見落すことにならぬであろうか？

彼女からの電話で、その情事の現場をつきとめられたかれが、なにをしたであろうか？ 自分の声を、妻に聞かれたと知った瞬間、逃亡を考えるのは当然のことといえよう。男らしくその行為をみとめ、責任を負うことのできる人間ではないから、逃亡に解決の道を講じるにちがいないのだ。

しかし、かれのそうした行為にたいして、アスタがだまっているとは思われない。彼女の性格として、そんなことは考えられないことだ！　そこでふたりのあいだに、はげしい争いがおこったとみるのが当然ではなかろうか？　そして最後は——殺人というおそろしい破局へ導かれたと見てまちがいないのではないか？

するとそこへ、さきほどぼくを取調べた署長がはいってきて、ぼくの思索をさまたげた。

「おや、おや」と、かなり無遠慮な語調でいった。「今度はきみ、この課へまわされたのか？」

サンデルソン警部はおどろいてまばたきした。

「それ、どういうことです？」

「いや、それはつまり、その、なんですよ」とぼくは、笑いながらこたえた。「すこしまえに、ちょっとしたことで、署長さんにお目にかかったんです」

サンデルソンは、その理由を聞きたいようすにみえたので、ぼくはあわてて、署長のさきまわりをした。例の話し上手で、ぼくのいたずらをしゃべられたら、いい笑いものと考えたからだ。

「なあに、つまらんことですよ」と、ぼくはいった。「警官に火を借りようとして、マッチを落としてしまったんですよ。そして、ひとこと、ふた言、いいあったあげく、いきなりここへひっぱってこられて、被告として、署長さんのまえに立たされたんです。その理由は、ええと、なんでしたかね？」

「勤務中の警官に、暴力をふるったという理由でね」

と署長は、こまったような顔つきで説明したが、あとの言葉を呑みこんでしまった。

「そしてそれから？」とぼくは、きいてやった。「あなたはたしか、その調書をつくりましたね」

「この男――正気にもどったようですな」

とかれは、警部にむかって、弁解するようにいった。

「あんたと別れてから、まだ何分もたっていませんよ」とぼくは、笑いながらつけくわえた。「警官はぼくを泥酔しているといったのですが、警部はぼくとの友情のために、ぼくがすこしも酔っていないことを保証してくださるでしょう」

サンデルソンはうなずいた。

「まあ、よろしい。その問題はあとのこととしましょう」

とかれはいって、署長が報告するのを、もどかしそうに聞いていた。

ボールス夫人もまた、じっと聞きいっているので、ぼくは警官三一七号とのいざこざから、ここへつれてこられたいきさつを話してきかせた。

「どうして男というものは、そう乱暴なんでしょうね」とボールス夫人はため息をついた。「ばかなことばかりなさって。ヘレナがそれを聞いて、愛する許婚者の愉しみが、警官をからかうことだと知ったら、どんなふうに考えるとお思いになって？」

「それは大ごとだ」とぼくはいった。「ゆるしてはくれんでしょうな。しかし、あなたはそれを、秘密にしていてくれますね。約束してください」

「わたしがしゃべるわけはありません。でも、新聞が――」

「それは大丈夫。ぼくのほうで、記事にならないように、手を打ちますから」

「きのうも、ヘレナから手紙をもらったばかりです」と、ボールス夫人はいった。「近いうちに、訪ねるつもりだと書いてありましたのに、こんな悲しい事件がおきてしまって――」

ヘレナ・スンドハーゲンは、幼いころ、母親を失い、父親もまた、二、三ヵ月まえ、自動車事故で死亡した。それでぼくたちの挙式を、服喪の期間が経過するまで、延期しているのだった。彼女は、スンドハーゲン家という大富豪の令嬢として育ったのだが、母親にはやくから死にわかれたので、なにごとによらず、自分ひとりの手で始末する習慣がついていた。それだけに、その行動がしっかりしているかわりに、ある程度早熟なきらいがあったことも否定できない。世間は彼女を、婦人解放運動にかぶれた、いわゆる《新しい女》の代表と評判していた。しかしまた、そうしたうわさとは矛盾するところもいろいろとあるので、彼女の性質をたしかめつくすまでは、結婚を延しておきたいというのが、ぼくの気持であったことも事実だ。とかくそうした欠点は、後日になって発見されることが多いからだ。

それはそれとして、ぼくの見たところ、彼女の不羈《ふき》奔放《ほんぽう》な行動は、大富豪の後継者であるという意識から発しているらしい。それにくわえて、わがままで、気むずかしい性質をしめしていた。ただし、男にたいしては、どちらかといえば、興味をもっていないように思われる。それはけっきょく、ぼくたちの同性に、尊敬の念をもっていないことから生じたといえる。原因は彼女の叔父というのが、始末のわるい遊び好きのうえに、大酒飲みときていて、その没落していく状態を、終始観察していたところにあった。それで彼女は、ぼくたち男性に、苛酷なくらいの注文をもっていた。道徳的にいって、あらゆる点で、純潔そのものの男でなくては、結婚しないと決心して、この根本条件は、どのようなことがあっても撤回しないというのである。

ところで、当然のことであるが、ぼくはそのような彼女の言葉をまじめにはとらなかった。だれがいったい、女のそのような主張を、真剣にとるであろう？　したがって、ぼくがヘレナに求婚して、ぼくこそ彼女のもとめる条件をみたすものだと称して、承諾の返事をもらったそのときにも、彼女のいわゆる《条件》を、子供じみた気まぐれだとしか考えていなかったのである。そこでぼくはこれまで女性に近よったこともないと、大まじめに誓ったものである。だから、もしこの殺人事件がきっかけになって、ぼくがかつて恋人をもっていたことがあきらかになれば、彼女は立ちどころに、ぼくとのあいだの婚約を破棄するにちがいない。それが彼女の気性だからだ。

ぼくはボールス夫人にいった。

「ぼくからヘレナに、あなたを訪問することは、しばらく見あわすようにと、手紙を出しておきましょう。あなたはあやまって嫌疑を受けたが、そんなものは、すぐ晴れるにきまっています。あなたがこのような悲しい出来ごとにまきこまれたのは、まったく不幸な偶然ですからね」

ぼくは事実、そう思ったのだ。この事件の紛糾は、まったくの偶然という以外に考えようがない。ぼくがもし警官三一七号といざこざをおこさなかったら、この警察署にいあわせることもなく、殺人事件に関係をもつこともなかったであろう。そしてまた、おなじような偶然が、その夜ぼくを仮面舞踏会におもむかせて、この悲劇の第一幕をのぞかせたのだ。しかも、そのそもそもの序曲である数年以前の場面では、ぼく自身、アスタ・ドゥールとともに、主要人物として登場しているのだ。

いまや、第二幕のカーテンが下りた。観客のいない悲劇の第二幕は、殺人をもっておわったのである。

第三幕は、まだはじまっていない。おそらく、いまのところ、配役がすんでいないのであろう。この第三幕においても、はたしてまた、気まぐれな偶然が支配するであろうか。

第五章　尋　問

署長が立ち去ると、サンデルソン警部はボールス夫人にふりむいた。

「気分がよろしいようでしたら、わたしの質問におこたえねがいましょうか、いや、横になったままでいいですよ」

そしてかれは、デスクのまえに腰をおろした。

「お名前は？」

「スティナ・ボールスといいます」

「工業技師のファビアン・ボールス夫人ですね？」

「ええ」

「お年は？」

「一八九二年五月三日に生れました」

「では、これまでの経過を、いちおうお話ししますから聞いていただきます」

そういって警部は、夜警へ眼くばせをした。夜警は、知っているかぎりのことを語った。レイェリング街から、グスターフ・アドルフ市場のほうへ、ゆっくりと歩いてくると、とつぜん、レストマカーレ街のかどにある家から、婦人がひとり、ころげるようにとび出してきた。

まったくとりみだしていて、恐怖のさけびを、大きくあげた。夜警は最初、だれかに追われているものと思って、救いのために走りよった。すると婦人は、かれの腕にとりすがらんばかりにして、ふるえながら《血》とか、《人殺し》といった言葉を口走った。ちょうどそのとき、街のかどから警官が出てきたので、夜警はそれに呼びかけて、なにか事件がおきたらしいと告げた。それからふたりして、婦人にいろいろ質問してみたが、彼女からは、これといってすじ道の立った返事を聞くことはできなかった。いや、それればかりか、彼女がどんなことをしたのか、名前はだれか、どこからきたか、それさえ語ろうとしないのだった。

そこで夜警と警官は、その家へはいってみた。警官は婦人といっしょに、階下で待っていて、夜警だけが、階段をのぼって、階上を調べてまわった。すると、三階にあるアスタ・ドゥールの部屋のドアが、なかばひらいたままになっているのを発見した。だれもいそうにないし、何回ベルを鳴らしても、返事ひとつないので、最後にかれは、なかへはいってみた。

どの部屋にも、電燈がこうこうとかがやいている。食堂には、二人分の食事の残りが、片づけてないし、となりの居間の喫煙テーブルの上には、コーヒーのコップと酒のグラスが、それぞれ二人分、シャルトルーズ酒の罎が一本おいてある。コップもグラスも、手がつけてないが、ついさきほどまで、煙草を吸っていたものがあったことは、漂う煙草のけむりと、灰皿の灰であきらかだった。

寝室はうすぐらく、だれの姿も、見えなかった。あかるい空色のドミノと、おなじ色の仮面が、いそいで脱ぎすてたものとみえて、ベッドの上に投げ出してあった。

それから夜警は、おくの調膳室へはいってみた。台所のドアが、ひらいたままになっている。のぞきこむと、おどろいたことに、そのタイル張りの床の上に、女のからだが横たわっている。ドミノとおなじ色の、ぴったり身についた舞踏服で、胸にはまっ赤なカーネイションの束をつけていた。

近づいてみると、左の胸のわきから、血がながれだして、床に、血の海をつくっている。心臓に命中したようすで、服のその部分に、小さな穴があいている。

夜警はあわてて、階段を駆けおりて、警官に見てきたことを告げた。すると、婦人がまた、悲しげな声をあげて、放してくれともがくのだった。しかし、ふたりはむりやりに、彼女を階上へつれていった。

婦人はひどくおびえて、口がきけないばかりか、全身をはげしくふるわせていたが、ついには、気を失って、警官の腕に倒れこんだ。それでも、つめたい水で頭をひやすと、意識だけはどうやらとりもどしたが、質問にこたえて、事情を説明できる状態ではなかった。そこでふたりは肚をきめて、警察署まで連行することにしたのであった。

警官もまた、夜警の陳述がまちがっていないことを確認した。かれは婦人を階上へつれていった直後、階段の上から階下の各部屋まで、くまなく捜査してみたのだが、人影はもちろん、だれかいる気配さえみつけることはできなかった。

殺人事件と知ると、警官はすぐに、刑事課へ電話して、事件がおきたことを報告した。寸刻をおかず、グリンマーとローランドのふたりが駆けつけて、現場の捜査が開始されたのだ。

警官は夜警の力を借り、刑事たちののってきた自動車によって、謎にみちた婦人を、警察署まで運んできた。

夜警と警官の陳述がおわると、サンデルソンはボールス夫人にむきなおった。

「いまお聞きになった報告に、まちがいはありませんか？」

「ええ、――そのとおりだと思います」と彼女は、声をふるわせてこたえた。「わたくし――わたくしはなにも知りません。おそろしい夢を見ているみたいで」

そういってから、急に彼女は、悲痛にみちた声で、さけぶようにつけくわえた。

「わたくしがしたのではありません！　おっしゃってください。わたくしがしたなんて、考えてはいないって！」

しかし、警部はいった。

「いまのところ、わたしはなんの意見ももっていません。しかし、あなたは現場にいあわせたことですし、そのほか、いろいろな情況から、嫌疑のかかることは覚悟していただかなくてはなりませんな」

彼女は身ぶるいした。警部はつけくわえて、

「犯行はおかさなかったにしても、なにかの点で、事件と関係があると疑われますからね」と、いってから、夜警にむきなおって、質問した。

「このご婦人が、問題の家から走り出てきたのは、何時だったね？」

「それは、わたし、知りません。でも、この警官とふたりで、二度目に家へはいったとき、時計を見ますと、三時十三分すぎでした」

それから警部は、刺すような視線をボールス夫人にむけて、

「なんの用があって、このような真夜中に、ミス・ドゥールの家を訪ねたのです？　お知りあいなんですか？」

「いいえ、昨夜までは、あのひとの名前さえ知りませんでした」

「事情を明瞭に、話していただけませんか」

「わたくしの夫が、きのう、友だちといっしょに外出しました。ご存知のことと思いま

すが、夫は現在、大きな仕事に関係しておりますので、帰宅はおそくなるといいましたが、わたくし、ベッドにはいらずに待っていました。疲れてもいませんでしたし、読んでいた小説がおもしろいので、ねむけはすこしも感じなかったのです。でも、二時すこしまえになっても、ファビアンは帰ってくるようすもありませんので、そろそろやすもうかと考えました。そして、やすむ支度をしていますと、電話のベルが鳴りました。わたくしは当然ファビアンからだと思いましたが、受話器をとりあげてみますと、おどろいたことに、まるで聞いたこともない声なんです。それが、『ボールスの奥さんですか？』というのです。『ええ』とこたえますとその声が、つづいてこういいます。『では、教えてあげましょう。ご主人はあなたを裏切って、性《たち》のよくない女の家におりますよ。今夜、ご主人は《ナチオナール》の仮面舞踏会へ、評判のわるい商売女といっしょにあらわれました。そしていまごろは、その女の家で、ふたりして食事をしていることでしょう。どうです、いい気なものじゃありませんか』

あまりのことにわたくしは、しばらくは口をきくこともできませんでした。頭から足のさきまで、ふるえがとまりません。どうして受話器を落とさずにいられたか、わからぬくらいでした。

『もしもし』と、その声はつづけました。『ぼくの言葉が信じられなければ、あなた自身、それをたしかめることもできるんですよ。問題の女は、アスタ・ドゥールといって、レイェリング街六十七番地に住んでいるんです。電話だってありますぜ』

そういって、その男は電話を切ってしまいました。

はじめはわたくし、腹が立ちました。ファビアンを疑わせようとする、たちのわるいいたずらにちがいない。そんな口車にのるものかと考えたんです。

あなたさまにも、よくおわかりのことと思いますが、どのように夫を信じ、たよりきっているにしましても、面とむかって、そうまではっきりといわれますと、胸がさわがずにはいられないものです。まさかとは思いますものの、やはりこれを、悪意から出た、つまらぬいたずらだと、捨てておくわけにもいかなくなるんですわ。

わたくしも最初のうちは、笑ってすますことができました。自分自身に、こんなふうにいいきかせていました。そんなことがあるはずはない。ありえないことだわ！　ファビアンにかぎって、そんなことをするわけがない。結婚して、二年とたっていないし、わたくしを愛してくれているのはわかっている。これはきっと、夫の商売敵が、なにかの復讐のために、こんな恥知らずのうそをついているにちがいないと考えたのです。

そこで、ベッドにはいって、そんなつまらぬことは忘れてしまおうと思いましたが、そのときすでに、かるい疑念が湧きあがってまいりました。食い入るような不信の念が、すこしずつ、胸に匍いこんでくるのでした。　もしそれが事実だったら！　神さま、そんなことのありませんように！

電話の声が、最後にいった言葉が、いまだに耳のなかにひびいています。『ぼくの言葉が信じられなければ、あなた自身、それをたしかめることもできるんですよ。問題の女はアスタ・ドゥールといって、レイェリング街六十七番地に住んでいるんです。電話だってありますぜ』

アスタ・ドゥール。それまで、聞いたこともない名でした。電話もあるとのこと。わたくしが、かけていると、相手に知らせなければいい。

つぎの瞬間、わたくしは電話帳をとりあげて、その名前をさがしていました。電話の男の言葉はまちがっていませんでした。名前ものっていますし、番地もそのとおりで、そのかぎりでは、密告は事実でした。

でも、相手が電話口に出たら、なんといったものでしょうか？　ただ、ボールス技師に出てもらいたいといえば、もしほんとうに夫がいるのなら、とつぜん思いがけぬ電話なので、かえって出てくるにちがいないと思いました。かりに出てこないにしても、こんな時間にミス・ドゥールが起きていて、夫のことを聞かれてあわてるようなら、怪しいとみていいのではないでしょうか？

そのときわたくしが、どんなに迷ったか、おわかりいただけると思います。受話器をもってみたり、ベッドへもどって、眠ろうと考えたりしましたが、けっきょく、自分自身をおさえきれなくなって、とうとう、電話をかけてしまいました」

そこまで話して、ボールス夫人は口をつぐんで、両手で顔をおおうのだった。

「それで」と警部は、話のさきをうながした。「返事が聞けましたか?」

「はい」

と彼女は、顔もあげずに、ささやくような声でいった。

「すべてを率直に打ちあけたほうがいいですよ」とサンデルソンはやさしくいった。

「それがあなたにとって、最善の方法ですから」

この尋問が、いかにはげしく彼女を苦しめているかは、はっきりと見てとることができたが、ぼくは口をつぐんで、ひとことも言葉をはさまなかった。おそろしい経験と、二度もおそった気絶によって、彼女には最後まで応答をつづけることが無理のように思われた。

「電話の声を聞きまして」と、それでも彼女は、返事をつづけた。「わたくし、思わずからだがふるえました。『もしもし、どなたです』といったのは、まぎれもなく、わたくしの夫の声でした! あまりのおどろきに、われを忘れて、『まあ、あなたでしたの、ファビアン!』とさけんでしまいました」

そこでまた、彼女は声をつまらせた。

「それから」と警部はさきをうながした。「かれはなんといいました」

「なにもいおうとしないのです。だまりこんでしまって、わたくしが、くりかえし、もしもしとさけんでも、返事をしようといたしません。二度もベルを鳴らしてみましたが、ぜんぜん返事が聞けませんでした」

「それがご主人の声だったことにまちがいないのですね？」

「ぜったいにまちがいありません。ファビアンの声を聞きちがえるわけはありませんもの」

「それから、どうしました？」

「お祭しいただけると思いますが、わたくし、ぼんやりしてしまって——ええ、頭がくらくらしてきました。電話の告げ口は、うそではなかったのです。夫は恥知らずの商売女とふたりして、わたくしをだましていたのです！」

「そのために、女は罰を受けましたよ！」と警部はいった。「それにしても、殺されるとは、罰がすこし、重すぎたようでもありますね」

「そ、そうですわね」と、ボールス夫人もいって、「ただわたくしは、その瞬間、わたくしの頭に浮かんだことを申しあげただけです。そしてわたくし、どうしてよいかわからずに、しばらくのあいだ、部屋のなかを歩きまわっておりました。

それからわたくし、服をつけはじめました。ええ、なにを考えたというわけではなく、どうするつもりがあったわけでもありません。夢中で、帽子をかぶり、外套をひっかけると、外へとび出しました。そして、そこではじめて、頭のなかが、ただひとつの考えでいっぱいなのに気づきました。はっきりさせたかったのです。証拠をつかみたかったのです。夫の不実を証拠立てる事実が――」

彼女はそこで、ふといためいきを洩らして、言葉をつづけた。

「たぶん、好奇心もうごいたと思います。わたくしからファビアンを奪ったのは、どんな女か、見たかったこともあるのです」

「そしてあなたは、まっすぐ女の家に行ったんですか？」

警部はしきりにペンを走らせながらいった。

「ええ、走れるだけ走りました。裏通りを駆けていったのです。お金をもっていませんので、タクシーにのることができませんでしたから」

「知らぬ男が電話をかけてきたのは、何時だかおわかりですか？」

「ええ、それはよくわかっています」と彼女は、力をこめていった。「電話のベルを聞いて、こんなおそい時間にファビアンが、電話をかけてよこしたのかと、時計を見ましたから。それは、二時五分まえでした」

「ミス・ドゥールに電話をかけたのは？」

「二時十五分すぎです」

「なるほど、それで、時間の点は、手がかりがつかめたわけですな。しかし、そのあとのことは？　あなたが、そんなおそくに、外出する決心をなさるまでには、かなり迷っておられたはずです。出かけられた時間は覚えていますか？」

「いいえ。でも、玄関の扉をしめたとき、どこかで、大時計が打ったような気がしています。きっと、三時だったと思いますわ」

「あなたのお住居は、ストランド街七番地でしたね？」

「ええ」

「そして裏通りを走っていかれたんですね？」

「ええ、リッデレ街から、レストマカーレ街をぬけました」

「それから、どんなことになりました？」

「六十七番地につきますと、玄関の大扉はしまっていませんでした。階上へあがってみますと、おどろいたことに、部屋のドアも、半びらきになっているのです。これはよい都合と考えました。不意をおそって、おどろかしてやるつもりで、足をしのばせて、はいっていきました。でも、さすがにわたくし、からだのふるえを、とめることができませんでした。いよいよ、夫の不実の現場を見るのかと思って——

ところが、そこにはだれもいませんでした。ファビアンは消えてしまったのです。そのかわり、食卓がそのままになっているのを発見しました。コーヒー・テーブルにも、コップとグラスがのったまま、手もふれてありませんでした。おなじ部屋に、電話器がおいてあるので、夫がこたえた電話は、これだと思いました。かれにはもちろん、わたくしの声がわかるはずです。でもわたくし、なんとかして、あの恥知らずの女に会いたいと思いました。わたくしの夫の愛を奪いとった女に、面とむかいあってみたかったのです――その女にいってやる気でおりました、あなたのおかげで、わたくしの家庭の幸福が破壊されたと――子供まである家庭の幸福が……」

「そして彼女に会いましたか？」

「ええ、でも、死んでいました。台所で殺されているのをみつけました――血まみれになって、床に倒れているのを――」

彼女はふるえたが、警部はすこしもうごかされなかった。

「おそろしいことでした」と、夫人は、すすり泣きながらいった。「二度と、忘れることのできない姿でした」

「それであなたは、こわくなって、また駆け出したわけですか？」

「ええ、こわくてこわくて、わたくし夢中で階段を駆け下りて、外へとび出しました。そして、そこで、夜警と警官におさえられたのです」

「それで事情がはっきりしました、ボールス夫人」と警部はいった。「いまのところ、これ以上おききして、あなたを苦しめる気はありません。休息をおとりになる必要がありましょう」

そして警部は、電話でタクシーを呼びよせてから、もう一度、ボールス夫人にむきなおった。彼女はそれまで、ぼくと小声で話していた。

「ご主人はレヴォルヴァーかオートマチック・ピストルをおもちでしたか?」

「ええ」彼女はびっくりしてこたえた。「レヴォルヴァーとブローニングを、一挺ずつもっております。とても射撃が上手なんです」

「なるほど。そしてそれは、だれでも触れることのできる場所においてあるのですか?」

「レヴォルヴァーのほうは、壁にかけてあります。でも、ブローニングのほうは、たいていの場合、弾をこめて、鍵のかかる机の引出しに入れてあるようです」

「その鍵は、いつもご主人がおもちですか」

「ええ、もちろん。でも、どうしてそんなことをお尋ねになりますの」

「いや、なに、ちょっと気になりましたもので――」

かれはまた、メモをすこし書きくわえた。そして、ポケットから、金のシガレット・ケースをとり出して、

「これに、見覚えがおありですか?」

「はい、たしかそれは、夫のものですわ」と夫人は、力をこめてさけんだ。「どこにありました?」

「ミス・ドゥールの台所に落ちていました。調膳室とのさかいのドアのそばです」

「あの――台所に!」彼女は口ごもった。「殺された人が倒れていたそばに?」

「そうなんです。このなかの《ウェストミンスター》とおなじものが、居間のコーヒー・テーブルの上にも、新しい吸いさしになって残っていました。もっとも、ケースには名前が彫ってありますので、あなたにおききするまでもなく、ご主人のものとわかっていました。——お届けしようと思っていたところなんです」

「まあ！」スティナはあえいだ。「では、あなたは——いいえ、ファビアンはかるはずみで、ときに、ばかなことをすることもありますが——でも、まさかそのようにおそろしいことを！——いいえ、そんなことはぜったいに——」[*4]

「ご主人をお呼びしているところで、到着しだい、いっしょに現場へいっていただくつもりでいるのです」

　そういってから、サンデルソンはぼくのほうへむきなおって、

「あなたもおいでねがえますね。疲れているばかりでなくあまり気のすすむことではなかったからだ。アスタ・ドゥールの死体を解剖するのは、いずれぼくの役目になるのだろうが、四年まえのぼくは、そのような役目をつとめようとは、夢にも思っていなかったのだ。

　だが、ぼくが解剖にあたるのを避ける理由があるか？　運命がぼくに、それを命じているのだ。それに、これまでの経過を見ていると、いろいろな点に、おもしろい結果が

あらわれるかもしれないのだ。

「ご希望なら、そうしますよ」ぼくはこたえた。「どうせ、今夜は眠ることもできんでしょう」

そのとき、ボールス夫人がふるえる声でいった。

「警部さん、わたくしが申しあげたこと、うそでないとお考えくださるでしょうね？」

「その点は、まだいまのところ、責任あるご返事はいたしかねます」と警部は、ていねいにこたえた。「しかし、いままでのお答には、とりたてて、疑わしいところはありませんな。ただ――なんといったらよいか――ただすこし、現実ばなれのしたところが、ないわけでもありませんが――」

「なんです？ それ？ どういうところでしょう？」

「いや、なに。たとえば、そんな真夜中に、知らぬ男から電話がかかってきたことですが、あなたはその声に、ぜんぜん聞きおぼえがないのですか？」

「ええ、はじめて聞く声でした。そして、ちょっとおかしなアクセントでしゃべるのでした。歌でも歌っているような調子で、フィンランド訛りみたいに聞こえました。そんなしゃべりかたをするひとは、まったく心当りがありませんわ」

「それはおもしろい」サンデルソンはつぶやいた。「ご主人のお友だちに、フィンランド人はいませんか？」

「ええ」

「では、さしあたっての質問は、これだけにしておきます」と、警部はいった。「お帰りになってけっこうですが、当分のあいだ、お宅をはなれないという条件をお守りください。いつ、どのような緊急な事情で、質問をさせていただくかもしれませんから、いつでも呼出しに応ずることのできるよう、在宅していただきたいのです」

「わかりましたわ」と彼女は、心配そうにこたえた。「それから、ほんとうのことをお聞かせねがえませんか。夫とわたくしは、この殺人事件の容疑者にされているのでしょうか？」

「それはおこたえするわけにいきませんな」

「おそろしい危険が、目のまえにせまっているような気がしてなりません」と彼女は悲しんだ。「ファビアンだって、わたくし同様、潔白なことはわかっているんです。ただ、わたくしたちの無罪を立証する方法が見つからないだけなんです。だれか、腕のたつ探偵がいたら――そういうひとを雇ってもかまわないのでしょうか？」

「それはご自由です。しかし、そんなことをなさらんでも、真相はかならずわかるものですよ」

「わたくしは」と彼女は、ためらいながらつづけた。「有名な私立探偵のレオ・カリングを知っているのです。あのひとが骨折ってくれれば――」

「お雇いになるのはかまいませんよ。カリング君だったら、まちがいありませんな。あのひとは、じつに頭のするどい探偵ですから。しかし、この事件が、そんなに厄介なものでないことは、じきにわかることでしょうがね」

そのとき警官がはいってきて、ボールス技師が控室にきていることを告げた。

警部はボールス夫人を、横手のドアから帰して、刑事のひとりに、彼女についていって、家を見張っているように命じた。

そのあと、ファビアン・ボールスがつれられてきた。

第六章「あなたの奥さんです」

すでに触れたことだが、ファビアン・ボールスは、あたたかい気持のかけらもない男である。ぼくばかりでなく、かれを知っている者は、すべてかれが、無情な利己主義者であると公言してはばからない。

自分こそ、この世の中心だと思いあがり、地球はかれを中心に廻転していると考えている。あらゆる人々は、かれに奉仕するために、この世に生を受けたと思いこんでいるようだ。貪欲で、だれにたいしても——もちろんボールス夫人もふくめてのことだが——吝嗇《けち》で、それがひとたび自己の快楽のためとなると、まれに見る浪費家に変わるのだった。

工業技師という肩書は、うわべだけのものにすぎない。その肩書をうるための試験を、いつとったかということも、だれも知ってはいない。それにまた、工業技師としての仕事をしていたことも聞いたことがないのだ。

要するにかれは、度胸のいい相場師なのだ。かれは天地間のあらゆるものを投機の対象とする。家屋、土地、株式、公債、小麦、雑穀、その他百千の輸出入物資に手を出して、その収入はつねに莫大なものがあった。世間のうわさでは、かれは今度の大戦の開始にさいして、その財産の基礎をきずいたのだそうだ。大戦のはじまる直前に、質のわるい小麦粉を大口に買いこんで、それを戦時中に、法外な値で売って、大儲けをしたというのである。話によると、五万クローネから六万クローネの収益があった日が、一週間もつづいたとのことである。

かれのやり方には、いつもこうした暗い影がつきまとっていた。そこで、かれを親しく知っている人たちは、だれもがかれを詐欺師と呼んでいる。だれであろうと、証書かなにかを受けとっていないかぎり、かならずかれにしてやられるのだった。証拠のない場合、まるでウナギが手からすべりぬけるように、たくみに約束を反故《ほご》にしてしまうのである。いや、それどころか、りっぱにかれが書いた署名のある証書でさえ、平然として無視して省みないこともあった。そんなときは法廷へ呼び出されて宣誓のうえで答弁を求められるのだが、眉ひとつうごかさず、宣誓をやってのけるという。このようにかれの行動には、いつも怪しげな、うしろぐらい影が漂っていたものだが、いつもたくみに切り抜けてきたのである。

もちろんこの日記は、ぼく自身のために書きつけておくのであるが、万一、これが他人の手にわたったとき、故意にファビアン・ボールスの人格を傷つけているような印象をあたえるかもしれない。しかし、それはとんでもない誤解である。もし、ぼくがかれについて知っているところを、ことごとく書き記したならば、だれもがぼくと同一の見解をもつにちがいないのだ。

ぼくは何度となく、ファビアンをつかまえて、面とむかって非難してやったことがある。一度は、こんど殺された女のことで、あとの一度は、スティナ・フェルセンが、愚かにもかれと婚約したときであった。

ぼくはいま、かれが控室にきていることを聞き、つぎの瞬間には、この部屋へつれてこられて、陳述を求められると知って、これぞまさしく神意であると考えた。かれはその夜の情事ばかりでなく、おそらくは殺人の罪についても、身のあかしを立てなければならなくなったのである。

かれが最初、部屋へはいってきて、サンデルソン警部のまえにつれていかれたとき、そこにぼくがいることには気づかなかった。かれは警部のほうをむいて、横柄な口調で、わめくようにいった。

「なんのために、こんな夜中に、しかも、こんな乱暴な方法で、ぼくをひっぱってきたんです？　ぼくは――」

「大きな声は出さないでもらいます」警部も、声をするどくしてさえぎった。「おたずねしたいことがあって、お出《い》でねがったのです」

そのときはじめてファビアンの視線が、ぼくをとらえた。

「おや、ワルター・スミルノ君か」かれはおどろいてさけんだ。「きみもきいてるのか？これはいったい、どういうことなんだ？」

ぼくはだまって、うなずいただけだった。

「スミルノ博士は、殺人事件の検証のために、法医学者として立ち会ってくださることになったのです」

警部はそういって、するどくボールスをみつめてから、例のシガレット・ケースをとり出した。

「これは、あなたのものでしょうか？」

「そうですよ」とこたえたが、ボールスの態度は、すこしぐらついてきた。「ぼくのケースですが――」

「これを最後につかわれたのは、いつ、どこでしたか？」

この質問で、ボールスの顔に血がのぼった。

「なんのために、そんな質問をするんです？」

とかれは、せきこんだ口調で、ききかえした。

「そのことは、あとで説明します。とにかく、最初にこちらの質問にこたえていただきましょう。あなたが最後に、これを手にされたのは、いつでした？」

「そ、それは——おぼえていませんな」

さすがのファビアンも、動揺をかくしきれなかった。無意識のうちに、声が低くなって、子供のように、おどおどしているようすだった。ぼくは厳密に観察して、かれがうそをついているのを見てとった。警部もまた、おなじような確信をもったにちがいない。

「記憶をたしかめていただきましょう、ボールスさん」とかれはいった。「最後に、このケースのなかの《ウェストミンスター》を吸ったのは、いつなんです？　残っているのは、わずか二本だけですが——」

ボールスは強情にだまりこんでいた。考えても、思い出せないような態度をつくろっているのだった。

「忘れるほど、時間が経過しているとは思えませんがね」すこし、冷嘲気味に、警部はいった。「いずれ、今夜のことでしょうからね」

「今夜？」

ファビアン・ボールスの素振りは、いよいよ疑問符につつまれてきた。

「お見受けしたところ、あなたは、知らぬふりをして、わたしの質問を回避しようとしておられるようだが」と、きびしい口調で、警部はいった。「しかし、いつまでもその態度でいられるものではありませんよ。とりあえず、いそぎますから、わたしがかわって、あなたの行動を述べてみましょう。それで、ご記憶がよみがえるかもしれませんからね。

昨夜、あなたは《ナチオナール》の仮面舞踏会へ出かけて、そこで、アスタ・ドゥールという婦人に会われた。彼女があなたの興味をつよくひいたので、あなたは女の家まで、いっしょに行かれた」

「いいかげんなことはいわんでもらいたい」

ボールスは、憤慨した顔つきを装ってさけんだ。

「わたしの話がおわるまで、だまっていてください」と、警部はいった。「ミス・ドゥールの家で、あなたがたはさしむかいで、食事をとられた――かるいが、ぜいたくな夜食に高価なシャンペン酒。そのあと、コーヒーをのんでおられると、いや、正確には、コーヒーを入れるまえ、あなたが煙草をおつけになったところへ電話がかかってきた。あなたが出て、だれかときくと、意外なことに、それが、あなたの奥さんの声でした。奥さんもまた、あなたの声を聞きつけて、『まあ、あなたでしたの、ファビアン』といわれた」

そこでサンデルソンは、ちょっと言葉をとめて、さぐるような視線をボールスの顔にそそいだ。ボールスはそのあいだに、気をとりなおして、むりに平静を装って、冷笑を浮かべようとしたが、それも思うようにならなかった。見るもおかしな、つくり笑いしかできなかったのだ。

サンデルソンはまた、言葉をつづけた。

「これまで申上げたことは、事実に符合していると信じます。それとも、否定なさるおつもりですか？」

がボールスは厚かましくもいってのけた。

「もちろんぼくは否定する。それはとんでもないうそだ。いったいきみは、だれからそんなつくりごとを聞いたんです？」

「うそか真実か、あなた自身、知っておられることです。とにかくもう一度、うかがいますよ。いま、わたしが話したことに、まちがいがありましょうか？」

「うそだ！」ボールスははげしい語調でいった。「ぼくははっきり言明する。そんな話は、のこらずつくりごとだ。ばかばかしい空想にすぎない」

「それならそれでよろしい」サンデルソンは落ちついていった。「これからわれわれは、現場へ出かけるところですが、いっしょにきていただきましょう」

「ぼくが？　どこへ行くんだ？」

「あなたが、愉しい思いをした場所ですよ、ボールス技師。ミス・ドゥールの家です」

「いやだ！」ボールスは興奮してさけんだ。「なんのために、ぼくがそんなところへ行かねばならんのだ？」

「いやであろうと、すなおに同行なさるのが、身のためですよ」忍耐にもかぎりがあるといった表情になって、警部はいった。「でないと――」

「でないと？」

それでもまだ、ボールスは横柄な口調でいった。

「でないと、われわれはやむをえず、あなたを逮捕しなければなりません」

「ぼくを逮捕する？　これはおもしろい！　しかし、なんの理由でか、きかしてもらおう」

「アスタ・ドゥール殺害の容疑です」

「冗談もいいかげんにしたがいい」

ボールスはさけんで、むりに笑おうとしたが、その笑いは、なかば凍りついてしまった。

「工業技師ボールスさん、あなたが今夜、ミス・ドゥールの家を出られたあと」と警部は落ちつきはらってつづけた。「彼女がその一室で、殺害されているのが発見されたのです。心臓を射抜かれていました。そして、死体のすぐそばに、あなたのシガレット・ケースが見出されたのです」

ファビアン・ボールスは、唇までまっ蒼にした。一瞬、はげしい驚愕の表情で、サンデルソンとぼくとを、交互にみつめていたが、「そ、それは、ほんとうか？」とかれは、口ごもった。「スミルノ君、そうなのか？」

「遺憾ながら、そうだとこたえなければならない」と、ぼくはいった。「おそろしいことがおきてしまったんだ」

サンデルソンは口をはさんだ。

「ボールスさん、これでおそらく、あなたも態度をすこしは変えてくださることでしょうね。あなたが今夜、仮面舞踏会で、ミス・ドゥールといっしょだったことは、簡単に証明できることなのです。あかるい空色のドミノは、だれの眼にもつきますし、あなたも大勢の眼にとまっていますからね。それから、ミス・ドゥールの家へ行かれたことも、はっきりと立証できます。そして、シガレット・ケースについても、あなたが今夜、外出するにあたって、それをもっておられたことは、証拠によってあきらかにすることができるはずです。ですからあなたも率直にみとめられたらどうかと思うのですが――彼女の家で、夜食をとられたこと、思いがけず、奥さんから電話がかかったことを」

すこし考えてから、ボールスはいった。

「そうでした。そのとおりでした。こうなったら、否定はしません。まえに否定したのは、気のどくな妻のことを考えたからで、ぼくがあんな夜おそく、アスタ――いや、ミス・ドゥールのことですが――彼女の家にいたことが、証拠によってはっきりされたら、妻はどんなにはげしいショックを受けるかと考えたんです。おそらくスティナは、それを誤解するにちがいないです。いえ、すでに彼女は、誤解しているんです。事実は、なんでもないことなんです。ただ、ぼくたち、古い顔なじみだったもので――」

「ああ、その点は、のちほどうかがいましょう。あなたが彼女のどういう知りあいか――どのような関係をおもちだったか、それを説明していただくには、まだ時間があります。とにかく、さきほどあなたが、頑強に否定をつづけられたのは、奥さんの気持を考慮されたからだとおっしゃるのですね？ それであなたは、夜間、他の婦人を訪問されたことを秘密にして、電話の声も、あなたのものではないといいはるおつもりだったというのですね？」

「そのとおり」ボールスは力をこめてこたえた。「いや、かるはずみとはいえ、ばかなことをしたものです。しかし、それはけっして、妻が邪推して考えているような意味ではなかったのです」

「ばかなことをとおっしゃるが、殺人事件が起きたとなると、それが事実上、重大な意味をもってくるのです。ミス・ドゥールを殺害した犯人は、まだわれわれにはわかっていないのです。ミス・ドゥールの死体は、今夜三時に発見されました。そしてあなたは昨夜の大部分を、ミス・ドゥールといっしょにすごされた。これまでの事情から考えて、彼女の生きているのを見た最後の人物は、あなたと考えてまちがいないらしい」

「最後の人？」ボールスはさけんだ。「それではまるで、ぼくが犯人だといってるようだ！　どうしてそんなばかなことが考えられるんです？」

警部はそれにはこたえず、からだのむきをかえて、電話器をとりあげた。ぼくはかれが呼び出すナンバーを聞いて、胸をつかれた。それは、アスタ・ドゥールの電話だった。以前――何年か以前に、何度ぼくは、そのナンバーを口にしたことか！

「ああ、おれだ。やっと片づいたよ」と、サンデルソンはいった。「これから出かける。お医者さんもいっしょだ――そうか、それでけっこう」

それからかれは、ぼくたちにむかっていった。「では、みなさん、出かけるとしましょう。自動車が用意してありますから」

「ぼくも――ぼくもいっしょにですか？」

とボールスは、おそろしそうにきいた。

「もちろんです。あなたはあの家のようすをよくご存じのはずですし、現場ではまた、いろいろとおききしたいことが出てくると思いますから。スミルノ博士も、ごいっしょにねがいます――死体を見ていただきたいのです」

ボールスはぼくに、意味ありげな視線を送った。かれは、ぼくがかつて、アスタ・ドゥールとどのような関係をもっていたかを、知っているのだ。かれは狡猾な手段で、ぼくたちのあいだにはいりこみ、ぼくの背後で工作して、彼女の好意をえた男ではないか。当時ぼくは、かれを呪った。かれこそ、ぼく一生の幸福を奪った男と信じたからである。

だが、その後、落ちついて考えて、かれの行為はぼくを、彼女の毒牙から救ってくれたことだと知って、その点むしろ、かれに感謝しなければならないことを悟ったのだ。しかし、その後ふたたび、ファビアンとつきあいだすまでには、ながい月日を必要とした。われわれの気持の齟齬《そご》は、あまりにも大きなものであったし、かれがスティナ・フェルセンと婚約したことが、いっそうそれを困難にしたからであった。そのときもまた、ぼくはかれを呪った。——しかし、まえのときとは、まったくべつの仕方で。

スティナの、ぼくにおよぼしたすばらしい感化力で、ぼくはいまわしい過去の記憶を忘れ去ろうとつとめた。そしてそれが、現実には成功しなかったにしても、一方で、ぼくの心は、スティナにつよくひかれていった。そうした内密の心をファビアンが、予想もしていなかったことは事実である。

とにかく現在では、ぼくはふたたび、かれらと親しく交際している。しかし、それはぼくの気持、かれへの憎悪の念が、消えてしまったというわけではない。いや、むしろぼくの心の底では、いよいよそれが湧き立っているのである。ぼくはそれを、かれには悟られまいとしているが、かれもまた、感じとっているように見受けられる。ただ、スティナの手前、表面は和解しているように、ぼくたちふたりして、つくろっているにすぎない。かれはスティナのきげんを損じないために、彼女の旧友を家に招待する。ぼくはぼくで、それがスティナの顔を見る唯一の機会である。そのうえ、スティナとぼくの許婚者は、もっとも親しい友人であるのだ。

仮面舞踏会で、ファビアンとアスタを見たとき、ぼくはすくなからずおどろいた。かれの情事は、おわりを告げているものと思いこんでいたからで、ましてその夜、かれが彼女の家にまで出かけて行くとは、夢にも思わぬことだった。

人はだれしも、過去の勝利の場面を思いおこしては、愉しい気分に浸るもののようだ。過去の記憶に誘われて、さらにまた、なにごとかを、女性に求める。すると、どこからとなく、問いただす声が聞こえてくる。おまえは知っているのか？ 気がついているのか？ そして、それと気づかぬうちに、以前の劇が、ふたたび開始されることになる。

結末は、つけておくべきときにつけるのが肝要、最終幕は下りたままにしておくこと――この心得さえ理解していれば、多くの悲劇を回避することができるのだ。しかし、どうしてそういうことになるのか？ 人々は愚かにも、舞台がなおもつづくことを希望する。ロマンチックな場面を、もう一度味わいたいと思うからだ。ことにそこに女性が介在している場合、その傾向がつよい。かくてふたたび、下りた幕がひきあげられ、古い劇が、新しい衣裳をつけて演じられる。だがその場合、喜劇変じて悲劇となっているか、すくなくとも退屈きわまるものとなっているのがほとんどである。

ぼくがここに描こうとしているおそろしいドラマも、もしファビアン・ボールスが、かれのすでに演じおわった愛のロマンに、エピローグをさらにつけくわえる気をおこさなかったら、舞台にかからずにすんだことであろう。

そして、その結果はどうなったか？　夫の不行跡を知った夫人が、現場にいそいで、その結果として、殺人が発見される。その嫌疑が、当の夫妻にかかり、かれらの幸福は、永久に失われる――

いきなり、警部の声が、ぼくの瞑想をやぶった。

「では、おねがいしますよ、先生」と警部はいった。「だいぶ時間を無駄にしましたから」

ぼくたちは車にのりこみ、ひとりの刑事が、運転手のとなりにおさまった。サンデルソンは工業技師とむかいあった席をとって、車が走っているあいだも、尋問のつづきを行なった。

「奥さんの電話があったとき、ミス・ドゥールはそばにいたのですか？」

「いや、ぼくひとりでした。アスタ――いや、ミス・ドゥールは台所で、コーヒーを入れている最中でした」

「女中が入れそうなものですな」

「女中は家へ帰っていたんです。あの夜はミス・ドゥールひとりでした」

「夫人の声とわかって、あなたはおそらく、今夜、そこを訪れたことを後悔しはじめたんでしょうね？」

「ええ、もちろんそうです。だれかに、頭から冷水をぶっかけられたような気がしました。妻はミス・ドゥールがぼくの古い知りあいだということを、予想もしていないんです。ですから、その夜の訪問には、ある意味があるのだと、いくら説明したところで、理解してくれるとは思えなかったんです。それに、とつぜんのショックで、頭が混乱していたこともあって、ぼくは帽子と外套をひっつかむと、いきなり部屋をとび出しました。階段を駆け降りて、街へ走り出してしまったんです」

「あなたがとつぜんとび出して、ミス・ドゥールはなんともいいませんでしたか？」

「ぜんぜん憶えてもいないのです。たぶん彼女は、まだ台所にいたのでしょう。ぼくはあいさつもしませんでしたから」

「それはまた、かなりおかしな話ですな。ひとことの説明もしていられないほど、いそがねばならぬわけでもなかったでしょうに。それにまた、あなたがそこにきていなかったと、奥さんに納得させるには、ミス・ドゥールと打ちあわせておく必要があったのではないでしょうか？　すくなくとも、念には念を入れて、最悪の場合は、あなたはその家の敷居をまたがなかったと、ミス・ドゥールに説明させるのがほんとうでしょうからね」

ファビアンは返事にこまったようすで、顔をそむけた。

「さっきもいったように、そのときのぼくは、頭が混乱していたんです。ただ、すこしもはやく、あの家を遠去かる以外に、なにも考えませんでした」

「では、奥さんが真夜中に、ミス・ドゥールの家をおそって、あなたをつかまえるとでも思ったのですか？」

「ぼくの妻が、夜中に商売女の家を訪れる？　まさか！　いくらぼくがとり乱しても、そんなことは考えませんよ」

「すると、それほどいそいで逃げだした理由が、ぜんぜん説明つきませんね」

ファビアンは一瞬、躊躇していたが、

「じつのところは、スティナの声を聞いたとき、ぼくの良心がとがめたのです」と、声を低くしていった。

「その瞬間、信じられぬようなばかなまねをしてしまった、ぼくたちの結婚生活の幸福も、これでおしまいになるのかと、ぼくはのぼせあがってしまったんです。逃げることが、唯一の救われる道と考えたんです」

「そして、逃げ出すときに、台所へは行かなかったんですか？」

「ええ、アスタと顔をあわせたくなかったんです――とめられるのを怖れたのです」

「そして、そのまえには、どうなんです？　やはり台所へははいりませんでしたか？」

「行きませんよ。用がありませんから」

「すると、あなたのシガレット・ケースが、台所にあったのは、どうしてでしょう？――死体のそばに、落ちていたんですよ」

ファビアンの顔は、恐怖で凍りついた。

「それは不思議です」とかれは口ごもった。「アスタがもって行ったのかな？　いや、ちがう。あれは居間のテーブルの上においてあった。一本、ぬき出そうとしたとき、電話のベルが鳴ったのですから」

「その点、まちがいありませんか？」

「ちがいませんとも、ぜったいに。ぼくの出たあと――だれかそこにあらわれて、ぼくのケースを、台所へもって行っていたにちがいない。ぼくに罪をきせるために」そしてかれは、顔をかがやかせて、さけんだ。「そうだ。そう考えると、納得できる。その男が犯人なんだ！」

「考えられぬことでもありませんな」

と、警部もいった。

「そいつがだれだか、調べあげてください。ぼくが出ていったあとに、ミス・ドゥールの家を訪れた者です。やってみてください！　それで、この謎は解けるにちがいない」

「われわれはすでに、やってのけましたよ」

サンデルソンは、きっぱりといった。

「そうですか？　で、だれです？　それは、だれです、だれなんです？」

「あなたの奥さんです」

第七章　犯行の時刻

ぼくはふたたび、自宅の部屋にもどって、このように日記を書いているわけだが、いまだにあのときのファビアン・ボールスの顔つき——サンデルソンが「あなたの奥さんです」といったときの顔つきが、はっきりと眼のまえに浮かんでくる。まるで、鞭ではげしくたたかれたように、かれはうずくまってしまったのだ。

警部は情容赦のない口調でいった。

「あなたが知らなかったはずはない。家へ帰られたとき、奥さんは家をあけておられた。あなたの裏切りを、あなた自身にみとめさせるために、出かけていたはずですよ」

「知りませんでした。寝室がべつなものですから」

「するとあなたは、奥さんがどんな気持でおられるか、心配にはならなかったのですね。奥さんの寝室を、のぞいてみようともしなかったのですか？　あのような目にあっては、だれしも睡《ねむ》ることもできず、あなたの説明を待って起きていると思うのが当然ではないでしょうか?」

「いや、ぼくはしばらく、彼女の部屋のドアの外で、耳をそばだてていましたが、なんの音もしなかったので、妻はやすんでしまったものと思いこんだのです」

「わたしの見たところ、あなたは物事を、おどろくほど安易に考える傾向がありますな」とサンデルソンは、するどくいってのけた。「あなたのお気のどくな奥さんが、どのようにみじめな気持で悩んでおられたか、わかっていなかったとはいえますまい。どんなご婦人でも、あのような事件のあとで、落ちついてベッドにはいれると思いますか? 平気で眠れるものがおりますか!」

ボールスは不愉快な顔をして、返事に窮して、咳をしていた。

しかし、そのとき車がとまって、ぼくたちは降り立った。

ぼくはあかつきのうすらあかりのうちに、むかし踏みなれた階段をのぼって行ったが、すでに複雑な気持を味わわされた。アスタ・ドゥールは、ぼくと親しくしていたとき、すでにここに住んでいたのだった。

それは遠い久しい過去のことであった。しかし、ぼくはなお、当時のことを思い出さずにはいられなかったのだ。ぼくの空想力は熱してきた。その夜ずっと、眠っていなかったこともあって、四年以前のことが、眼前に絵となってあらわれて、ぼくにせまってくるように思われた。

偶然が、またしてもぼくを、この家に導いた。ぼくは招かれもしないのに、この階段をのぼって行く——そして最後に、彼女の部屋に……といって、彼女はぼくを、例の笑顔で迎えてくれるわけではなかった。しかしまた最後にぼくが訪ねたときの、憎悪にみちた顔を見せるわけでもなかった。

彼女はこの奥に、横たわっているのだ——冷たく、死んで……

ぼくは身ぶるいをして、このようなとりとめもない考えを払いのけようとした。そんな考えは、なんの役に立つわけでもない。まるでそれは、過去ばかり追懐しているオールド・ミスのように、センチメンタルであるだけではないか！

神経質になることは、ぜったいに避けなければならない！　ぼくはここに、ひとりの医師として、法医学の権威として、殺人事件の解決に力を添えるためにきているのである。ぼくがかつて、殺された女とふかい関係があったことは、この場合、意識の外へ追い出してしまわなければならぬ。

刑事のグリンマーが、入口のドアをあけて、ぼくたちを迎え入れた。警部はさっそく質問した。

「どうなんだ？　なにか新しい事実を発見したかね？」

「はい、いろいろと見つかりました」

グリンマーはこたえて、ぼくたちを食堂へ案内した。そこでかれは、すぐに報告をはじめた。

「わたしが、階段のあがり降りをとめましたので、ほかの借家人がふたり、こんな朝はやくから、なにごとがおこったのかと、ようすを見にやってきました。そこでわたしは、このふたりをつかまえて、被害者の女について、いろいろと質問してみたんです。もちろん、殺されたことをしゃべるわけにいきませんので、あまりくわしい話は聞けませんでしたが、なんでもあの女、かなり浮気な生活を送っていたようです。ここ数年のあいだにも、何人か男を代えたそうです。

いちおう、最初の夫に捨てられた女ということになっていて、可愛い女の子が、ひとりいるそうですが、これは田舎に、里子にやってあって、たいして可愛がってもいなかったようです。それでも、ときどきは会いにいったとのことです。今年四つになり、ヴェラという名前だといいます。もっとも、自分で出かけるより、年寄りの女中で、シャルロッテというのを、代りにやっていたようで、この婆さんは、きのうの日曜を、ひまをもらって出ていったままです。行先はわかっていますから、なんでしたら、電報を打って、呼びもどしますが――」

「そうだな」と警部はいった。「八時になったら、電報局があくだろうから、すぐ打電してくれたまえ。ほかには、なにかわかったか?」

「となりの部屋の女が、ひどくおしゃべりでして、しかも、あの女優に興味をもっていたとみえて、なにかとくわしく知っているんです。ここ数ヵ月、若いフィンランド人で、道楽者の男が、よく出入りしていたそうです。名前はゴットハルド・ルネスタムといって、非常な金持らしいのです。花だのなんだの、しょっちゅう送っていたそうです」

「なかなかおもしろそうな話だが、それはまた、あとで聞くことにしよう」と警部は、じれったそうに、刑事の言葉をさえぎった。「殺人に直接関係のあることで、聞き出したことはないかね？　たとえば、ピストルの音を聞いたとか――」

「それがないんです。彼女の寝室は、あちらがわにあるので、なにも聞かなかったといっています」

「では、死体をあらためてみるとしよう」そして、サンデルソンはぼくのほうへむきなおっていった。「おそれ入りますが博士、死体をお調べねがえましょうか。そのあいだボールスさんは、わたしといっしょに、居間にいてもらいます。まだすこし、話したいことがありますので」

ぼくはなにかと考えに沈みながら、刑事のローランドに案内されて、台所へはいっていった。前夜、仮面舞踏会でアスタ・ドゥールに話しかけた男にはたしかにフィンランド訛りがあった。そして、ボールス夫人がいったところによると、電話をかけてよこした見知らぬ男にも、やはりフィンランドのアクセントがあったそうだ。これはたしかに、偶然とはいいきれない。まさか、フィンランド人がふたり登場しているとは考えられない。ひとりの男であるとみるのが妥当といえよう。アスタ・ドゥールはこの男にそむいて、ファビアン・ボールスと親しくなった。そこで男は復讐をくわだて、ボールス夫人に電話をかけて、夫の不貞を教えたのだ。

それに、いまの報告によると、アスタ・ドゥールの現在の恋人は、フィンランド人だとのことで、その名前もあきらかになっている。それ以上、なにを必要とするか？　いうまでもなく、ボールス夫人に電話をかけて、とつぜんの訪問をうながしたのは、そのゴットハルド・ルネスタムに相違ないのだ。

かれははたして、電話をかけただけで満足したであろうか？　おそらくかれは、どこか近くにかくれていて、かれのくわだてた陰険な手段の結果を見ようとしていたにちがいない。ファビアンがあわてふためいて逃げ去るのを知って、アスタの部屋を訪れ、例の謎の証書をとりもどしにかかったと見てよいのではないか。

おそらく彼女は、それを拒絶したことであろう。そしてそのあげく、死の結末を生じたにちがいない。

ぼくは数分のうちに、この結論に到達した。そしてそれを、サンデルソンの耳に入れようとして、いったんもどりかけたが、すぐつぎの瞬間、考えを変えた。

もしぼくが、《ナチオナール》で見たことを、宣誓のうえで証言したとすれば、それはどういう結果になるか？　おそらく新聞が報道することであろう。婚約中のスミルノ博士が、仮面舞踏会にくわわっていたとは！　いや、そんなことがあきらかにされては、ぼく自身の大事になる。

すぐに肚をきめて、ぼくは台所へむかった。見張りに立っていた刑事のローランドは、お手伝いすることがありますかときいた。ぼくはこうした場合、自分ひとりで検死するのを好んだが、無下に拒絶して、かれの気を損ねてもと考えた。

死体はすこし、左にかたむいて、仰向けに横たわっていた。両腕をまっすぐ伸ばし、頭を左の肩のほうにかしげている。両眼をひらいたまま、じっとぼくのほうをみつめているところが、ぞっとするような不気味な印象をあたえる。

一時は、かつてのこの女との関係を思って、すっかり神経質にさせられて、うっかり警部の希望に応じたことに後悔を感じていたが、いまは自分でもおどろくほど、冷静にもどって、まったく他人の死体をあつかうのとおなじに、落ちついた気持になっていた。

「死体には、ぜんぜん手を触れておりません」と、刑事はいった。「死体は発見当時のままにしてあります」

ぼくはうなずいて、検死にとりかかった。胴着の左胸部のあたりが、大きな血痕に汚れている。そしてその血痕の中央に、小さな孔があいている。細身の短剣か、なにかそれに似たさきの尖った刃物で突いたような感じである。この孔から、ほんのすこし、血がながれだしているが、床にできている血だまりは、これと関係がなかった。

ぼくは注意して、死体のむきを変えてみた。脊椎と左の肩胛骨のあいだに、かなり大きな孔があいていて、これは疑いもなく、弾の通り抜けた痕である。たまっている血の元は、この孔にあるのだ。

死因は明瞭だった。アスタ・ドゥールは射殺されたのだ。弾は心臓を射ちぬいて、彼女を即死させ、ついで背中から抜け出ているのである。

死亡してから、あまり時間は経過していない。死体はまだあたたかく、死後強直もおこってはいない。致命傷を受けてから、せいぜい二時間程度経過しただけと思われる。時計を出してみると、五時をすこしすぎたところだった。したがって、殺人はだいたい、夜中の三時ごろに行なわれたと考えてよいであろう。

倒れるはずみに、彼女は頭を、台所の食器戸棚のつき出ている部分にぶつけたとみえて、こめかみのところに、打撲傷が生じていた。

解剖はあとのこととして、とりあえず外見をあらためた範囲では、争いあった痕跡とか、暴力をくわえられたようすは見あたらなかったが——例外として、ぼくをおどろかしたことが、ひとつだけあった。

それは、死体の右の上膊《じょうはく》の部分に、指でつよく抑圧した痕がのこっていたことだった。さらに精密に調査したところ、指の何本かは血に触れていて、なみはずれてふかいくぼみをのこしている。ぼくが判断するまでもなく、これは男子の手の痕であり、しかもそれが、非常に大きな男の手であることは疑いなかった。しかし、ぼくをもっともおどろかしたことは、このように力づよく握りしめた事実が、被害者が絶命しおわったあとになされた点であった。

　検証をつづけていると、入口のドアのベルが鳴った。だれかはいってきたようすで、聞きなれぬ声が、サンデルソン警部としゃべりだした。話の内容は、いうまでもなく、この殺人についてのことで、ぼくはそれによって、これが高名な私立探偵レオ・カリングであることを知った。ボールス夫人から事件の依頼を受けたにちがいない。

　ぼくは率直にいうと、一度カリングの仕事ぶりを見ておきたいものだと、かねがね好奇心を燃やしていたところだった。サンデルソン警部は一言のもとに、カリングというのは空想的な理論万能主義者ですよときめつけていたが、しかし、その理論によってカリングが、ほかの捜査担当者では手も出なかった複雑な謎を、数多く、明快に解決してみせたことまでは否定しなかった。

　そのうえ、ぼくはかれと、一面識もないというわけではなかった。一年ほど以前に、ある厄介な毒殺事件の捜査にあたって、ほんのすこしではあったが、手を貸してやったことがあった。そのときのかれは、ぼくに好感をあたえなかった。ぼくをあつかうについても、あまりにも自信がつよすぎる態度なので、これはよほどの天才か、でなければ、よほどのばか者にすぎないというのが、ぼくの結論だったのだ。

ことに、ぼくの専門の領域にまで、かれ自身の知識のふかさを誇示しようとする態度に、ぼくが反感を味わわざるを得なかったのは当然のことといってよかろう。ぼくにはかれが第二のシャーロック・ホームズを気取っているように思われた。そしてぼくが、かれの崇拝者のひとりにならなかったところから、ぼくにたいしては、いよいよもってそっけなく、切り口上的な態度をとったものと思われる。

しかし、その毒殺事件において、ぼくが最後に、決定的な確証を提供したことから、かれレオ・カリングの眼にも、ぼくがかならずしも、軽視してよい人間ではないことがわかったらしい。それは法医学的領域に属することで、事件の秘密を解く鍵としては、重大な意味をもつものだった。それ以来、かれのぼくにたいする態度はずっとていねいになり、それにつれて、ぼくのかれにむける反感も、しだいにうすらいでいくのだった。

レオ・カリングの批評は、いまのところ、これくらいでとめておこう。この犯罪事件の捜査がすすむにつれて、話がかれに触れることは、しばしばあるにちがいないから。

ところで、ぼくは死因と死亡時刻とを確定したあと、立ちあがりながら、被害者の左の手に眼をそそいだ。それと同時に、ぼくがはっとしたことを否定しない。それはさっき、《ナチオナール》で彼女が、ファビアンと笑いながら踊っていたとき、その小指にかがやいていた大粒のダイヤモンドが、いつか消え失せていたからである。

これまで、ぼくの検証をものめずらしそうにながめていた刑事のローランドが、ぼくのようすを見て、さっそく質問してきた。なにか新しいことを発見なさいましたかというのだった。

　ぼくはすぐには、それへこたえず、無言で彼女の手をもちあげてみせた。それで、指輪がむりに、指からひき抜かれたことがわかった。しかもそれは、死んでからあとに行なわれたのである。

　刑事はさらに、質問をくりかえした。そこで、ぼくはこたえた。

「死因はピストルによるものだ。それも、ごく、至近距離から、ブローニングかなにか強力なピストルで射たれたものと判断してまちがいない。ただし、至近距離といっても、服に火薬のあとのつくほど近くではないのさ」

「凶行の時間は何時ごろでしょうか？」

　とかれは、熱心にたずねた。

「だいたい午前三時ごろとみてよかろう」ぼくはこたえた。「それよりまえでないことは断言できるね」

「それなら、合います！」

　と、刑事はさけんだ。

「どこのところが合うんだ？　きみの考えと合致するというのかね？」

「とんでもない。わたしどもに、死亡時刻の確定なんかできますか！　ただ、時計に合うというんですよ」

おそらくそのとき、ぼくは間のぬけた顔をしたにちがいない。

「時計？」と、ぼくはいったのだ。「それ、なんのことだ？」

刑事は笑いを咬み殺して、

「わたしはこの死体を見て、すぐに考えたんです。これだけの床の上の血が、胸の小さな傷からながれ出るわけがない。きっと背中に、弾に射たれた傷が、大きくあいているにちがいないとね」とかれは、得意そうにいった。「といっても、わたしどもには、死体をいじることはゆるされていませんので、やむをえず、弾の行方のほうを捜してみたんです。見つけだすまでには、かなりの手間がいりましたが、最後に、うしろにかかっている古い時計に、穴があいているのを発見したのです。ごらんになればわかりますが、この時計は横がわから、なかの機構が見えるようになっていますんで、文字盤の上にあいた穴と、機械のとまった時刻と、弾がじゃまして、時計がうごかなくなった理由——この三つの事実とがわかりました。これで、ミス・ドゥールを殺した弾の所在と、凶行の時刻が、同時に立証されたことになります。もしこの時計が正確にうごいていて、弾が当るとともにとまったとすると、凶行の時刻は三時七分すぎということになるんです」

「そういうわけか」と、ぼくはいった。「それでぼくもわかったよ。凶行時刻についてのぼくの推定は、それによって証明されたことがね」

　ぼくはその時計をながめた。ぼくはそれを、あまりにもよく知っていた。すでに何年かまえになるが、ぼく自身が、アスタのために贈ったものである。時代のついた、高価な振子時計で、その文字盤は、二本の大理石の柱が支えている。そして、時計の機構の後方にも、大理石の板が嵌《は》めてあって、それが時計の背面を形づくっているのだ——非常にめずらしい品で、はじめのうちは居間を飾っていたものだが、ぼくとの関係が切れたあと、彼女はそれを、台所へ左遷してしまったわけである。文字盤は磁器製で、それが厚い金属板の上に固定してある。弾は機械を射ちぬき、大理石板にあたり、それを砕いて、そこにとどまっている。

「ちょうど時計にあたるなんて、おどろくべき偶然だね」

　と、ぼくはいった。

「そうですね。しかし、犯人にとっては、利益にならない偶然ですな」ローランドは意味ありげに、笑っていった。「時計が砕けていることで、まるで時計がしゃべっているように、いろいろと解決できることがありますよ」

「と、いうことは？」

　とぼくは、好奇心にかられて、きいてみた。

「この殺人は、あらかじめ計画を立ててやった仕事ではなく、興奮のあまり行なわれたということがひとつ。それにもうひとつ、犯人は根っからの犯罪者ではないということです。そういう連中ならば犯行のあと、すべての証拠を、冷静にとりのぞいてから、立ち去ったはずです。これはそれに反して、犯人がすっかりとりみだしたところが歴然としていますよね。泡をくって、逃げだしたというところでさ。それでなければ――」

　すると、かれのその言葉を、皮肉な調子でさえぎる声があった。

「ローランド君、あいかわらず理屈をならべているね。犯人がとりみだして逃げ出したと、なにを根拠にいうんだね？」

　ふりむくと、戸口に、レオ・カリングが、サンデルソンとボールスといっしょに立っていた。

　刑事はちょっと狼狽したようすに見えた。

「そうでもなければ、文字盤のわれた時計を、そのままにしておくわけがありませんよ。犯行の時間がわかってしまいますからね」

「なるほど、そういえないこともないな」とカリングはいって、時計のそばに近よった。

「弾が時計を射ちぬいたんだね？　そして、そのまま、時計のなかにとどまっているというわけだな。しかし、じつに不思議なことだ」

　とかれは、口のなかでつぶやきながら、時計を四方から観察していた。

「なにが不思議なんです？」

と刑事も、ひきこまれてたずねた。

「弾の当った正確な時間を教えているように見えるじゃないか」と、カリングはいった。

「ちょうど長針と短針とがつくっている角のところで、文字盤を貫いている。そのために、どちらの針も、うごけなくなっている」

「これもまた、偶然だね！」と、サンデルソンが口をはさんだ。「きみはこれを、どんなふうに結論づけるね？」

「どちらの針も、もうすこし現在の角度より内がわにあったとしたら、弾にあたっていたわけだぜ。わかるかね？」

「たしかに、そうだ」

「わかってくれたらしいね。つまりこの時計は、正確にいうと、犯行の行なわれなかった時間を教えているのだ。分針が弾痕の上を通過する時間は、毎時、七分から十六分までのあいだだし、時針のほうは、一時十六分すぎから、彼女が殺された瞬間、すなわちこの三時七分までだからね」

「すると、きみの考えは——」

「ぼくの考えはこうなんだ。ミス・ドゥールは、この時計の教えるところによると——もちろん、時計が正確なものとしての話だが——一時七分まえか、三時十六分以後、或いは、ぴったり三時七分に射たれたことになる。どうです？　その点、どなたか異議がありますかね？」

「針は、弾が時計にあたったあと、勝手にうごかすこともできたのだからね」と警部は、わかりきったことだといわぬばかりにいった。「アリバイ工作のために、犯人自身がそうしたのかもしれん」

カリングはこたえた。

「いかにもあんたのいうとおりだが、ぼくの主張は、いささかも動揺しないね。よろしいか。もし弾の行手を、どちらかの針がじゃましていたら、針はかならずこわれていたはずだからね。一時七分すぎから三時十六分までのあいだに、どちらの針も折れないで、弾がこの個所をつらぬくことのできる唯一の時間は、この三時七分だけなんだ。そしてその結論はつぎのようになる。弾が時計をつらぬいたのが、針の示している三時七分でないとすれば、一時七分以前か、三時十六分以後でなければならず、そしてその後に、針が双方、うごかされた」

「たしかに、きみのいうとおりだ」

とサンデルソンは、仕方なさそうにうなずいた。

ぼくも口を出して、「一時二十分以前に、殺人が行なわれたはずはありませんよ」と、いった。

そこでカリングは、はじめてぼくのほうをふりむいて、

「やあ、スミルノ博士ですね！」と、ぼくを見かけたことが、ひどく意外だといった調子でさけんだ。「一度、お手伝いねがったことがありましたな。その節は、あなたのご調査のおかげで、非常に助かりました。ここでまた、ごいっしょに仕事することになって、こんなうれしいことはありませんよ」

第八章　三人目の客

　ぼくがここに、このように大いそぎで、日記のページにつぎつぎとペンを走らせていると、昨夜の出来ごとが、手にとるように、脳裡に浮かんでくる。おどろくほど生き生きと――。ぼくはいまなお、アスタ・ドゥールの家の台所にいて、眼のまえに、犯人をさがし出そうとして、全力を注いでいる人々をながめている気がするのだ。もちろん、犯人はかならずしも男と見られているわけではない。むしろ婦人の手によるものではないかとの考えもつよいのだが――

　警部のサンデルソンは、もともと同情心にとんだ男で、それがいっそう、かれへの信頼感をふかめている。そしてまた、つねに、おのれの行動に、ゆるぎない自信をもっていることが、しばしば、かれのまえにひき出された犯人をして、自白をうながす結果になるのだった。ぼくがかれに、検証の結果を告げると、かれはいった。

「そうでしたか？　あなたもやはり、犯行の時間を、午前三時と決定されたんですね。

それはよかった。ほかにもなにか、発見できましたか？」

ぼくは死体の上膊に、血のついた指の痕がのこっていたことを語った。

「なるほど、これですね」と、そのとき、ひざまずいていたカリングは、二の腕をあらためてみていった。「ずいぶん力づよく、つかんだものですね。痛かったことでしょうな」

「いや」とぼくは、しずかにこたえた。「彼女は感じていませんよ。死んだあとでしたから」

私立探偵はうなずいた。そして、ほとんどそれと見てとれぬ程度の笑いを顔に浮かべて、

「たしかに、あなたのおっしゃるとおりですな、博士」と、いった。「死亡後、かなりたってから、ついた痕に相違ありませんね」

なんのためにかれは、事実と反対な推定を述べたのであろう？ ぼくの鑑定能力を試験するつもりであったろうか？ よし、かれがそういう肚なら、もうすこし、おどろかしてやろうか。

「左の手をごらんになれば、小指に、指輪の痕がのこっているのがおわかりでしょう」とぼくは、しずかに言葉をつづけた。「かたく嵌っていたとみえて、無理にひき抜いたことが歴然としています。――そして、これもまた同様、死亡後に行なわれたことです

な」

「あなたはじつにするどい観察眼をおもちですな、博士」とカリングは、賞讃のいろを顔にあらわしていった。「完全に、あなたのおっしゃるとおりです。それに、なによりもぼくのおどろいたことは、ああまで正確に、凶行時刻を確証なさった事実です。例の弾のあたった時計を見もしないでのことですからね。あれで、あなたのおっしゃることの正しいことが証明されました。あの事実には、まったく疑問の余地はありませんな」

そしてかれは、下あごをすこし、下へまげて、

「死後強直はまだおこっていないな」と、ひとりごとのようにつぶやいた。「こういう場合、ぼくには正確な時間の判断がつきかねるのだが、そこはやはり、経験のたまものなんですね」

「もうひとり、べつの医師に立ち会ってもらえば、万全といえましょうね」とぼくは、簡潔にいってのけた。「ぼくはただ、ぼくの意見を述べたにすぎませんから」

「なあに、その必要はありませんよ！　あなたのご意見は、ぼくにとっても、決定的なものです。批判の余地なんか、あるわけがありません。それどころか、ぼくの確信も、それでいっそうつよめられました」

レオ・カリングは、ことのほか、上きげんに思われた。かれは愛想のいい笑いを、サンデルソン警部のほうへむけて、

「警部さん、ぼくのようなものを、じゃま者あつかいにしないでくれるのは、うれしいことですよ」とかれは如才なくいった。「知ってのとおり、ぼくはこれまでに警察の捜索をじゃましたことは、一度だってなかったんだからね。それにしても、あんたの親切には感謝しますよ」

　サンデルソン警部も、同様に愛想よくこたえた。

「こちらだって、おなじことですよ。いつも大助かりでね。今度の事件では、ことにそれが必要のように思われる。おそろしく複雑な事件と考えられるんでね」

「そうかもしれませんな。ではひとつ、これまでに確実にたしかめられた事実をならべてみてくれませんか」とカリングはいって、手帳をとり出した。「むろん、もっとも大事なことは、時間の問題で、その点ぼくには、つぎの事実だけはすでに確実になったと思えるんだ。だいたい午前一時ごろ、ボールス技師とミス・ドゥールが、≪ナチオナール≫の仮面舞踏会を出て、夜食をとるため、ミス・ドゥールの家へ徒歩で帰っていった。ミス・ドゥールがコーヒーをつくるために、台所へ行っているあいだに——より正確にいえば、午前二時半だが——ボールスさんのところへ、電話がかかってきた。そして、意外にもそれが奥さんの声だったので、ボールスさんは後悔の念と良心の苛責《かしゃく》で、ミス・ドゥールにあいさつも述べずに、その場をとび出した。

　そして、これからはボールス技師と奥さんとが真実を話したものとして推定するのですが、ボールスさんがそこをとび出されたときには、ミス・ドゥールはまだ生存していた。それはスミルノ博士の検証によっても確認されている。もしそう考えて正しければ、電話のベルを聞いたとき、彼女もまた、居間のほうへいそいだと見てよいのではないか？」

この質問は、ファビアン・ボールスへむけられたものだった。

「そういうわけですな」とボールスはこたえた。「もし、彼女にベルの音が聞こえたとしたらばですね」

「それは簡単に、たしかめられることですよ」

そういってカリングは、名刺をとり出すと、二、三語それに書きつけて、それを刑事にわたした。電話で伝えてくれるように依頼したのだ。

かくて、台所のドアは、ボールスが玄関からとび出したとき見かけたという位置、つまり、てのひらの幅ぐらいの隙間をのこして、しめられた。やがて、交換局から電話がかかってきたのが、なかにいるわれわれの耳に達した。ベルの音ばかりでなく、ローランドの話す言葉まで、はっきりと聞きとることができた。かれはカリングの名で、ヨハンという男に、大型顕微鏡と、そのほか二、三の品を、車でもってくるように命じたのである。

「いいですか、技師さん」とカリングは、かれの癖である、例の高慢ちきな口調でいった。「おわかりになったでしょう。ミス・ドゥールはベルの音ばかりでなく、あなたの話された言葉のひとことひとことを、のこらず聞きとったにちがいないのです。その後、あなたの奥さんは、二度も電話をかけているのですが、返事ひとつなかったといっておいでです。ミス・ドゥールが電話のベルを聞かなかったとみるのもおかしなことだし、あなたがいきなりとび出していかれるのを、とめなかったというのも、ふつうでは、考えられぬことではありませんか？」

「それは、こう説明できるんじゃないですかな」と、サンデルソンが口をはさんだ。

「そのとき、なにかのじゃまがはいったんだとね」

「そうです。そのとおりですよ、警部君。たしかに彼女は、なにかにさまたげられたにちがいない」

「ほう。するとそのじゃま者はだれですかね？」

と警部のほうが、かえっておどろいていった。

「犯人にきまっていますよ」とカリングは、われわれみながおどろいたほど、確信にみちた調子でいいきった。しかし、ぼくは苦笑させられただけだった。「犯人はボールスさんがいたとき、すでにこの家のどこかにいたにちがいないんです」とかれは、はっきりと言明するようにいった。「かれはなんらかの方法を用いて、台所のドアからしのびこんだ。そしてかれは、ミス・ドゥールと――そしてまた、おそらくはあなた、ボールスさんにも――面とむかいあって、顔をあわせる機会を待っていたのでしょう」

「ぼくに？」ファビアンは口ごもった。「ぼくに会うというのはおかしいな」

「どうしておかしいんです？　これがあらかじめ計画した殺人であることは、はっきりしたが、とにかく犯人は、ピストルを携帯してやってきた。それはつまり、恋の相手――つまりあなたのことだが――それに対決した場合、身を守るための用意だったといえるんです。したがって、あなたがあのとき、あわてて逃げ出したことは、あなたにとって、運がよかったといえるんじゃないでしょうか。でなければ、おそろしい運命にあったのは、ミス・ドゥールではなくて、あなただったと思えるんですよ」

ぼくが画家であったら、そのときの人々の、さまざまな表情を再現してみたい欲求に駆られたことにちがいない。

ファビアンは身をすくめて、見ているものがふき出したくなるほど、ぎくっとした顔つきを見せた。サンデルソン警部は肩をすくめて、得意満面の私立探偵の主張を鵜呑みにしたら、その威厳を傷つけられるといったように、顔をそむけた。ふたりの刑事は――とりわけ、かつて犯罪者だったグリンマーは、人生行路を教えてくれたカリングだけに、ものもいわずに驚嘆のまなざしを、人生の教師にむけていた。これらさまざまな顔付を見て、ぼくはうっかり、笑いだしてしまった。悲劇の犠牲者をまえにおいて、笑うというのは、あまりにも不謹慎のそしりをまぬがれぬと知ってはいたが――

「失礼しました！」とぼくは、恥じらいながらいった。「いや、じつは、ほかのことを考えていたものですから」

カリングの鋼鉄《はがね》色の眼が、するどくぼくの顔にむけられた。

「やはり、ちょっとした神経的な発作でしょうな、博士」と、かれはいった。「だいぶお疲れのようすですよ。おそらく過労なんでしょう。そして、賭けてもよろしいが、今夜はぜんぜん、おやすみになっておられないとにらみましたよ」

「そのとおり。ぼくは一秒も寝ていないんです」と、ぼくはうなずいた。

「すぐわかりますよ。あのような仮面舞踏会のあった夜では、だれしもありがちのことですからね」

ぼくは大きく目をみはって、

「仮面舞踏会？　それどういう意味です？」

「むろん、《ナチオナール》で行なわれた仮面舞踏会のことですよ。あなたも、昨夜、顔を出されたことを否定なさらんでしょう」

「否定するとしましたら？」

「だめですよ。反対の証拠をもっているんですから」

「どこからそれを聞きました？」

ぼくはおどろいて、思わずさけんだ。

「わけもない推理です。さっきぼくが、ここへはいってくると、警部とボールスさんが玄関にいましてね、ボールスさんが、外套のポケットから、なにかとり出したところなんです。ぼくも外套をぬいで、それをかけようとすると、となりにかけてある外套のポケットから、黒絹の仮面がぶら下っていました。その後の質問でたしかめてみると、それはあなたの外套だそうで。それに、あなたはいまだに、タキシードを着ておいでだ。こんな時刻にそのかっこうでは、昨夜眠らなかったとしか考えようがない。そして、昨夜、仮面舞踏会が行なわれたところというと、ストックホルムに、たった一ヵ所しかない。《ナチオナール》ですよ。そこで当然あなたは、その仮面舞踏会に出席されたという結論になるんです。どうです？　否定なさるわけにはいきますまい？」

「たまたま、結論が正しかったというだけで、いわばまぐれあたりというに近いですな」とぼくはちょっと激しい口調でいった。「すべては想像で、これといった論理的な推理過程は見られない！」

するとカリングは、わずかに、肩をかるくゆすっただけなので、ぼくはなおも、言葉をつけくわえた。

「仮面はほかの機会に、ぼくの外套のポケットにはいっていることもあろうし、タキシードにいたっては、なにも仮面舞踏会にだけ着るものとはかぎらない。なにかほかの宴会のために、着ていたのかもしれんでしょう」

「いかにも、おっしゃるとおりです」探偵はこたえた。「ぼくが、手もとにあつめた材料から結論をひき出した場合は、ほかの可能性を拒絶しているというわけではないのです。――すくなくとも、通常の場合はそうです。ぼくはただ、考えることのできる可能性に、すべていちおう眼を通して、それらしくないものを投げ捨てるだけです。あとにのこったもののうちから、正しいと思われるものがえらばれることになります。

この場合、毎日患者を訪問なさる医師が、一週間にもわたって、外套のポケットに、仮面を入れたままにしておかれるとは、考えられることではありません。医師として、そしてまた、婚約者として、その品位にふさわしいものではありませんからね。したがって、その可能性は除外してかまわないでしょう。それに反して、ほかの宴会に出席されたという可能性のほうは、たしかに否定することができません。しかし、一晩中、眠る機会をもたなかったとすると、その疲れた顔つきから、なによりさきに、仮面舞踏会を考えてよいのではないでしょうか」

ぼくは意志に反して、かれの言葉の正しいことをみとめないわけにいかなかった。

「もちろんぼくは、《ナチオナール》にいったことを否定する気はありませんよ」と、笑いながらいって、「しかし、それがこの事件と、どういう関係があるのかまではわかりませんね」

「もちろん、関係なんか、ぜんぜんありませんよ」と、カリングはこたえた。「しかし、もしそうだとしますと、おたずねしたいことはありますね。舞踏会で、ミス・ドゥールとボールスさんがいっしょのところをご覧になったかということです」

この質問は、ぼくのまったく用意していなかったところだった。しかし、ここはあくまでも、このスキャンダルに巻きこまれないように、警戒しておくところだ。そうでないと、ぼくがかつて、被害者と特別の関係にあったことが、人々の口の端にのぼることになる。過去の事実をあきらかにするために、質問を浴びせられ、それが新聞に載ることになれば、たんにアスタ・ドゥールのむかしの情人だったことがあかるみに出るばかりか、おそらくはまた、今度の殺人事件とも、なにか関係があると嫌疑をかけられるおそれがあるからである。それだけは、どのような方法を講じても避けなければならない。そこでぼくは、カリングのこの質問にたいして、はっきりと否定的な返事をした。

「なるほど、そうかもしれませんな」かれは考えながらいった。「人ごみのなかで、眼につくというのも考えられることでなし、ことに仮面をつけていたとなっては、なおさらのことですからね」

このときぼくは、ハッと気がついたが、アスタに話しかけたフィンランド訛りの男の件を、打ちあける機会をまったく失ってしまったのだ。

そこに、ベルが鳴ったので、刑事のローランドが出て行った。間もなく、かれは電話で注文した品を携えて、もどってきた。

「これで、射ちぬかれた時計の検査をはじめますが」とカリングはいった。「そのまえに、ボールスさんに伺っておきたいことがあるんです。昨晩の夜食に、三ばん目の客があったはずですが、だれだったのです？」

ファビアンはいきなり殴られた小学生のようにふるえあがって、

「三ばん目の――」と、さけんだ。「そんなことは、すっかり忘れていました。どうしてまた、あなたはそれを――？」

レオ・カリングは笑った。きょうのかれは、手のうちを示すのが気に入っているとみえて、結論に達した秘密を、講義でもするようにしゃべりだした。

「これ以上簡単なことはないくらいですよ」と、かれはいった。「食卓には、二人分の食事の皿があっただけですが、居間のテーブルには、飲みかけのシャンペン酒のグラスが三つと、灰皿が三つ、のっていました。あれはつまり、ふたりで食事をとっていて、それがおわりに近づいたところへ、客がきたので、シャンペンと煙草を出したという証拠になりましょう！」

「まったくそのとおりです」と、ボールスはいった。「いま、あのとき、あの男がはいってきてからおこったことを思いおこしてみますと、どうもあの男が、殺人に関係があるようにみえるんです。なぜ、もっとはやく、このことを思い出さなかったのかと悔まれますよ」

「それをくわしく、話してください」

「まだぼくたち——ぼくとミス・ドゥールが、食卓についていたときです。玄関ではげしくベルが鳴ったので、ぼくたちふたりは、思わず顔を見あわせました。なにしろ、一時二十分すぎという時刻でしたから。

あけるんじゃないと、ぼくはいいました。ここにいることを、ぼくは見られたくなかったんです。

しかし、ベルがもう一度、そしてもう一度と、はげしく鳴りましたので、アスタは女性らしい好奇心に駆られて、

『だれだか、見てくるわ。でも、なかへはいれないから、安心していてよくてよ』といいました。

そして彼女は、出て行きました。ぼくが聴き耳を立てていると、彼女はそっと、ドアをあけたようすでしたが、よほどびっくりしたとみえて、声を立てました。

『まあ、あなたでしたの？』と彼女は、かん高いソプラノで、さけんでいます。『気でもちがったの？　それとも、こんな夜中に、人騒がせをして、あたしになんの用があるというのよ？』

『すぐにわからしてやるさ、ぼくの小バト』と、ふとい男の声が、フィンランド訛りをまじえていいました。『しかし、今度はぼくを逃がれるわけにいかんぞ』

ミス・ドゥールは悲鳴をあげながら、食堂に駆けこんできて、ぴしゃりドアをしめると、

『こまったわ。あのひと、酔っているの！』と、あえぎあえぎいいました。『きっと、あたしを射ち殺すわ』

つぎの瞬間、ドアがいきなりあいて、二十五ぐらいかと思われる男が、戸口に顔を出しました。手に、レヴォルヴァーをもっています。一眼で、ひどく酔っていることが見てとれました。

かれはぼくを見て、しばらくはそこにつっ立っていました。われながら、どうしたものかと迷っているようすでしたが、とつぜん、憎悪にみちたあらあらしい笑い声をあげて、『ふん、やっぱりそうか。客というのはおまえなのか』と、しゃっくりをしながら、『朝までのお楽しみか、ハ、ハ、ハッ』と笑い出したものです。

ぼくは立ちあがって、できるだけ落ちついた態度で、かれのまえにすすみ出ました。

『すこし、しずかにしたらどうだね。——ところで、用というのは、どんなことか？』

『おまえには関係のないことだ。もっとも、おれもなにをするというわけではないが！』

『しかし、きみはこうして、家宅侵入罪をおかしているじゃないか！』

『アスタに用があるから、やってきたんだ。話のじゃまをすると、家宅侵入以上のことをやってのけるぞ』

そしてピストルを高くあげたので、ぼくはそれを奪いとろうとしました。

しかし、かれは吠えたてました。

『おとなしくそこに、腰を下ろしていろ！　おまえには関係のないことだ。よけいな手出しはするな』

そして男は、ミス・ドゥールのほうにむきなおって、

『この男にいってやれよ。笛はふくろのなかにしまっておくがいい。それでないと、ひどい目にあうからとな。解決する問題は、おまえとおれとのことなんだ。さあ、おれの忍耐は、もうおわったんだ』

ミス・ドゥールはまっ青な顔になりましたが、それでも眼だけはぎらぎらかがやいて、

『大きな声で、どなりちらすことはないわ。さわいだって無駄よ。ここに手形があるわけじゃないんだから』

『うそいうな』

『うそなんかいわないわよ。疑うんなら、自分でさがしてみたらいいわ。銀行の保管箱にいれてあるんだから』

『どこの銀行だ？』

『こことおなじ街の四十五番地よ』

男はまだ疑わしそうな顔をしていましたが、彼女はこの機会をのがさずに、いそいで

つけくわえました。

『夜があけるまでは、どうにもならないけど、あすになったら、とりかえてあげることができるわ。この紳士のまえで、約束してもよくてよ。そのかわり、さわがないでちょうだい。それよりか、ここへかけたらどう？　シャンペンを抜くわよ』

男は彼女の勧めた椅子に腰を下ろして、テーブルの上に、ピストルをおきました。じっと考えこんでいたので、彼女がそのピストルを、すばやく手もとへひきよせたのにも、気がつかないようすでした。そのあと彼女は、シャンペンのグラスをとりに、出て行きましたが、もどってきたときには、すでにピストルを手にしていませんでした。

彼女はまた、シャンペンを注いで、ぼくに見知らぬ男と、乾杯しあうように、眼で合図をしました。そこでぼくは、かれに煙草をすすめてみました。男はだまって、それを受けとると、考えこみながら、ふかしていました。

しばらくしてから、男は立ちあがると、今度は非常にいんぎんに、それまでの無礼を詫びました。そして、出て行くにあたって、ミス・ドゥールに小声でなにかささやきましたが、その内容は、あすの十一時だね、忘れんでくれよという言葉のほか、聞きとることはできませんでした。

男はぼくに、あいさつもしないで出て行きました。そのあと、ぼくはアスタに、男の名をたずねましたが、彼女はただ、あのひとの名前は、問題と関係のないことで、もともとはいい人間なんだけど、というだけでした。——もっとも、うるさくつきまとわれるんで、それを考えると、くさくさするというようなことはいっていました」

「いや、よく打ちあけてくれました」と、カリングはいった。「それで、われわれのドラマに、新しい登場人物が、ひとり見つかったというものです。これがあるいは、犯人であるかもしれない。どうです、警部君、あんたのご意見は？」

「シャンペンのグラスに、三ばんめのがあったことに気づかなかったことを白状しますよ」とサンデルソンは、ちょっと声を低めていった。「しかし、なんですな、ボールスさん。なぜあなたは、最初にこの話をしてくださらなかったのです？」

「ぼくはすっかり、気が転倒していたからです。このエピソードをいい忘れたにしても、ぼく自身としては、格別不思議とは思いませんが——」

カリングがまたたずねた。

「その男が帰って行ったのは、何時でしたか？」

「ミス・ドゥールは男を送り出して、玄関からもどってきたとき、こんなふうにいいました。いやだわね。あのひとのために、あたしたちの食事時間が、二十分も台なしにされたわ！　それでぼくは、時計を見ましたが、二時より二十分前でした」

サンデルソンが口をはさんだ。

「そして、二時ちょっとまえには、奥さんのところへ、フィンランド訛りのある男から、電話がかかってきたという。これはどう考えても、関係があるように思われる」

「そうかもしれませんね」

と探偵も、考えぶかげにいった。

第九章　新しい事実

カリングはすこし間をおいてから、またボールスに質問した。

「ミス・ドゥールは、そのピストルをどうしたんでしょうね？」

「シャンペンのグラスをもってもどってきたとき、ぼくに小声でささやきました。安全な場所にかくしてきたから、心配はなくてよって」

「装塡してあったか、おわかりでしたか？」

「知りませんでした」

「かくしたといっても、台所か調膳室でしょうから、犯人が見つけなかったともいいきれませんね」

サンデルソン警部も口をはさんで、

「その怪しい男は、帰りぎわに、ピストルを返すように、要求しなかったのですか？」

「ええ、すっかり忘れていたようでした。そのときは落ちついて、酔いもさめていたんですがね」

「あるいは、最初酔ったふりをしていたのかもしれませんね？」

「さあ、どうでしょうか。酔いがまわって、うとうとしているようだと思っていると、二、三度、ぼくをぬすみ見たりしていましたし」

「はいってきたときとおなじ道を出ていったと、はっきりいえますか？」

ファビアンは額をこすって考えていたが、けっきょく、こうこたえた。

「はっきりいいきることはできません。食堂のドアは、ぴったりしめきってあったわけではないので、入口での話声は聞こえましたが、帰って行くところまでは見ることができませんでした」

「階下の玄関のドアをあけたりしめたりする音は聞こえたのでしょうね？」

「それは聞こえました。しかし、ミス・ドゥールがもどってきたあとで聞こえたんです」

「すると彼女は、男を送り出したわけではないんですか。玄関においたままだったんですね」

「そうなんです。男の行動に、感情をそこねていましたから」

「入口のドアが、あいたりしまったりする音は聞こえたにしても、階段を下りる足音や、玄関の大扉をしめる音は、聞こえなかったことでしょうね？」

「そうです、それはまったく聞いた覚えがありません」

「すると、男が入口のドアをあけたてする音だけ立てて、そのあとまた、なかにしのびこんで、台所から、調膳室に行って、ピストルをさがし出し、後刻また、ミス・ドゥールと二度目の折衝をはじめたとも考えられますね」

「一度も考えてみたことはありませんが」とファビアンは、当惑したような口調でいった。「そういわれてみると、そうかとも考えられますね」

警部はレオ・カリングのほうへ、なるほどといった視線をむけて、

「カリング君、その点、きみはどう思いますね？」

「あんたの意見は、りっぱなものだと思いますよ。あんたのいわれたとおりだったかもしれませんよ。もしそうだとすれば、その侵入者をさがし出して、手錠をはめてしまえばすむわけだが、しかし、この事件が、そのような簡単なものとも思われんな。たとえ男が、一時四十分に、台所へしのびこんだとするにしても、それから三時ちょっとすぎに、殺人が行なわれるまで、非常にながい時間のことが、不明のままにのこってるんでね。ほとんど、一時間半にちかいながい時間のあいだには、いろいろなことがおこりうるでしょう。事実、われわれも多くのことを知っています。たとえばボールス夫人、これが、何時だったかは不明ですが、この家へ、訪ねてきている。われわれがこれについて知っていることというと、夫人がふたたびとび出して、三時十六分に、夜警と警官と

いっしょに、もう一度ここへもどってきたこと――」

「たしかに、そういうことがいえる。夫人が時間をはっきりさせないところをみると、ちょうど殺人が行なわれた時刻に、ここにきていたとも考えられますしね」

と、警部もうなずいた。

「つまり、その一分一秒が、決定的になるということです」とカリングは、そっけなくいってのけた。「すべてはその時間ひとつにかかっている。彼女が訪れたのが、殺人の行なわれた直前なのか、あるいはあとか夫人自身の陳述では、時間の点がきわめてあやふやだが、夜警の証言によると、夫人がもう一度、この家にひっかえしたのは、三時十六分すぎだったということになっている。それは彼女のとりとめのない言葉によっても、殺人の直後と見てまちがいないようだ。夫人がおどろいて、この家をとび出し、ふたたび警官たちにつれこまれるまでに、せいぜい数分しかたっていないといえるんじゃないか。ぼくの見たところでは、まず二分から三分のあいだと思うがどうかね。

　いまもいったとおり、このドラマでは、時間が主役なんですよ。この階段をのぼって、部屋をさがしまわって、台所に死体を見出して、ふたたび逃げ出すまで、どのくらいの時間が必要でしょうね？　あんたの計算によると、どうなりますか、サンデルソン君？」

「ボールス夫人は、食卓にふたりついていたことと、コーヒーのコップには手がつけてなかったこと、電話器は居間にあったこととを見とどけていられるし、それに、寝室ものぞきこんだといっておられる。それはもちろん、ふたりの現場をつかまえようとして、ぬき足で行ったことはたしかだから、すくなくとも、十分は必要としたと思うな」

しかし、カリングは頭をふって、

「ぼくはそうは思わないな。その反対に、夫人は興奮していたんですから、すばやくあたりを見まわしただけで、そのときは食卓の上のものも、コーヒーのコップも眼につかなかったのだと思いますよ。しかし、その点はもう一度、夫人にたしかめてみることとしよう」

そういってから、カリングはまた、ボールスのほうへむきなおって、

「ミス・ドゥールは、深夜の訪問者がとりにきた証書というのは、どんなものだったか、話してきかせましたか？」

「ええ、話してくれました。なにか、金銭についての証書だそうです。彼女は世間に知られぬように、金貸しをしていたらしいのです。うわさはまえから聞いていましたが、ずいぶん高い利息のようでした。彼女がそれとなく話してくれたところによると、あの無作法者は、手形を書き替えさせてくれとたのんでいたようです。彼女はそれに、イエスといわなかったわけですね」

レオ・カリングは、歯のあいだから、ヒュッと口を鳴らした。

「おやおや、高利貸しですか。おどろいたものですな。最初は色恋で、相手を絞りあげ

てしまうと、今度は高利で、金を貸すというのですか。考えた商売ですな。だれしも、特別な理由がないかぎりは、証書の書き替えなどしないものですが、その事情を聞いてみましたか？」

「ええ、聞きました。手形の署名のひとつが、仮空のものだったそうで、それを正しい名前に書き替えさせてほしいと要求していたようです」

「彼女としては、偽名手形のほうが、不渡りの場合、本名のものよりも、価値が多いと知っていたんですな。それさえにぎっていれば、じゅうぶん恐喝のネタになりますからね。それで書き替えを承知しなかったんでしょう。わかりました。これはたしかに、りっぱな殺人の動機ですね」

「そういうわけですな」と、警部はいって、「ところでボールスさん、あなたと被害者とのおつきあいは、よほど以前からのものですか？」

このぶしつけな質問に、ファビアンの顔には、かなり不快そうな影がさした。しかし、すばやくぼくのほうへ、視線を投げると、すぐにまた、もとの顔色にもどって、

「二、三年まえのことですが、ぼくがまだ、独身でいたころ、知りあいになりました。結婚してからは、一度も会ったことがありませんでしたが、昨夜、偶然《ナチオナール》で、声をかけられたようなわけで」

「お話によると、昨夜、あなたがここを訪れたとき、すでに二人分の食事が用意してあ

ったそうですね？」

「ミス・ドゥールは最初、あなたが《ナチオナール》に行かれるとは知っていなかった。するとだれかほかの客を招くつもりでいたことになりますね？」

「そんなふうに思えます」

「それが、あなたがたをさわがせた男でしょうか？」

「いや、そんなふうには思えませんね。男はただ、手形のことばかりいっていましたし、ミス・ドゥールはミス・ドゥールで、かれを一週間以上、逃げまわっていたそうですから」

「ミス・ドゥールは、あなたがお知りあいになられたころから、金貸業をやっていましたか？」

その言葉が、いかにも皮肉にひびいたので、ぼくは思わず、かるく笑ってしまった。ボールスはそれを見て、怒ったようなまなざしをぼくにむけて、

「さあ、どうですか」とかれはつっけんどんにいった。「ぼくはなんにも知りませんよ。しかし、そのことでしたら、スミルノ博士がくわしいでしょう。このひとは、ぼく以上に、ミス・ドゥールとは親しかったんですから」

ぼくはもともと、ちょっとしたことで、顔を赤くする悪癖があった。警部とレオ・カリングが、口をそろえて「あなたも！」とさけんだので、われながら腹の立つことだが、

頬がまっ赤に染まるのを、おさえきれなかった。そして心のうちでは、ファビアンのやつめ、ろくなことはいわない。いつか仕返しをしてやるぞと誓っていた。それはそれとして、アスタと親しかったことについては、あくまでだまりぬこうと決心した。ぼくの婚約のために、いっさいはアスタの死体とともに、葬り去らねばならぬのだ。

「ええ、ぼくもあのころは、まだ若くて、考えが足りませんでしたからね」ぼくはできるかぎり平静を装っていった。「しかし、あれはずっとむかしのことなんです。ボールス君は親切にも、ぼくと位置をかえてくれたので、ぼくのほうは、彼女とのつきあいに、終止符を打つことができました。だから、新しいことはこのひとのほうがくわしいのです。ぼく自身のことをいいますと、さいわい金にはこまっていなかったので、ミス・ドゥールに金融をたのむようなことはなくてすんだのです。それにそのころは、彼女もそのような商売はしていなかったと思います。彼女がそういう仕事に手を出したのは、その後の交際仲間の関係からおこったことではないのでしょうか。

もちろん、警部とカリング君が、ぼくとミス・ドゥールのつきあいについて、もっとくわしいことを知りたいといわれるならば、よろこんでお話しする気でいますが、しかし、それがこの殺人事件とは、なんの関係もないことは、自信をもっていいきることができますよ」

ぼくがそういうと、ファビアンも気を変えて、アスタと関係した当時のことについて、警部たちの知りたいかぎりのことは、なんであろうと話してきかすと、熱心に申し出るのだった。レオ・カリングはぼくとファビアンとを、代る代るにながめながら、

「めずらしいことですな。そのおふたりが、こうしてここに顔をそろえられたということは！」と、かれはいった。「いままでにも、こうしておふたりが、顔をあわせたことは、たびたびあるとは思いますが、犯人の捜査にさいして、死体をまえに、立ち会われるというのは、たしかに偶然以上のものがある。ボールスさんは、昨夜の会合のあと、奥さんともどもこの殺人ドラマにまきこまれてしまわれたし、そのあと、あなた、スミルノ博士は——」

いいかけて、かれが口ごもったので、ぼくはいそいで、口をはさんだ。

「ええ、そのあとぼくは、医師としての義務をはたしました。ぼくは警部から検死を依頼されたので、過去の記憶を忘れて、とりいそぎその仕事を完了したところです」

「あなたはその点、つめたい血の持主といえますね」

と、カリングがいった。

「ぼくがとくに、冷血な男とはいえないと思いますよ。ぼくが現在、感情にうごかされずにいられるというのは、ぼくと被害者とのあいだの関係が、それほどふかいものではなかったことの証拠であり、縁が切れてから、久しい時間がたっていることを示しているわけです」

今度は警部が、新しく口をはさんだ。

「偽造手形の金額は、どのくらいのものかご存じですか？」

「ぼくの記憶にまちがいがなければ、五千クローネだったはずです」

「それはもちろん、銀行にあるのではないでしょうね？」

「そうですよ。じっさいはこの家の金庫にあったのです。あの場合、男が彼女の口に欺されなかったら、そこに見つけていたにちがいありません」

「金庫には、そのほか、それと似た秘密の証書が何通もあったのではないでしょうか？」

「知りませんな。彼女はぼくの眼のまえで、あけては見せましたが、有価証券のたぐいは、示そうとしませんでした」

「金庫をあけるのに、なんの理由から、わざわざあなたを立ち会わせたのです？」

「それは、ぼくたちのあいだで話題にのぼったことがあったからで。しかし、この事件には関係のないことです」

「そうだとしても、それについて話してくださいませんか？」

ファビアンはいうまいとしてためらっていたが、その眼がたまたま、ぼくの上に落ちると、意地わるそうな表情が、その顔に浮かんだ。そして、かれはいった。

「手紙のコレクションを見せてくれるといったのです」

「どんな手紙でした？」

「見たわけではありません。食事のあとで見せるといってましたが——その後、あんなことになったので」

「どんな問題についての手紙でした？——やはり、金銭関係？」

「いえ、ラブレターですよ。ミス・ドゥールの話では、彼女はそれをのこらず保存してあるのだそうで。彼女の客であっただれについても、一通はかならず、記念の意味でとっておいたとか——」

「そんなことはない！」とぼくはさけんだ。「すくなくともぼくの手紙があるはずはない」

「しかし、きみのもあるといっていたぜ」とファビアンは、意地わるそうな笑いを浮かべてこたえた。「きみの名が書いてあればわかることさ」

「彼女はぼくに、ぜんぶの手紙を返してよこした」

と、ぼくはいいはった。

「一通は例外のはずさ。一通だけのこしておいたといっていた」

「き、きみはそれを、読んだのか？」

「いや、いまもいったとおり、食事がすんだら、見せてくれるといっていた。ところが、妻から電話がかかったもので——」

警部がそこに口を出して、

「するとボールスさん、あなたの手紙も、その収集のなかにあることになりますね？」

「いや」とファビアンは、勝ちほこったようにこたえた。「ぼくはそうした点になると、きわめて用心ぶかい人間なんですよ。ぼくは自分にいいきかせているんです。女へはぜったい、手紙は書くなよとね」

とつぜん、カリングが口をはさんだ。

「ミス・ドゥールは、食事まえに、金庫をあけたといいましたね？」

「そうです。そして彼女は、鍵を鍵箱にいれました」

「そのあいだ彼女は、手紙をどこにおいといたのです？」

「それは知りません。たぶん、寝室のどこかでしょう。革の紙ばさみに入れてあったと思います」

「あなたがここを出るときにも、やはりそこにあったでしょうか？」

「そうでしょうね。ぼくはもって出ませんから」

「ぼくの手紙が！」

ぼくはさけんで、戸口へ駆け出した。

しかし、レオ・カリングは、ぼくをおしとどめて、

「無駄ですよ、博士」とかれは、落ちついていった。「手紙はあそこにはありません」

「き、きみが――とりあげたのか？」

とぼくは、あえぎながらいった。

「いや、ぼくではないが、だれかが、その興味あるコレクションをもち去ったと思われるんです。書いた男のひとりか、それとも、そうしたラブレターの収集に趣味をもっている男でしょうな」

これは、ぼくのまったく予期しないことだった。ぼくの書いた手紙に、だれか興味をもつものがいるのだろうか？　敵意をもつ者、あるいは、それをタネに、恐喝をはかる者。となると、ファビアン・ボールスのほかには考えられぬではないか。そのかれが、ぼくのまえに立って、嘲笑を顔いっぱいに浮かべている。この恥知らずの悪党め！

そこでサンデルソンは、自分の時計を見ながらつぶやいた。

「そろそろ、ミス・ドゥールの雇い婆さんに、電話をかけてもよい時間だな」

カリングもそれにつづいて、

「さっきぼくが到着したとき、グリンマーから、婆さんがまだ帰ってきていないと聞いたので、さし出がましかったが、ぼくの車を、迎えにやりました。さしつかえはなかったんでしょうね？　もう間もなく、くるころですよ」

サンデルソンはうなずいた。それからふたりして、なにか小声で、話しあっていたが、ぼくの耳には聞きとれなかった。しばらくしてから、カリングがまた、ふつうの声にもどってかれに質問した。

「あなたは実際に、それには気づかなかったんですか？」

「気づきませんとも。ぼくはそのドミノを見ていないんですから」

「なるほど。しかし、ボールスさんだったら、説明してくださるでしょう、ミス・ドゥールのドミノは破れていましたか？」

「いや、ぼくもぜんぜん気がつきませんでした」

「彼女がこの家へもどってきたときには、服の破れたようすはなかったですか？」

「ぼくの知っているかぎりでは、異状なかったですな。ぼくが脱がして、ベッドの上においたんですから」

警部の目くばせで、刑事のローランドが、仮装服《ドミノ》をもってきた。見ると、裾のすみが、十センチほどちぎれている。

カリングがいった。

「この殺人事件には、おかしなことがいっぱいある。ことに、附随的なことがらで、こうともとれるし、ああともとれる、といった点が、数えきれぬほど存在している。ぼくの頭を、つねに悩ましているのは、この殺人犯は、よほどのばかか、すばらしい天才的頭脳の所有者のいずれかだということだ。こんなふうに考えたいくらいですよ。この事件では、ふたりの人間を相手にしなければならないんじゃないかとね」

「というと、共犯者がいるという意味ですかね？」

「いや、このふたりは、それぞれ独立して行動している。――おそらくは、たがいにそれと知らないのかもしれない。偶然が、ふたりを交代に登場するようにしたのではないでしょうか」

「それで、犯行は、そのひとりがやったというんですかね?」

と、警部は質問した。

「そうだよ。犯人は冷酷非情に、計算ずみの殺人を行ない、おなじ冷酷非情な態度で、犯跡を消し去った。ところが、犯人のほかに、もうひとり、登場人物がいた――ことによると、ふたりかもしれない――、その人物が、家のすみからすみまで歩きまわって、故意ではないかもしれぬが、われわれのための手がかりを、混乱させてしまったんだ。たとえば、被害者の上膊にのこった指の痕を考えて見なさるがいい。博士もそれが、死後につけられたことを確認なさった。事実、その指のいくつかは、血で汚れていた。それが被害者の血であることは疑いないのです。これは、その痕をつけた人物が明瞭このうえもないような確証をのこしていったことになる。しかし、これだけ冷血で、計画的な配慮のうえで殺人を行なった人間が、わざわざ死体の上に、いわばかれの名刺ともいうべきものをのこしていったとは、考えられることではないでしょう」

「だが、犯人はときどき愚にもつかぬまねをするものでね」と警部はいった。「その実例を、わたしはたくさん知っていますよ。この指の痕にしたところで、当人はまったく気づかなかったのかもしれない。それはありうることなんです。痕のついている部分が腕の下がわになるような姿勢で、死体が横たわっていたんですからね。上のほうの部分をおしたのは、親指だが、これには血がついていなかった」

「それはそのとおりだが、なんといっても、指に血がついているのを知らなかったのは、大変な失策といわなければならない。ぼくのいいたいのは、この事件の犯人は、そのようなばかなまねはしそうもないということです。このように、練りに練った計画と、慎重な配慮をもって犯罪を行なう者は、ぼくの見解が正しければ、軽率なまねはしないものです」

「きみはまた、どうしてそのように、この事件の犯人を高く買っているのかわからないが」と警部は、冷淡にいってのけた。「わたしの意見では、この事件の犯人、かならずしも天才ではないということになる」

「高く買っているわけでもないが」と、カリングはこたえた。「ただ、この事件には、じつに数多く、天才的なアイディアがひらめいているんです。たとえていえば、ドミノが破ってあることだとか、電話で悪質な告げ口をしたことなどがそれですよ。それからいっても、犯人が軽率な失策をおかしたことが不思議に思える。ぼくはそれを、のっけに発見してしまったくらいですからね」

しかし、警部もあくまでいいはった。

「わたしは遺憾ながら、そうとはっきり断定するまでの気持にはなれない。きみはすこし、結論をいそぎすぎるきらいがあるのじゃないですか。たとえば、ボールス夫人に電話をかけてよこしたのが犯人だと、どうしていえるんです？」

「それはぼくでも、断言するわけにはいきませんよ。しかし、論理的に推理すると、そういう結論になるんですよ」

「そしてきみは、それを天才的なアイディアだというんですね？」とサンデルソン警部は笑いながらいった。「わたしはそれを、無条件に承認できませんな。同様きみは、時計を射ったことも、天才的な思いつきといっているようだが――」

レオ・カリングは警部のそばによって、手をその肩におくと、つぎのようにいった。

「あなたはそれと気づかずに、いま真相を語ったんですよ」

「するときみは、犯人が故意に、時計の針と針とのあいだに、弾を射って、犯行の正確な時間を知らせようとしたと主張するんですか？」

「いや、そういうわけではない。そのさい偶然の力がはたらいて、都合よいようになっただけさ」

「それはただの理論にすぎませんね」

とサンデルソン警部は、肩をそびやかしていった。

「たしかに、いまのところは、理論にすぎないが」と、カリングがいった。「しかし、理論を立てぬかぎり、犯罪の謎は解けませんぜ」

「するときみは、すでにこの謎を解いたというのか？」

レオ・カリングは煙草に火をつけて、

「いや、まだです」と、落ちついてこたえた。「しかし、ミス・ドゥールの雇い婆さんに会って話を聞けば、解決することもできそうですね」

警部はにやりにやり笑っていた。

第十章　レオ・カリング援助を求める

「わたしはこれから、家のなかをひとまわりしてこよう」

と、警部はいった。

「では、ぼくはそのあいだに、台所を調べてみたいと思いますが、よろしいですね？」

とカリングは、ていねいな口調でいった。「おそらくなにか、興味ある事実を発見できると思うのです。できれば、ぼくひとりで、捜査にあたらせていただきたいのですが」

「けっこうですとも」警部はこたえた。「われわれには、ほかの仕事がたくさんありますから。指の痕の撮影がすみしだい、死体を運び出す手配をしたいのです」

そして、探偵ひとりをのこして、人々は退きはじめた。しかし、ぼくはこの探偵が、どのような捜査をするものか、観察しておきたい気持がいっぱいだったので、出て行くのは非常に不満だった。

そしてぼくは、最後に戸口にむかったが、そのとき、カリングが声をかけた。

「スミルノ博士、あなたはここに、のこってくださいませんか？」

ぼくは思わずさけんだ。

「よろこんで、のこりますよ。なにかお手伝いができますか？」

「できますとも。ですが、そのまえに、さしつかえなければ、聞かせていただきたいことがあるのです。ミス・ドゥールとあなたの、かつてのご関係をですな。それに、彼女の性格とか、そのほかの交友関係、それがくわしく知れれば、捜査がよほど、楽になりますからね」

「わかりました」ぼくはこたえた。「できるかぎり、記憶をよみがえらしてみましょう。しかし、すでにあなたもご存じのこととかと思いますが、ぼくは目下、ある女性と婚約中なんです。この女性は、ひどく神経質な性分なので、このスキャンダルに関連して、ぼくの名があきらかにされるようなことがあると、よほど彼女に打撃をあたえることになると思うのです」

「その点は、安心していらしてけっこうです、博士。ぼくを信用して、どんなことをお話しになっても、ぜったい、世間に洩れるようなことはありません。もっとも、死体をまえにして、ここでは感じのよいものではないかもしれませんが」

「そんなことはかまいませんよ」とぼくは、つとめて平静にこたえて、カリングのすすめた椅子にかけて、話しだした。

その椅子にかけると、たまたまその位置が、死体の顔を、正面から見ることになる。不気味に双《そう》の眼を見ひらいて、なにかを凝視しているようなその顔と、恐怖のためにひきつった唇とが、なぜかぼくの視線を吸いつけてはなさない。死人について語っていくうちに、まるで彼女が、ぼくをみつめて、大きく見ひらいた両眼から、非難と死の苦悶を訴える言葉を浴びせかけてくるように思われた。

話しおわって、ぼくは腰をあげた。新鮮な空気を吸わずにはいられぬような気持になったのだ。が、台所のドアをあけると、ひえびえとした、カビくさい空気が、ぼくの顔を打って、とたんにぼくは、嘔き気をもよおした。

レオ・カリングは、時計をあらためていたところだったが、ふりかえっていった。

「博士、どうかなさいましたか？　あまりながく、死体をまえにしておられたので、気持がわるくなったのでしょう？」

「今夜は一睡もしていませんのでね」

「そうでしたな。忘れていました」と、かれはいった。「すまんことをしました！」

かれはそのまま、また時計のほうをむいてしまった。ぼくはするどい注意をむけて、かれの捜査ぶりを観察した。時計につづいて、かれは部屋全体にわたって、綿密な検査を開始した。床から壁、テーブルと椅子、さらには、戸棚や台の上にのっている個々の品にいたるまで、多くは拡大鏡を用いて、調べまわった。

要するにかれは、どんなささいなものも、なおざりにしなかったのだ。ぼくもまた、探偵とは、こうしたものだと心得ていた。なにひとつ、かれの眼を逃れることはできないのだ！　つもっているほこりの厚さまで、たしかめられた。そして最後に、ポケットから巻尺をとり出した。

「やあ、博士」と、かれはいった。「申しかねますが、手を貸していただけませんか。銃弾のあたった個所が、床からどれくらいの高さにあるかを知りたいのです」

ぼくは巻尺の端を手にとって、カリングの指示どおりに、被害者の小さな傷口の上へもっていった。かれは別の端をもって、巻尺を死体の足もとまで伸ばした。

するとぼくの頭に、ハッとして、ぼく自身、短剣を手にして、死体の胸につきつけているような考えが浮かんだので、思わず知らず、その手をすこし、上にあげた。そして、小さく、どす黒い斑点をみつめた。そこから、最初の血のしたたりが流れ出ているのだった――数時間まえまでは、まだ若々しい鼓動をつづけていた心臓からながれ出た血が――

「お見受けしたところ、あなたはおっしゃるほど、冷血な方ではありませんね、博士」と探偵は、批評した。「手がふるえていますよ。ご迷惑なことをおねがいしたようですな」

「いまぼくは、疲れているからで」

と、ぼくは弁解した。

「無理はありませんな」

かれはつぎに、時計を据えてある台の高さを計り、最後に、その台から、文字盤の上の銃弾がつらぬいた痕までの距離を測定した。

「これはおかしい！」、かれはつぶやいた。「まったくおかしい」

「なにがおかしいんです？」と、ぼくは質問した。「寸法が合わないんですか？」

「合いませんな」かれは、首をふりながらいった。「文字盤の孔のほうが、約十五センチほど高すぎるのです。弾は時計のもうすこし下の部分、振子のあたりへあたる計算になるのだが――おかしいと思いませんか？」

「からだを貫通するとき、方向が狂ったのかもしれませんよ」とぼくは、考えこみながらいった。「そういうことも、ないとはいえない」

「いや」とかれはいって、眉をよせた。「この場合は、べつの説明をしなければならんでしょう――まったく別個の説明をですね」

そしてかれは、もう一度、ゆっくりと時計をおいた台に近づいた。そこでかれは、すぐにまたふりかえったが、その顔は、勝ちほこったような表情が浮かぶのをかくしきれずにいた。

「おお」と、ぼくはいった。「説明がついたのですね？」

「ええ」と、かれはこたえた。「それほど厄介なことではなかったのです。この台が、それを説明していることに、気がつかなかっただけです。いまはすべてが、あきらかになりました――それにまちがいありません」そしてかれは、ひくい声で、言葉をつづけた。「それ以外に、説明はできないんです」

それからかれは、ほかのさまざまな注目すべき事実について、説明しはじめた。まず最初、犯人がミス・ドゥールに近づいてきたとき、彼女がいじっていたコーヒー道具をさし示した。それは小さなガス焜炉《こんろ》で、その上に、水を盛った琺瑯《ほうろう》鉄器製の湯沸し器がのせてあった。濾過器のなかには、こまかく挽いたコーヒーを入れた小さな絹の袋が見られたが、ミス・ドゥールはそれに、煮立った熱湯をそそぐところまでいっていなかったらしい。

「おわかりでしょう」と、探偵は説明した。「この人物――男か女か、いまのところ不明ですが――かれはミス・ドゥールが、電話へ出るのを妨げましたが、同様、コーヒーをいれることも妨害したのです。ネジをひねって、ガスをとめたのはだれでしょう？　それは男か、女か――それとも、第三の人物か？」

「第三の人物？」ぼくはおどろいてさけんだ。「そんなものがいるんですか？」

「それがわかれば、事件の謎は解けますよ」と、かれはこたえた。「昨夜、この家には、被害者のほかに、ふたりの人物がいたことはあきらかです。時間はべつべつですが、ボールス夫妻。それから、例の招かれざる客ですが、これとはボールス技師が顔をあわせています。しかし、そのうちのだれが、この台所へはいりこんだかとなると――」

かれはそこで、とつぜん言葉を切って、壁面をみつめた。そこには、女中のものと思われるレインコートがかかっている。そのほか、タオルが二、三枚と雑巾のたぐいが見受けられるが、この家の持ち主には、もともと整頓の習慣はないのかと思われたほどだ。

しかし、カリングの注意をひいたのは、それではなかった。ほとんど、床にひきずるようにかけてあるレインコートの下に、見るからに大型のゴム靴が一足、顔を出している。探偵はいきなり、それを手にとって、精細に調べた。

「ここでもまた、第三者ですよ」と、かれはいった。「これでどうやら、このドラマの主役がだれだかわかりかけてきたようです。いや、博士。あなたには大変、お世話になりました。おかげで、被害者の性格と、彼女の交友関係がよくわかりました。それにしても、被害者と、きれいに手を切られたのは、あなたのご運のよかったことですね」

「ええ、まったく」

と、ぼくはこたえた。

「聞くところでは、被害者には小さい女の子があるそうですね」と、カリングはつづけた。「その父親はだれなのか、あなたはそれも、ご存じなんでしょうね?」

それはあまりにも、とつぜんの質問だった。まったくぼくの予期していなかったことだ。あまり意外だったので、ぼくはうっかり、口をすべらした。真実を語ってしまったのだ。

「ヴェラはぼくの子なんです」よく考えもせずに、ぼくは白状した。「しかし、だれも知らないことで、ヴェラ自身も、知ってはいないのです」

「そうですか。すると、あなたとアスタ・ドゥールのあいだは、まだ完全に、縁が切れたというわけではありませんね？」

「そんなことはありませんよ。子供の教育費として、一時金で、一万クローネというものを支払いましたからね。彼女自身、その受領書に、これでじゅうぶんの金額だと、はっきりみとめて、書きそえているくらいです。法律の要求する以上に、ぼくは義務をはたしているのです。ぼくは完全に自由の身で、母親も子供も、ぼくにたいして、これ以上、なんの要求もできないはずなんです」

「あなたはそれ以来、母親を訪問されたことはないのですか？」

「ありませんよ。ぼくたちはきれいに縁を切りましたから。そのときはヴェラが、まだ一歳でした」

「そしてあなたは、その後お子さんもごらんになってはいないのですか？」

「いや、その点はちがいます。子供の教育を監視するのは、ぼくの義務ですからね。その目的のために、ときどき田舎へ出かけました。そこでヴェラは、里親のもとで、実の子同様に、育てられているのです。出かけるときは、いつも、かなりたくさんの贈り物をもっていくので、子供も里親たちも、ぼくの訪問をよろこんでいるのです。あの連中は、子供好きな変人とでも思っているのでしょう。正直なことをいいますと、ぼくはあの子が可愛くてね。じっさい、可愛い子供なんです。こんな母親に育てられなかったことは、あの子のために幸福だったと、ぼくはよろこんでいるんですよ」

「なるほど、大変おもしろいことをうかがいました」と、カリングはいった。「あなたがときどき、お子さんを訪問なさることを、この母親は知っていましたか？」

「おそらく知らなかったと思いますね。ヴェラのことは、あまり気にかけてはいなかったようですから。ぼくは今後も、ヴェラを見守っていくつもりでいます。もっとも、ぼくには、父親としての権利を主張する意志はありません。それにまた、主張できるものではありません――どうせ教会の記録には、《父親不明》としてあるでしょうからね。そのうえ、ぼくは今年じゅうに、結婚するつもりでいますが、ぼくの妻となる女性は、当然のことながら、この問題についてはなにも知ってはいませんので、ぼくの子供としてみとめられることもありますまい」

「しかし、それはお話しになっておいたほうがいいと思いますね」

とカリングは、真剣な顔になっていった。

「ぼくもはじめは、そうしようと考えたんですが」とぼくはこたえた。「しかし、若い女性が、そのようなことを聞かされたら、どんなに打撃を受け、どんなに気持を傷つけられるものかわかりませんからね。ことに、ぼくの妻となる女性は、感受性が極度にするどい性質でして、とうていぼくは、話す気持になれないのです。ぼくはヘレナ・スンドハーゲンの気質をよく知っているんですよ」

「ミス・スンドハーゲン——と、おっしゃると、あの大地主のお嬢さんの？」

「そうです」

「それは、おめでとうといわねばなりませんな——非常にお美しいかただと聞いています」

「そういえますね、たしかに。それに富豪の娘に似合わず、よくできた女性ですよ。ただ、ことと男女間の問題になりますと、極端なほど、厳格な観念をもっていましてね、ぼくのむかしの関係を知ったら、おそらく、この婚約を破棄したいといいだすにちがいないんです」

「もし彼女が、それを知ったら、どうなさるおつもりです？　あなたの秘密は、ボールス技師が知っています。そしてあのひとは、あなたに好感をもっていないようですし」

ぼくは、そこでさけんだ。

「ファビアン・ボールスは悪漢です。ぼくの手紙を奪い去ったのは、かれにちがいないんです。そうだとすると、かれがそれを、なにかのタネにすることは眼に見えている！」

「なるほどね」と、カリングは考えながらいった。「あのひとが、その手紙一通だけを、のこしておいたとは考えられませんからね。紙挟みの手紙ぜんぶを、そっくり持って行ったと見るのがほんとうでしょう。しかし、あなたはミス・ドゥールが、その手紙を保存しておいたことを、これまでご存じなかったのですか？」

「思ってもみませんでした。たしか彼女は、ぼくの見ているまえで、のこらず返してよこしたはずなんです。さっきもいったとおり、かなりの金額で、買いとったわけですからね。したがって、あの呪われた手紙については、きょうまで、すっかり安心していたんです。たしかにこれは、ぼくの身にとって、じつに危険なことです。ことに、だれの手にわたったか、知ることができないだけに――」

「おっしゃるとおりですな。悪意をもつ人間の手に落ちれば、卑劣な行為に出るための武器となります。それで恐喝されたら、あなたとしては、またしても、大金を出さないわけにいかぬでしょうし――」

「ヘレナに知られなければ、金はいくら出してもかまいませんよ。どんなことがあっても、彼女に知らせるわけにはいかない！」

「やはり、あなたとしては、あらかじめ彼女に、真相をお話しになっておくべきでしたね、うそはうそを生むことになるものですよ」

「しかし、ぼくの身にもなってもらいたい」とぼくは、不きげんにいった。「こんな殺人事件がおこりさえしなかったら、万事がうまく行って、過去のすべては、闇に葬り去られてしまったのに。このスキャンダルの火は、たちまち燃えひろがって、好奇心の花が咲くにきまっている！」

「おそらく、この事件が発表されても、お名前は出さずにすむと思います」と探偵は、いろいろと考えながら、意見を述べた。「ただし、事件がこれ以上発展して、あなたに嫌疑がかかるようなことになればべつですがね」

「なんですって？　なにをいうんです？　気でもちがったんですか！」

と、ぼくはさけんだ。

「いや、気がちがったわけではありません」とかれは、かなりするどい語調でいった。

「ぼくが正気であることは、すぐにでも証明できると思います。嫌疑などというものは、いくらでも簡単に生じるものであることは、あなたもご存じのはずでしょう。あなたはすでに、それにふさわしい事情のもとにおられる。第一に、被害者と特別の関係にいられた。第二に、昨夜はからずも、おなじ仮面舞踏会に出席された。あなたと被害者、そしてかつての恋敵が同席されたのです。それから、最後には、これはまったくの偶然でしょうが、ボールス夫人が尋問を受けたとき、あなたはその場にいあわされた」

　そこでぼくは、かれの言葉をさえぎっていった。

「いや、それは反対に、ぼくのアリバイを立証するんです。巡査がぼくとのあいだに、いざこざをおこした時刻を、二時二十分すぎだと証明してくれるでしょうし、ぼくはそれから、警察署へ連行されて、ボールス夫人がつれてこられるまで、そこをはなれなかったんですから」

「それはよかったですな。警察の連中が、アリバイを立証してくれれば、あなたは事件の埒外に立ったも同然です。それに、ぼくは最初から、あなたがこの事件に関係されておられるなどと、一度だって考えたことはないのです。ただ、あなたがもしや、あの手紙のことを、あらかじめ知っておられるのかと思っただけで。その場合は、すくなくとも動機だけは成立しますからね」

「それで、彼女を殺す？」

「いや、手紙をとりもどすためのですよ」

「そんなことは、いたって簡単にやってのけられる！」とぼくはさけんだ。「相手がアスタ・ドゥールです！　金さえ出せば、どんなことだってできるんですよ。彼女はぼくが吝嗇でないことを知っていますからね」

「そうでしょう。むろん、そうなさったにちがいありませんな」

「それであなたは、この事件について、なにか理論を立てることができましたか？」と、ぼくはたずねた。「それとも、まだそこまではいきませんか？」

「立っていないわけではありません。動機についても、欠けたところはありませんし、手がかりも数多く、あつまりましたので、いちおう事件の経過について、はっきりした見透しをつけることができました。ただ、いまのところ、お話しする段階に達していないだけです」

「わかりますよ。ぼくとしても、好奇心は燃えていますので、知りたい気持は山々ですが、時機でないとおっしゃられれば、いたしかたもありませんよ。ぼくもこれまで、幾度となく、法医学的な研究に手を染めていますので、一度、とくに複雑な事件で、熟練した探偵といっしょに、捜査がしてみたいと考えていたところなんです。最初あつめられた数々の証拠が、どのようにしてむすびつけられていくか、証拠の輪がしだいに完全になって、ついには犯人がつきとめられる。そこにいたる経過を目撃することに、ずいぶんあこがれていたものです。捜査の現場においてもらえれば、できるだけのお手伝いをするつもりでおりました」

レオ・カリングは、一瞬、動揺する表情を見せたが、すぐにまた、もとの顔つきにもどって、

「わかりました」と、いった。「では、この事件にかぎって、ぼく従来の方針を変えましょう。あなたにだけ、手のうちをお見せしますよ。あなたには、これからもご助力をあおがねばならぬと思いますからね。なにしろあなたは、かつては被害者と、特別親しくしておられたかただし、彼女の子供の父親でもあり、しかも、犯人の逮捕には、こと

のほか、興味をおもちになっておいでなんですからね」

「たしかにそうです。ぼくもあなたの捜査のために、全力をつくしてみるつもりです。そして、あなたの指示のままに行動することを約束しますよ」

「けっこうです。では、一度家へお帰りになって、二時間ほど、ぐっすりおやすみになるといいと思います。それから、ごいっしょに、捜査にあたりましょう」

そのとき、サンデルソンとファビアン・ボールスがはいってきた。

「二、三、お知らせできることを発見しました」とカリングは、落ちついた顔つきでいった。「たとえば、つぎのような事実です。われわれはとりあえず、身長およそ一メートル九〇、手足ともに非常に大きい男をさがし出す必要があります。その左手の中指が欠けているのです——いや、すくなくとも、その一部分が欠けています。教養のある知識階級に属する人物ですが、かなり派手な生活をして、職業も、いかがわしい種類のものと思われる。名前はゴットハルド、姓のほうは、Rではじまっているんです」

カリングがそういうあいだ、ぼくはドアのそばに立っているファビアン・ボールスを見ていたが、その顔はカリングの言葉を聞くうちに、驚愕の色をあらわしてきた。そして、カリングが最後の言葉を、《ゴットハルド・R》という名でむすんだとき、

「あの悪魔だ！」とさけんだ。

警部はそのさけびに、ファビアンをたしなめるつもりか、額にしわをよせたので、カ

リングはわざとおどけて、つけくわえた。

「いや、ぼくはなにも、容疑者の手配書を読みあげたかったわけではないので――」

「失礼しました」とファビアンも、あわてていった。「あまりおどろいたもので、つい、声を出してしまいました。カリングさん、あなたはあの男をご覧になったのでしょう？」

「だれをです？」

と、探偵はききかえした。

「ぼくたちの食事をさまたげた酔っぱらいのことです。あなたはかれのことを、精確に指摘なさった。中指が欠けていることをはじめ、すべて、いまおっしゃったとおりです。背は高いし、職業もまた、たしかにいかがわしい性質のものと思われました」

サンデルソンも口を出して、

「ゴットハルド・Rといえば、思いあたることがありますね。となりの連中が話していた、例の若いフィンランド人。その男の名は、ゴットハルド・ルネスタムでしたよ。最近、ミス・ドゥールのところへ、よく出入りしていたというし――」

「それはよかった！」探偵はいった。「では、逮捕するのは、造作ありませんな。その仕事は、警察の役目ですから」

「よろしい。すぐにやってみせますよ」

探偵はつけくわえるようにいった。

「ぼくがあなたの立場でしたら、一秒間の猶予もしませんがね」

今度は、ぼくが口を出して、

「しかし、どうしてその男の特徴がわかりました？」ときいた。

「なんでもないことです。あの大きなゴム靴に、G・Rと記してありましたし、被害者の腕をつかんだ指からみて、並はずれて大男の手にちがいないのです。それから、ミス・ドゥールの書きもの机のそばに、破りすてた手紙の切れはしをみつけました。屑かごのなかは空でしたが、ちょうどそのそばに落ちていて、カーテンの下にかくれたかたちになっていたのです。手紙に、日付ははいっていませんが、最後のところに、《きみのゴットハルド》と、署名してありました。内容は、切れ切れになって、明瞭ではありませんが、どうやら工夫をかさねて、《手形の書き替え》、《たまたま千クローネ必要》などの文句と、《したがって、この問題を今夜のうちに解決しなければならぬので》といったことを判読することができました。これによって、手紙の筆者は、いかがわしい職業に従事していて、きのうの夕方か、夜中のうちに、ミス・ドゥールと会おうとしていたことがわかるのです。それにまた、手紙の用紙に、きわめて高価な、金箔で頭文字を捺したようなものをつかっているところを見ると、ぜいたく三昧な生活をしていることもわかるのです」

ファビアンが口を出していった。

「そう説明をうかがうと、その結論が出たのも、簡単なことに思われますね」

カリングは笑って、

「この場合は、おっしゃるとおりです」と、こたえた。「さいわい、必要な事実が、都合よく、入手できましたからね。しかし、いつもかならず、こういったぐあいにいくとはかぎりませんよ」

ぼくはいよいよ好奇心をそそられて、質問した。

「するとあなたは、ルネスタムを犯人と信じているのですか」

「いや、博士。これから、ぼくといっしょに、捜査にあたっていただくとなると、《信じる》という言葉は、あなたの辞書から省いておいてもらいたいものです」と探偵はきびしい顔つきでいった。「このような場合、ぼくはなにごとにつけても、《信じ》ないよう、心がけています。ルネスタムについては、かれが昨夜、この家の台所に姿をあらわし、そこにゴム靴を忘れていった事実を、たしかめただけです。かれがこのドラマで、どのような役割を演じていたかは、時計の検査をすまし、ミス・ドゥールの雇い婆さんと話しあい、ルネスタム君の人物を知ってから、はじめて発見できることなんです」

そこへ、サンデルソン警部が口をはさんだ。

「ボールスさん、あなたはたしか、ミス・ドゥールはきょうの午前中に、ルネスタムと会うことを約束していたといわれましたね？」

「ええ、十一時といっていました」

「なるほど。するとそろそろ、かれがあらわれるころですね」

「まさか！」とぼくが反対した。「疑わしいものですな。たとえかれが犯人でないとしても、殺人事件がおきたと聞けば、やってくるようなことはありますまい」

「いや、そうともかぎりませんよ」とカリングが、はっきりといってのけた。「もしかれが、事実、この事件に関係しているのなら、むしろ、なにも知らぬふりしているほうが賢明だと考えるはずですよ。約束の時間にあらわれて、殺人事件がおきたと聞いて、びっくりした顔をしてみせると思いますね」

「いいかえると、姿を見せても見せないでも、かれに嫌疑をかけてよいというのですね？」

と、ぼくはいった。

「そういうことになります。しかし、ぼくが警部君だったら、かれの訪問を待たずに、即刻、逮捕の手続をとりますね」

サンデルソン警部はこの忠告を容れて、刑事二名に、ルネスタムの人相を教えて、逮捕に出向くことを命じた。

その後間もなく、警察の写真班が到着した。被害者の腕にのこった指の痕を撮影すると、そのあとすぐに、解剖に付すため、死体が運び去られた——ぼくはそれで、解剖の仕事だけは、まぬがれることができたのだ。

第十一章　第二の銃弾

私立探偵はつづいて、射ちぬかれた時計をあらためる仕事にとりかかった。その目的のために、大きな白紙をひろげて、その上に時計をのせた。ぼくは非常な興味をもって、かれのうごきを見守っていた。

最初かれは強力な拡大鏡で、銃弾がつらぬいた孔を検査した。それから、周到な注意をはらって、ほとんど肉眼には見えぬほどの微小な破片を、いくつか掻き落として、顕微鏡の下において、のぞきこんだ。

それがすむと、器用な手つきで、時計の指針をはずし、金属板のネジをまわして、時計の部品を、ひとつひとつとり出した。

銃弾は後壁をつくっている大理石板につき刺さって、大きなひびを入らせていた。カリングは小さなピンセットで、慎重にそれをとり出して、指が触れないように注意しながら、特殊の紙の上においた。

　そして、またここでも、拡大鏡の力を借りて、新しく、精細な検査を行なっていたが、貫通した孔のときとおなじに、微小な細片を、その銃弾からかき落として、対物グラスの上にのせた。

　鏡検をおわったとき、カリングは、いかにも満足したような表情を見せたので、ぼくは思わず、なにか意外な発見でもしたのかとたずねた。

「いや」と、かれはこたえた。「青色の絹の細片で、顕微鏡でなくては見えぬようなものが発見されましたが、これはべつに、おどろくほどのことでもありますまい。銃弾には、血痕らしいものもついています。しかし、これがはたして、血痕であるかどうかは、ぼくにはたしかめられません。博士、分析は引受けていただけますか？」

「顕微鏡を用いれば、簡単にできることです」と、ぼくはこたえた。「それにまた、人血であるかという点も、たしかめましょうか？」

「それまでの必要はありません。しかし、博士、どのような方法を用いるおつもりですか？」

「タイヒマン氏法が、いちばん簡単ですね」

「そうです。ヘルメリン結晶でしたら、まちがうことはないでしょう。必要な品、食塩と氷醋酸《ひょうさくさん》は、その箱のなかにあります」

　いわれてぼくは、そのわずらわしい仕事にとりかかった。このレオ・カリングというのは、独特の思いつきに富んだ男である。ぼくはこれまで、こんなつまらぬ分析をしたことはなかった。どんなことでも、指示されたとおり、手伝うといってしまったので、断わるわけにもいかなかったが、それでなければ、こんな仕事は、ご免こうむるところだった。

作業のあいだも、ぼくの思考は、もっぱら例の手紙にむけられていた。あの危険な手紙は、いま、だれの手にあるのであろうか？　もしファビアンが、その否定の言葉にもかかわらず、それを手中におさめているならば、利用法を考え出さぬといいきれようか？——その妻に示して、スミルノも自分同様、独身時代はかるはずみな生活を送っていたのだと、その証拠にするのではないか。そしてまた、それだけでは満足しないで、なにかの方法を考えだし、自分の名は出さずに、ぼくのヘレナのもとに送り届けないともかぎらない。しかしまた、ファビアンではなくて、ルネスタムの手にはいったとしたら——どういうことになろうか？　かれの場合、恐喝はまだしも、生ぬるい手段とさえ考えられるのだ。

第三の可能性は、手紙はいまだに奪い去られていなくて、この家のどこかに、そのまま存在しているのではないかということである。レオ・カリングの捜査は、それほど精密なものではなかったかもしれぬのだ。そのときは、ぼく自身、やってのけねばならない。この家のあらゆる隅々を、ことに寝室と居間とを、徹底的に捜してみねばならぬであろう。

　このような考えが、ぼくの頭のなかに渦を巻いていた。血液分析のほうは、ただ機械的に、これといった興味もなく、行なっていた。

　そのあいだに、ファビアン・ボールスは、一度、家へ帰らしてもらいたいとたのんでいたが、それは警部が、かなりそっけない態度で、拒《はねつ》けてしまった。かれはだまりこんだ。不きげんな顔つきで、そこにつっ立ったまま、ぼくの動作を見守っているのだった。

　カリングとサンデルソン警部は、やがてぼくたちをのこして、居間へ席を移した。そこでなにかと、事件について、話しあっているようすだった。ふたりの意見には、かなりの齟齬があるとみえて、そのうちに、われ知らず、大声を出しはじめた。おかげでぼくは、なにもかも、聞きとることができた。要するに警部は、ルネスタムを犯人とみとめようとせず、むしろ、重要な証拠は、ファビアンとその夫人を指していると見ているのであり、一方カリングは、あくまでもルネスタムがそれだと主張していて、昨夜、ここへきたことがあきらかにされた人々のうち、もっとも怪しい人物と思われるというのだった。

　警部の声が聞こえた。

「われわれは理論にこだわることはないのです。大切なのは、事実だけといえる。現在、われわれにわかっている事実から、じゅうぶん殺人の動機をひき出すことができるじゃないですか。もちろん、窃取のための殺人ということは考えられますが――しかし、目下のところでは、被害者の所有にかかる有価証券のうち、どんなものが奪い去られたのか、ぜんぜんわかっていないね」

「それはわかっていません。だがそれは、金庫をあけてみれば、すぐにもわかることです。もし、ルネスタム振出しの、金額五千クローネの手形が紛失しておれば、それだけでも、事件は明白になったといえるだろう。そのうえ、窃盗が行なわれたことは、すでに立証されているのです。被害者の指から、指輪が抜きとられ、その腕に、血のついた指の痕がのこっていたことは、否定できない事実ではないですか。これらの証拠によって、窃盗が行なわれたことは、りっぱに証明されているのです」

「しかし、盗んだ者が、殺人まで行なったとはいいきれませんぜ」と警部が反駁した。

「このふたつの犯行が、おなじ人間の手によって行なわれたと、まだだれも証明してはいませんからね」

「いや、証拠はすべて、ルネスタムの罪だといっているんです。もっとも、単純な窃盗行為か、またはそれが窃盗殺人まで発展したかは、言明するところまでいってはいませんがね」

「どうして、ほかの動機が考えられないんです？　――たとえば、嫉妬がそれですよ。動機が嫉妬にあるとすれば、ルネスタムは除外されましょう。かれはただ、手形のことだけをさわいでいたんだから」

「それは、ぼくもみとめるが――」

「この明白な動機は、さっきからいってるように、ボールス夫人を指すのですよ。彼女は、夫と彼女の恋敵をつかまえて、カタをつけるために、ここまでやってきたのですぞ」

「その点、条件つきで、あんたの意見に同意はしますが」と、探偵はいった。「しかし、これまでにあつめた証拠からいうと、さしあたって、ボールス夫人を考慮する必要はなさそうです。彼女には、殺人を行なうことはできなかったのです。理由は簡単です。夫人がきたときは、すでに凶行がすんだあとだったのです。もし嫉妬が、この殺人の動機であって、あざむかれた夫人が、復讐の手を下していないとすると――おそらくこれは、もうひとつの情事の、見捨てられた相手ということになるのではないか？」

「ふむ」とサンデルソン警部は、疑わしそうな声でいった。「わたしはそんな情人のことは知りませんね」

「だれのために、食事の用事がしてあったかを考えてみれば、この事件は解決できるんですよ。女中がもどってきさえすれば、おそらく、その事情を説明してくれると思いますよ」

「きみのいうことを聞いていると、こちらの男に嫌疑をかけているかと思うと、今度はあちらの男が怪しいという」とサンデルソンは、じりじりするようにいった。「さっきはルネスタムを殺人犯人だといっていたのに、今度はまた——」

「まあ、ゆるしてください」とカリングは、警部の言葉をさえぎって、「ぼくはただ、ルネスタムも、犯人でありうるといっただけです。凶行以前の時間に、ここにきていたことだし、街へ出るかわりに、台所へしのびこんだとも思われるとは、あんた自身がいっているのです。腕にのこった指の痕はかれのものと証明されたとなると、形勢はかれに、非常に不利といわねばならない。それにゴム靴を忘れて行ったところなどは、犯行後、よほどとり乱していた証拠になりますからね」

「それはそうだ。ゴム靴はたしかに、その証拠になる。しかし——」とサンデルソン警部は、飛躍的な論理を展開した。「同様にまた、死体のそばに落ちていたシガレット・ケースも、その持ち主のボールス技師が、とり乱していた証拠といえるんじゃないでしょうか？　殺人をおかしたあとにね」

「あれについては、ぼくは確信しているんです。真犯人が、そこへおいといたものですよ」とカリングが、反対意見を述べた。「犯人はボールスに罪をきせようとはかったんです。そのうえ、凶行をおかした人物は、昨夜、ボールスがここへきたことと、シガレット・ケースを忘れていったことを知っていたにちがいない」

「なるほどね」

「そして、ルネスタムはそれを知っていたんです」とカリングは、勝ちほこったようにいった。「かれはそのケースから、煙草を一本、もらったくらいだからね」

「そうかもしれない」と、警部はいった。「しかし、もう一度、きみのロジックを借りていえば、ルネスタムのゴム靴を台所にもっていったのは、犯人だともいえますね。酔っぱらいのフィンランド人は、最初、訪問してきたとき、部屋の入口に、脱いだまま忘れたのかもしれない。そして、ボールスもまた、この家を出ていくとき、シガレット・ケースをおき忘れた。犯人は、ボールスを陥れる証拠も、ルネスタムに罪をきせる証拠も、おなじようにつくりあげることができたわけですよ」

「それでも、そこにはまだ、多少の差別があるのです」カリングの反駁がつづいた。「ボールスははっきり、台所に行かなかったと主張していますが、ルネスタムのほうは、被害者の腕の指の痕から見て、台所にいたことはあきらかです。それに、犯人がふたりの人間に嫌疑をかけようとした意見には反対ですな。それでは、事態を混乱させるばかりですからね」

「しかし、混乱させられるのは、警察ですぞ」と警部はいった。「ぼくはたびたび経験していますが、犯罪者というものは、ときどき、常識では判断できぬようなことをするものです。そうした可能性を考えておかないと、とかく結論をいそぎすぎて、犯罪者にしてやられるおそれがあるものでね」

「ぼくはすべての可能性を考えています」とカリングは、優越感を露骨に示していった。「この事件の犯人には、けっして、してやられぬつもりですよ。どんなに事情が混乱してもね」

「自信たっぷりと見えますね」と警部は、皮肉めいた口をきいた。「けっこうなことですよ」

たしかにサンデルソンは、このはるか年下の私立探偵に比較すれば、判断はずっとおそく、鈍重な感じがしないことはないが、そこはやはり、経験ゆたかな、事実を尊重する捜査官として、すぐれた専門家の印象をあたえていた。放縦な想像に溺れることがなく、確実なデータによって、捜査の基礎をかためてゆくのだった。

一方レオ・カリングは、多くの点で、サンデルソンを凌駕している。ことに、するどい眼光と、たぐいまれな綜合力に恵まれていることは、否定するわけにいかない。しかし、それでもなお、ぼくは世間が、かれを呼んで、わが国きっての《名探偵》と称しているところに、過大評価のきらいがあると考える。

かれのかち得た多くの成功が、けっきょくかれをあやまり導いて、ともすれば仮説と、早急な断定へ走らせた。そして、それに実証がともなわぬ場合は、もっぱら推測に逃避口を見出す傾向を生じさせたのだ。ぼくは近年、かれと折衝することが多いので、かれのとりあつかった主要な事件を、新聞や裁判所の報告を基礎に、綿密に研究してみたのであるが、その結果、つぎのような確信に達した。かれもまた、才能に恵まれた人々の例に洩れず、能力の限界を知らぬという欠点に陥っている。かれの脳裡にあるものは、世人から、《偉大な光明》と見られることであり、つねに世間を驚嘆させ、行動はもっとも効果的にという、名誉心であったのだ。

従来から、犯罪事件の解決にあたって、かれの否定すべくもない知性と、あらゆる方面にわたるすぐれた教養とが、すべての探偵、警察官にまさっていたことは事実だが、遺憾ながらかれは、その状態を無遠慮に利用しようとする。この事件においても、かれと警部は、意見が真正面から衝突するにいたった。そして、ファビアン・ボールスをあくまで憎むぼくにとっては、むしろ遺憾なことといわねばならぬが、かれを怪しいとにらむ証拠として、警部が数えあげた事実は、レオ・カリングが若いフィンランド人のルネスタムにたいしてあげた証拠にくらべて、すこぶる影がうすいもののような気がするのだった。ぼくの見たところでは、サンデルソン警部が、凶行をおこなったものはファビアンもしくはその妻だと主張する根拠は、ひとえに反対のための反対精神にあるとしか考えられぬのだ。

レオ・カリングは、勝ちにのったような口調で述べたてた。

「ではどうです？　もう一度、証拠をならべたてて、検討しなおしてみることにしようじゃありませんか。いまもいったようにボールス技師には、動機が欠けています。もちろん、ミス・ドゥールが収集した、危険性たっぷりのラブレターのうちに、かれ自身のものがあったとも考えられます。しかし、かれの場合、なにも強硬手段にまで訴える必要はないはずですよ。それをとりかえすには、ミス・ドゥールが台所に行っているあいだを利用すればよかったんだから」

「しかし、こういうことも考えられる。その品は、ラブレターなんかにくらべて、もっともっと重要なものだったとね。ボールス技師のような立場にある人間は、いくら結婚しているからといって、むかしのラブレターなんてものを、それほどさわぎたてることはないのじゃないかな？　わたしには、なにかそこに、ほかの理由があったと思われてならんのです。でなければ、ああまで泡をくって、逃げ出さねばならぬわけが理解できんのです。ミス・ドゥールは、相当勝ち気な気性らしかったから、例の男からとりあげたピストルをつかって、ボールスを脅迫しなかったともかぎりませんよ。ボールスがそのピストルを奪いとろうとしたはずみに、あやまって、弾がとび出したといったところじゃないのかな」

「それでは、あんた自身の言葉を借りて、理論でなしに、事実問題を話しあおうじゃないですか」と、カリングはこたえた。「ぼくはあなたに、お聞かせしますよ。事実がどれほど、ルネスタムの不利なことを語っているかをね。第一に、かれの偽造手形の問題がある。これひとつでも、かれはまったく、ミス・ドゥールに生死を制せられているようなものでしょう。だからかれは、どのような手段を講じても、この手形をとりもどさなければならなかった。かれはそれを、真正の署名を入れた手形と交換する必要があったのです。

第二に、かれは《ナチオナール》から、彼女のあとをつけてきて、ブローニングを手に、この家にとびこんできたのです。脅迫的な態度でね——いいですか。殺人に用いられたピストルは、ブローニングなんですよ。酔っていたのは、おそらく、見せかけだけでしょう。ボールス技師の話だと、かれはときどき、技師のほうを、ぬすみ目で見ていたそうじゃないですか。ボールス技師の名を彫ったシガレット・ケースで、同席の男がだれだか知って、それで夫人に、電話で告げ口をしたにちがいない。夫人も、電話をかけてよこした男は、フィンランド訛りだったといっていますよ。

それから、かれがそのあと、その夜のうちにもう一度、アスタ・ドゥールの家にもどってくる理由はいくらもあるんです。まずかれは、ピストルをおいたままにしていた。たぶん、あとでひきかえして、金庫をさがしてみようと、肚をきめていたのじゃないんですか。台所のドアには、鍵がかかっていなかった。金庫のある部屋へ行く途中、台所にピストルがあるのをみつけて、被害者がそこにあらわれるのを、そっと待ち受けていたと思われますよ。それにまた、ゴム靴と、被害者の上膊にのこっていた指の痕も、はっきりフィンランド人のものであることを示していますしね」

「法廷に出たら、きみはおそらく、証人として、もっとも強力なものになるでしょうな」

と、サンデルソンはいった。

「いや、この事件の謎は、法廷にもち出すまでもなく、解決されますよ」と探偵も、落ちついた口調でこたえた。

「そうかもしれない。ところで、カリング君。きみは最前、時計の検査をすませ、女中に会って、話を聞いたら、犯人の名を知らせると約束しましたね。時計になにか、おかしなところを発見したんですか？」

「べつに、意外なことを発見したわけではありませんが、空色の絹の切れはしと、血の痕をみつけました。血痕のほうは、いまスミルノ博士が、検査してくれているところです」

「格別、さわぐほどのことではありませんな。銃弾は彼女のからだを貫通したんですから、服の切れはしに血痕のついているのは当然のことだしね」

「あんたもやはり、あの弾はからだを貫通したものだと思っているんですか？」

「おかしなことをいいますね。そうじゃないんですか？」

「ちがいますとも」

「な、なにをいいだしたんです？」サンデルソン警部は、思わずさけんだ。「あの銃弾が、ミス・ドゥールを殺したことは、立証されているじゃないですか」

「いや」とカリングは、きっぱりいってのけた。「時計のうごきをとめた弾は、被害者には当っていないのです」

そのきびしい言葉のあと、話声はすこしのあいだ途切れた。しかし、すぐにまた、警部が高らかに笑い声を立てて、

「あいかわらずのレオ・カリング式だ！」と、かれはさけんだ。「例によって例のとおり、事実と理論をおもちゃにしはじめた。奇術師が球をあつかうようにね。ところでもしあの銃弾が、被害者を射ちぬかなかったんだとすると、被害者はなんで死んだんですね？」

「べつの弾ですよ」

「べつの？――もうひとつ、弾があるんですか？」

「そうですとも。時計もやはり、ブローニングで射ってはあるが、それとこれとは、別物なんです。第一の弾が、ミス・ドゥールを殺し、第二の弾が、時計を射ったのです」

ぼくのところまで、警部がいらいらして立ちあがる音が聞こえてきた。

「もうけっこうです！」とかれは、嘲笑するようにいった。「そのうちに、第三の弾も出てくることだろう」

「はじめからいっているように、この事件の犯人は、通常の頭の持ち主とはちがうんで

すよ」カリングはしずかに言葉をつづけた。「われわれが発見した弾の痕、最初、人間の肉体を貫通し、それから時計にあたったと思わせる証拠は、犯人がわざわざ、つくりあげたものなんです。しかも、凶行のあとでね」

「そいつはおもしろい。なんなら、もっとしゃべってもらいましょうか、カリング先生」

「ぼくの言葉は、信じられないというのかね?」探偵はいった。「いや、じつのところ、信じてもらえるとも思っていなかった。しかし、いいですよ。証拠がじゅうぶんあつまるまで、その話は、あずかっておくことにするから」

第十二章　犯人の名

ぼくはあまりにもおどろいたので、椅子に身を沈めて、大きな眼でファビアンを見ながらいった。

「なんという大胆な主張だろう」

「カリングは、もう確証をつかんだにちがいない」と、かれはこたえた。「あの男のいうことは、いつも正しいんだ」

ぼくはつづけて、

「きみとしては、かれに弁護してもらっているうちは、安心していられるからな」

ファビアンは肩をそびやかして、

「そういうときみは、ぼ、ぼくがしたことと思っているみたいじゃないか」

ぼくはひややかにいってのけた。

「いまだに逮捕されないのが、不思議なくらいだと思っているよ」

かれは全身をふるわせた。警部と探偵の会話を、終始緊張して、かれは聞いていたので、自制能力さえ失ってしまったらしい。興奮して、部屋のなかをあちこち歩きまわるかと思うと、息をこらして、ドアに耳をつけたりするかれのようすが、ぼくの神経まで苛立たせてきた。

ぼくは心のうちで、かれの不幸をのぞんでやまなかった。ひとりの男にたいする憎悪の感情が肉体にまで影響をおよぼすものだとは、ぼくとしてもこれまで知らなかったことだ。かれがぼくのそばに立って、その熱い息を浴びせ、両手のふるえを眼のまえにちらつかせると、ぼくの胸のなかの憎悪のおもいに、軽蔑と嘔吐の感じが入りまじってくるのだった。ついにはぼくも、それに堪えきれなくなった。

「出て行ってくれ！」ぼくはさけんだ。「あっちへ行って、自分自身、弁解したらいいじゃないか。だまっているより、よほどましだろう！」

「笑っているね、きみは？」と、かれはいった。「どうしてそう、冷淡になれるものなんだ？」

「そう見えるかね？　すくなくともぼくは、犯人ではない」ぼくはなおも、あざ笑った。

「他人の手紙を奪うような悪漢でもないしね」

「なにをいっているんだ？」

「言葉どおりの意味さ。そのわけはわかっているのじゃないか。きみにひとかけらの名誉心でもあれば、ぼくの手紙を返してもよいはずだ。きみがにぎっていることは、ちゃんとわかっているんだ」

「とんでもない誤解だよ」またもかれは、肩をそびやかしていった。「そんなふうに思われては、ぼくが迷惑だ。もしぼくの手にあれば、どうしたものかぐらい、ぼくだって心得ているさ」

「近よらんでくれ！」ぼくはカッとして、どなりたてた。「さもないと、きみもアスタ・ドゥールの二の舞になるぞ」

「気が狂ったな」

かれは小声でつぶやいて、一歩、あとへさがった。

ぼくはちょうど、血液の分析をおえたところで、定型的な褐色のヘミン結晶が、顕微鏡の下にあらわれている。これで、銃弾に血液がついたことがあきらかになった。しかし、これがなんの役に立つというのか。すでにレオ・カリングは、まったく別個の理論をつくりあげているではないか。

二個の銃弾が存在しなければならぬという、そのようなことが考えられるであろうか？　せめて、第一の銃弾が時計にあたり、第二の弾が、アスタ・ドゥールを射ちぬいたというのなら、まだしも話があう。最初の弾は射ちそこなったと解釈できるからだ。しかし、その反対とは？

ちょうどそのとき、入口のドアがあいて、ミス・ドゥールの年老いた女中シャルロッテが、ひきずられるようにしてはいってきた。

「ど、どうして、こんな目にあわされるんです?」老婆は息を切らせていった。「日曜日の朝っぱらからたたきおこされて、コーヒー一杯飲む時間もくれずに、車にぶちこまれるなんて! この男のいうには、なにかおそろしいことがおきたとか。うちのご主人が射たれたとかいってたが、どこにおいでなんだね?」

「死んだんだよ」とサンデルソン警部は、カリングといっしょに、入口まで出てきて、いった。「彼女、殺されたんだ」

シャルロッテはその眼を恐怖にみたして、しばらくのあいだ、あてもなくその視線を、ただあちこちとうごかしていた。ぼくはほかの人々と同様に、彼女と初対面なのをうれしく思った。サンデルソンはやがて、老婆のなげきをおさえて、彼女が警察に、知っているところをくわしく話しさえすれば、犯人はかならず逮捕されるのだといってきかせた。

「わしが知っていたら、その悪者、いままで逃がしておきませんよ」

と、老婆はわめきたてた。

「最近、おまえの主人を訪ねてきたのは、どんな男だ?」と警部は質問をはじめた。

「この建物の管理人の口から、ルネスタムという名のフィンランド人の話が出ているんだがね」

「ええ、ルネスタムさんね、あれはあんた、ほんとに気持のいいひとですよ」と、シャルロッテはいった。「こんなことがおきたと知ったら、びっくりすることでしょうよ。わしはてっきり、うちのご主人といっしょになるのは、あのひとだと思っていたくらいだでね」

「住居はどこか、知っているかね？」

「知ってますとも！　リッデレ街に、三部屋つづきの、きれいなお住居をもっていますよ――たしか、二十七番地だったとおぼえていますが」

「その男のしゃべるのを聞いた連中は、フィンランド人だろうといっているが？」

「そうですね。ちょっと、おかしな言葉つきをするひとですからね」

「指が一本、欠けているそうだが――？」

「そうなんです。ずっとむかしに、あやまって切ったんだそうで、いつか、わしがちょうど、はいっていったとき、うちのご主人に話していましたっけ。このくらい、欠けているんです」

とシャルロッテは、第一関節と第二関節のあいだを示した。

「ミス・ドゥールとルネスタムさんは、仲がよかったほうかね？」

「ええ、まあ」とシャルロッテは、ちょっと返事にこまった顔つきを見せて、「ときどきはけんかもなすったけど、わしだって、ヨナスとはしょっちゅうやってましたからね――いえ、なに、死んだ亭主のことでですよ」

「彼女たちは、どんなことでけんかしたのかね？　たぶん、金のことだろうな？」

「そうですよ、そのとおり。証書の名前がどうとかいってましたね」

そこで警部がきいてみた。

「借用証書かね？」

「ちがいますね」

「では、手形か？」

「それ、それ、それですよ。うちのご主人が、ルネスタムさんから受けとったのがあるんだそうで、ルネスタムさんは、そいつを返してくれって、たのみこんでいたんです。でも、ご主人が承知しないんで、いつもけんかになるんでした」

「ミス・ドゥールは、それをどこへしまっておいたね？」

「寝室においてある小型金庫ですよ」

「そして鍵は？」

「やはり寝室の鍵箱です。だけど、鍵箱にも、いつも鍵をかけて、その鍵のほうはご自分でもっておりました」

「これが、それかね？」

「そうです、そうです。それですよ」

サンデルソンの提言で、ぼくたちは警部といっしょに――ただし、ファビアン・ボールスだけはあとにのこったが――寝室へはいっていった。壁に、鋼鉄製の鍵箱が、しっかりと据えつけてある。それをあけると、金庫の鍵が出た。それによって、金庫をひらくと、とたんにシャルロッテが、大きな声をあげた。

「まあ、こんなにかきまわして！」と老婆は、訴えるようにさけんだ。「いつもきちんとしていたんです。ご主人は、整頓するのが好きでしたから――おや――銀の小箱は、どうしちゃったんだろう？」

「銀の小箱？　なかには、なにがはいっていた？」

「知りませんよ。なんでも、ちょっとしたひと財産だといってましたが」

「そんなことだと思っていた！」

　とカリングが、小声でつぶやいた。

　警部は金庫のなかのさまざまな物品――手紙、出演契約書、男の写真、装飾品などを、注意してあらためていった。

「ルネスタムの手形なら、捜してみても無駄でしょう」とカリングが、冷淡な口調でいった。「それはたしかに、ぬすまれた小箱に入れてあったはずだ。やはり盗賊は、目的を達したにちがいない」

「だが、ここにおもしろいものがある」サンデルソン警部はそういって、赤いモロッコ革の表紙をつけた日記らしいものをめくってみた。「やはり日記だ。ほう！　これは、二週間も前に書いたものだが、こんな文句がある。

——《だんだんかれが、うるさくいいはじめた。すでに二回、内緒で会ってみたが、かれはわたしを、なんとか口説き落とそうとしている。条件がいいので、気持はうごかされるが、でもわたしは、心に誓って——》」

「おそろしく、秘密めいた文句ですね」と探偵がいった。

「それから一週間まえのところに、こんなことが書いてある。

——《とうとう、脅迫手段に出てきた。だけど、あれはむろん、本心でないにきまっている——いやがらせをしているだけのことだ。おそれることはない。強みはこちらにあるんだから。吠える犬は、嚙まないというし——しかし、用心にこしたことはない。今夜またやってくるが、こちらの条件をのむことだろう》」

「おめでとうをいわせてもらいますぜ、カリング君！　きみのカンはあたった。これはたしかにルネスタムのことだ」

「さあ、どうですかな」と、探偵はいって、「それだけですか？」

「いや、あとはきのうの分だが、これが、最後のところで、

——《今夜、またかれがくる、いよいよ最後だ。今夜もかれが、こちらの条件をのま

なければ、これ以上話しあってもしかたがない》は、はあ。してみると、ボールス技師ともとれるな。ボールスさん、こちらへきてくれませんか。ミス・ドゥールの日記が出てきたんです。最後の個所を読みますから、聞いてください」

恐怖のあまり、まっ青な顔になったファビアンは、はいってくることをあくまでも拒もうとした。そのとき、シャルロッテはかれに気がついたようすで、眼をみはって、大声にさけんだ。

「あんた、いたのかい！　見忘れるわしじゃないよ——よくもまあ、ここにいられたものだ。図々しい！　人でなしめ！　つらの皮を、ひんむいてやりたい。わるものめ！」

「落ちついて、落ちついて、しずかにしてくれよ」

と、サンデルソンがなだめにかかったが、

「わしはおまえさんの女房じゃないんだよ！」

シャルロッテはさけびつづけて、なおもファビアンに、怒りの言葉を浴びせかけようとした。カリングはそのなかにはいって、

「いつもミス・ドゥールは、たくさんの装飾品を買いこんでいたのかね？」

と、ほかの質問をした。

「いいや、あんまり買いこむほうではなかったね。あのかたは、現金がお好きなほうで

ね。ただ、ルネスタムさんからもらいなさった千クローネもするダイヤの指輪を、はめてましたよ」

「左手の小指だったね？」

「そうなんで」

「贈り主が、それをとりもどしてしまったらしいな」

とカリングがつぶやくようにいった。

「かれか、ほかの男か――」そういってから、警部は顔を、シャルロッテのほうへむけると、「おまえの主人はなにかルネスタムさんから、ひどいめにあわされたことがなかったかね？」

「あのひとは、酔ってさえいなければ、子供みたいにいい人なんです。でも、お酒がすぎると、人が変ったみたいに、乱暴になりましてね。それに、どこか、からだもわるいみたいでしたよ、心臓だとかいってましたっけ」

「もうひとつ、聞かせてくれ。ルネスタムさんのほかに、ミス・ドゥールを訪ねてくる男があったんじゃないのか？　日記でみると、夜、やってくる男がいたようだが？」

「いましたとも。そこにいる男がそれですよ」とシャルロッテは、ファビアンの顔を、つき刺すような眼でみつめて、「ゆうべもご主人は、お客があるからといってました」

「なぜ、そんなに秘密にしていたのだね？」

「わしの知ったことじゃないが、たぶん男が、ひとに見られたくなかったんでしょうよ」

「男が訪ねてくると、いつもどんなことをするんだね？」

「食事は冷肉ですますんです。テーブルの用意ができあがると、わしはベッドへ追いやられてしまうんです」

「どんな相手か、のぞいてみたことはないのか？」

「そんなまねはしませんよ。なにしろご主人は、わしの部屋の外から、鍵をかけてしまいなさるんでね」

「ルネスタムさんのときも、そうなのか？」

「そんなばかなことが！　あのひとだったら、見られていやだなんて、思うもんですか。そいつ、おかみさんのある男にちがいありませんよ。この男、おかみさんがあるんでしょう？」

「ついでに教えてくれ。夜食が出たのは、いつなのかね？」

「待ってくださいよ、わしは買いものをすると、いつも手帳につけているんですから」

手帳をたしかめてみて、けっきょくは、夜の訪問のたびに、夜食が出されていることがあきらかにされた。

「ふむ」と警部はうなずいて、ファビアンをちらと見ながら、「いつもおなじ客で、しかも、その最後の夜、あなたは被害者といっしょに、食事をなさった」

「ぼくは何年ものあいだ、この家へ足を入れたことはなかったのです」とファビアンは断言した。「昨夜が、はじめての訪問だと、神に誓って申します！　それも仮面舞踏会で、彼女からさそわれたからです」

「最初あなたは、いまと同様、あくまでもいいはっておられた。昨夜、ここへはこなかったとね。したがってわれわれは、いまの言葉が、うそでないと信じることはできないんです」

「そのうそをついているんですよ」シャルロッテはあいかわらず、ずけずけとののしった。「この男の顔さえ見れば、わかることだ！　みなさん、よく、ごらんなさい。こいつがうそをついてるのがわかりますよ」

「まあ、まあ。ぼくにもすこし、質問させてくれ」と、カリングがうまくさえぎって、

「この台所の時計だが、狂ってはいなかったのか？」

「狂っちゃいませんよ。一分だってね。毎朝、教会の塔の時計にあわせていましたから」

「そうだと思った。ところで、いつも時計のそばには、なにかおいてあったんじゃないのか？」

とたんにシャルロッテは、大きく眼をみはって、

「あっ！　石臼がない！」とさけんだ。「だんながた、石臼をどこへやったんです？」

「なるほど石臼か？　それはたぶん、時計よりは小さかったんだろうね？」

「時計の半分もなかったですよ。だれがあんなものを、もち出したんだろう？」

そこでまた、カリングがいった。

「ボールスさん、あなたがたぶん、説明してくださるでしょうね？」

「ぼくが？　しかし、ぼくはまえにもいったはずです。今夜、台所へは足を入れなかった」

一方、ぼくはおどろいて、私立探偵に質問した。

「どうしてあなたに、時計のそばになにかあったことがわかったんです？」

「この板をごらんなさい。ここだけまるい形に、ほこりがついていないでしょう。その円の内がわには、鳥が歩きまわったような痕が見えますね。これで、その品が割れて、破片がとりのぞかれたことがわかるんです」

「きのう、わしが出かけるまでは、ちゃんとその場所にあったんだが」と、シャルロッテはいった。「あんなもの、どこへもっていったのかしら？」

「犯人に聞けばわかることだ」

とカリングが、しずかにいった。

「そのとおりだ！」とサンデルソン警部はさけんで、ポケットから、灰緑色の石の破片を、二個とり出した。

「ぼくは遺憾ながら犯人たりうる光栄にあずかっていないが、石臼の行方については、ヒントをあたえることができるんです。これは最初、この家へきたときに、階下の玄関でひろったのです」

シャルロッテはおどろきのさけびをあげながら、それがまちがいなく、石臼の破片であることを証言した。

「さあ、カリング君、いよいよ、犯人の名前を聞かせてもらえる時間がきましたな」とサンデルソンは、皮肉まじりの顔つきでいった。「それとも、シャルロッテへの質問がまだのこっていますかな」

「のこらず聞きました」と、私立探偵はこたえた。「しかし、ぼくにちょっと、思いついたことがあるんです。わずかの間です。待っていてください。すぐもどってきますから」

かれは調膳室をぬけて、外へ出ていった。そして、ほんのすこしの時間で、また玄関からもどってきた。

「すみましたか？」と警部はたずねて、「全身、これ耳で待ちかねていますよ。犯人はだれなんです？」

「あんたはぼくの言葉を誤解している」カリングはこたえた。「ぼくはただ、時計をしらべ、女中の話を聞けばこの事件の謎は解けるといったまでですよ。むろん、謎は解けました。そして――」

「そして、犯人の名前は？」

「それは、わかっていますよ」

「だったら、いってもらいましょう」

「いや」カリングはいった。「その約束はしていませんよ。その点あんたの思いちがいだ。それをいうには、まだすこしはやい」

ぼくたちはおどろいて、たがいに顔を見あわせた。サンデルソンは声高く笑って、

「それですむんなら、だれだって、魔術師として登場できますぜ」とかれは、刺すような皮肉な調子でいった。「きみはやはり――なにも知ってはいないのだ！」

私立探偵は名刺を一枚とり出して、

「ぼくはこれに、犯人の名を書きましょう。そして、封筒へ入れて、あんたに預けておく」と、かれはいった。「ただし、そのときがきて、ぼく自身、あけてもよいというまで、この封筒をひらかないと、約束をしてもらいますよ」

「いいとも」サンデルソン警部は、なかば笑いながらいった。「カリング君、きみはあいかわらず、かわったおひとだね」

その後間もなく、ぼくたちは別れた。サンデルソンとボールスとはいっしょに帰路に

つき、レオ・カリングは車を走らせた。
ぼくは歩いて、家へ帰った。

第十三章　意外な展開

戸外へ出て、つめたい朝の空気にかこまれると、それまでの疲労を忘れ去ることができた。ぼくは新鮮な空気を吸って、熱した頭に、乱れに乱れた考えを整理する必要があった。そこでぼくは、どこというあてもなく、市街の南の部分にまで、足をのばした。

しかし、歩けば歩くほど、ぼくの心は、いよいよ暗く、いよいよ重くるしいものになっていった。憂鬱と不安のおもいが、ふかまるばかりだった。だれかに追跡されているような、落ちつかぬ気分におそわれて、ともすればうしろをふりかえった。足音こそ聞くことができなかったが、だれかがぼくのうしろから、息を吐きかけてくる感じだった。

妄想だ！　興奮したぼくの幻想がつくり出したものにすぎない。ぼくのうしろには、だれもいないではないか！

いや、かれには、ぼくを追跡する必要はないのだ。ぼくはすでに、かれの意のままになっている。うっかり口走った、《手紙》という言葉のために！

あの呪われた手紙を、ぼくはなんとしてでも、とりもどさねばならない。どのような手段を講じても探し出さなくてはならぬ。あの家のあらゆる隅々を探して！　手紙はぼくのものだからだ。あれをぼくは、高い金を払って買いとった。だから、アスタがこの、厄介きわまりない手紙を保存していたというのは、ぼくからぬすみとったといってもあやまりではないのだ。

ファビアンは否定しているが、事実はそれを手に入れているのではなかろうか？　それを最初に、調査しておかねばなるまい。いまだったら、かれは不在のはずだ。これからすぐに、かれの家を訪問してみたら、スティナのほかには、だれにも会わずにすむのではないか。

ぼくが、ストランド街にあるエレガントな家のベルを鳴らしたのは、十一時だった。はじめ女中が出てきて、奥さんはお気分がわるくて、どなたもお会いになりませんといっていたが、名刺に走り書きをしてさし出すと、間もなくぼくは、招じ入れられた。

スティナはいまだに青い顔をして、悩みぬいているようすだったが、比較的、落ちついてはいた。

「ファビアンはどうしました？」と、ぼくの顔を見ると、たずねた。「ほんとうに、あのひとに嫌疑がかかっているのですか？」

「かれに不利な証拠が、いくらか出はしたが」と、ぼくはこたえた。「しかし、べつに危険なことはありませんよ。それよりも、昨夜、かれのレヴォルヴァーもブローニングも、使用されていないことを、説明しておくことのほうが肝心なんです」

　ぼくがそれをいったのは、あたりを見まわして、部屋のようすを観察する余裕をもつためだった。ファビアンのピストルが、二挺とも使用されていない事実を、いまさらいいたててみても、意味のないことなのだ。凶行が、ルネスタムのブローニングで行なわれたことは、すでにあきらかにされているのだから。

「レヴォルヴァーのほうは、ここにありますわ」スティナはそういいながら、それを壁から下ろした。「ながいことかけっぱなしで、拭いたこともありませんので、このとおり、ほこりがいっぱいです。それを見ても、使っていないことはわかりますわ」

　ぼくは、なるほどといったように、うなずいてみせた。彼女は言葉をつづけて、

「ブローニングのほうは、あのひとの書きものの机の引出しに、鍵をかけて、しまってあります。ごいっしょに、見てみましょう。たしか、あのひとの鍵束が、その辺にあるはずですわ」

　彼女がそういいながら、いそいで出ていったので、ぼくは、熱のこもった眼で部屋のなかをながめまわした。書物がながい列をなして、ずらりとならべてあるが、それを一冊ずつ、調べてみるわけにはいかない。しかし、書きもの机の上にのっていないことは、スティナが帰ってくるまでに、たしかめることができた。

そこでぼくは、引出しという引出しをのぞいてみた。それで、書きもの机の上から三ばんめの引出しに、ブローニングがはいっているのを発見したが——手紙は見あたらなかった！

ブローニングを窓ぎわへもっていって、あらためてみたが、弾が一発だけ、弾道にはいっている。メカニズムをあけると、それが、転げ落ちた。あとの四発は、マガジンにつまっていた。

「ファビアンはいつも、マガジンをいっぱいにしておくんですか？」

と、ぼくはたずねた。

「ええ、いつもそうしていますわ。あのひとのいってることですけど、ブローニングの長所は、つねに七発、使うことができるところにあるんですって」

「しかし、ここには五発しかありませんよ」

「まあ！」と、彼女はさけんだ。「おかしいですわね」

といってから、またすぐにつけくわえた。

「五発だとすると、二発、欠けていることになりますわね」

「そういうわけだ」ぼくは、もう一度、数えてみて、「では、やはりあの男のいったことは、正しいのかもしれない」

「あの男って？　だれのことをおっしゃるの？」

「私立探偵ですよ、あなたが雇った。かれの主張は、弾が二発、発射されたはずだというのです。まあ落ちついてくださいよ。落ちつきが、いちばん肝心なときですから」

彼女が泣きだしたので、ぼくはいそいで、言葉をつづけた。

「もう一度、あらためてみましょう。欠けていても、昨夜、発射されたとはかぎらないから」

ぼくはピストルを分解して、弾道を光線にあててみた。そして、一目ではっきりわかったのは、それが使用されたのが、ごく最近であるということだった。弾道はいまだに、掃除もしてなかったのである。

ぼくはきいてみた。

「ファビアンがこれを掃除したのは、いつのことでした？」

「だいたい、二週間ほどまえでしたわ」

「それ以来、発射したことは、一度もないんですか？」

「ありませんわ。それどころか、もう一年もしていないはずです」

「しかし、このピストルは、ごく最近、発射してありますね。弾道がすっかり、汚れていますよ。しかし、ボールス夫人！　絶望することはありません。いまのところ、これを知っているのは、あなたとぼくだけですから。ぼくがしゃべるはずは、ぜったいありませんしね。とにかく、弾道を掃除しておく必要がある。道具はどこにあるか、ご存じですか？」

「知りません——でも、さがしてみますわ」

心配のあまり、身をふるわせながら、それでも彼女は、ぼくの手を借り、さがしはじめた。机を手はじめに、大きな戸棚から、衣裳部屋にある調度類を、のこらずさがしてみた。そのあいだ、ぼくは彼女にわからぬように、ファビアンの服のポケットを、ことごとくさぐってみた。もちろん、ぼくの手紙をみつけ出すためだった。

けっきょくのところ、ぼくの努力は、無効におわった。そして最後に、《バリストル》の瓶と、そのほかの掃除道具がみつかったときは、ぼくのおさえにおさえた怒りが、爆発の寸前に達していた。しかし、ぼくはぼくの役割を最後までつとめて、哀れな人々を救わなければならない。スティナにたいする約束を実行しなければならぬのだ。

「これであなたは、心配することはないのです」と、ぼくはいった。「欠けている弾は、二発ちゃんと入れておきましたから、マガジンはそっくりつまっているんです」

「なんとお礼を申しあげてよいかわかりませんわ。ドクター・スミルノ！」と彼女は、なおも涙にむせびながらいった。「でも、ファビアンが犯人だと考えますと、こわくてこわくて——悲しくなりますの」

「落ちつくことです」ぼくは彼女をなだめるために、最善をつくした。「万事、ぼくにまかせなさい。できるかぎりのことをしますから——これもみんな、あなたのためにするのですから、ぜったいに、勇気を失ってはなりません。ピストルをもとの場所にしまって、なにも知らない顔をしているんです」

「だけど、どういうことになるんでしょう？」ぼくが帰りかけると、彼女はいった。

「いえ、ファビアンとわたしのあいだがです」

「遠慮なしにいうと、スティナさん、ファビアンはあなたの夫として、ふさわしい人間ではありませんよ」ぼくは、真剣な表情でいった。「かりにかれが、今度の事件をひきおこしたのではないにしてもです。女優風情と、深夜に会っているなんて、あなたは当然、かれと離婚すべきです。その理由は、じゅうぶんなものがありますよ。たしかあなたのご両親は、まだご存命のはずですね」

「ええ。ほんとうに、あなたのおっしゃるとおりですわ、博士」と彼女は、泣きながらいった。「ほかのことでしたら、なんでも赦す気になれますが、でも、あのひとが殺人の罪をおかしたとあっては――わたし、この家を出ますわ。子供はつれて行きます。二度とあのひとに会いたくありません」

そして、彼女の最後の言葉は、こうだった。

「わたし、あなたをたよりにしています。スミルノ先生！　あなたこそ、ほんとうのお友だちですわ」

「それも、あなたのですよ」そういって、ぼくは彼女の手をひきよせ、唇におしあてた。

「あなたの夫の友人ではないのです」

家の外に出て、ぼくははげしい疲労をおぼえた。熱病にも似た緊張に終始したあとだからだ。殺人その他の光景は、すべてぼくにとって、現実からはるか遠いもののように思われた。いまやそれは、幻影にすぎなかった。しかし、やがてまた、裸の真実が太陽のように、はっきりと眼のまえに浮かんでくる。ぼくの最初の疑惑は、確実となってあらわれた。そうだ、アスタを殺したのは、ファビアンであって、ほかの何者でもない。しかもそれは、あらかじめ計画を立てた殺人である。かれは所有の凶器をもって、彼女の家を訪れ、ルネスタムのピストルではなく、かれ自身のそれを用いたのだ。しかし、証拠はぼくによって隠蔽され、捜査はあやまった方向へむけられることになった。かれはこうして救われたのである。

しかし、ぼくがこうして、かれを救っているそのおなじ時刻に、かれはあの呪われた手紙を、ヘレナのもとに送って、ぼくを破滅の淵につき落としていないとは、だれがいいえようか！

家に帰って、ぼくは下宿の女あるじに、昨夜一晩、部屋を留守にしたことについての理由をくわしく説明して、納得させなければならなかった。そのあと、同僚に電話をかけて、二、三日、ぼくの患者を、代って診察してくれるように依頼した。それから、ドアに不在の貼紙をして、かるい食事をすまし、二、三時間、睡眠をとることに肚をきめた。しかし、死ぬほど疲れていたにかかわらず、どうしても眠りにつくことができなかった。神経がたかぶって、思考ばかりが、やすみなく回転をつづけた。起きあがって、なにかしないではいられなかった。

ぼくはもはや横たわっていることさえできなくなった。起きあがって、なにかしないではいられなかった。

臭化ナトリウムの適当量と一ぱいのコニャックをのむことによって、やっと、落ちつくことができた。

そのとき、とつぜん、ながいあいだ、ひらいてもみたことのない日記のことを思い出した。それをとり出して、はじめは気がすすまなかったが、昨夜以来のさまざまな出来ごとを書きつけておくことにした。一時間すぎ、二時間がすぎた。そのあいだ、ぼくの手は、熱病にかかったようなはげしさで、ページの上を走りまわった。まるでそれは、親しい友人に、打ちあけ話をしている感じである。ぼくのほか、このページをひらいて、眼をとおすものは、だれもいないであろう。

いまはじめて、ぼくは疲労をおぼえ、睡りがおそってきた。これでやっと、横になれば、眠ることができよう——

第十四章　深夜の冒険

月曜日、午前。

またしても、事件の多い夜だった。

朝の三時に、帰宅してみると、おどろいたことに、ぼくの書きもの机をまえにして、レオ・カリングの姿が見えるではないか！　無造作に椅子にかけて、いかにものんびりと、ぼくのとっておきの葉巻を口にくわえ、ぼくの日記を読んでいるのだ。

しかし、それを語るにさき立って、ぼくが帰宅する以前に、どのような経験をしたかを書きしるしておくほうがよろしいと思う。

ちょうど十二時ごろか、いやな夢を見て、眼をさますと、ぐっしょり汗に濡れていた。アスタ・ドゥールが、胸に受けた傷から、まっ赤な血をしたたらせて、ぼくとヘレナのまえに立っている。そして、例の呪われた手紙を、ぼくたちにつきつけながら、命令するような口調でさけぶのだった。

「はなれて！　なにをくっついているのさ。このワルターは、あたしのものだよ」

そういって、アスタはその手紙を読みあげた。すると、読みあげる声とともに、ヘレナの姿が、しだいに空気のうちに消えて行く。そして、アスタがその骸骨の指で、ぼくののど笛をつかんだので、ぼくはハッとして、眼をさました。ぼくの歯が、がたがた音を立てている。落ちつくまでに、かなりの時間がかかったが、そのあいだ、歯と歯のぶつかる音はやまなかった。

それがあってか、ぼくはどんなことがあっても、今夜のうちに、あの運命的な手紙をとりもどそうと決心した。シャルロッテが、今夜あの家にいないことはたしかだ。もう一度、アスタの部屋をさがして、この忌わしい問題に、かたをつけてしまわなければならない。

アスタの家の鍵は、まだぼくの手もとにあるはずだ。起きあがって、さがしてみると、すぐに見つかった。そこで、出かける仕度にかかったとき、下宿の女主人が、電報をもってはいってきた。

「二時間ほどまえにきていたのですが」と、彼女はいった。「先生をお起こしするのもどうかと思って、そのままにしておいたのです」

ぼくはいそいで、封を切ってみた。ヘレナからのものだった。

《明朝、ハヤク会イタシ。駅ニテ待テ》

ヘレナまで、出てくるのか！　しかし、それもいいだろう。くるなといって、とめるわけにもいくまい！

「わかった」とぼくは、機械的にいって、電報をポケットに押しこんだ。「ヨハンナ、やすんでください、ぼくはこれから、患者を見舞ってこなければならないんだ。しかし、じきに帰ってきますよ」

目的の場所に到着してみると、おどろいたことに、アスタの部屋には、あかりがともっていた。いまごろ、だれがきているのだろう？　とにかく、たしかめてみる必要があるので、ぼくは彼女の部屋の反対がわに立って、なかのようすをうかがった。灯火はチラチラとまたたいて、ときどきあかるいガラス窓に、すばやくうごく人影が映った。が、つぎの瞬間、ぼくはぎくっとした。ほんのわずかの間ではあったが、はっきりと寝室に、女のプロフィールがあらわれて、しかもそれが、ぼくを唖然とさせたことは――許婚者のヘレナに、そっくりであったのだ！　彼女の特徴である大きな帽子。彼女はいつも、それをかぶっていた。同様、彼女にまぎれもない頸筋の線、その鼻のかたち、その口もと――

それもほんの一瞬で、シルエットはすぐに消えて、そこはまた、まっ暗な闇に変った。

ぼくは頭をかかえた。ヘレナがこんなところに！　考えられることではないのだ！ぼくのたかぶった神経が、このようなものを見せたにちがいない。

しかし、そのあとすぐに、パッと電灯がついた。寝室の窓があかるくかがやいて、おなじ女のシルエットが映し出されたが、これもまたわずかの間で、灯火は消え、なかば暗くなった。

とにかく、女がヘレナであることは疑いもなかった。どうしたものだろうか？　なかへはいったものかと迷っていると、とつぜんドアがあいて、いまの女が出てきた。そして、いそぎ足で、レストマカーレ街のかどへ消えていった。今度こそ、ぼくははっきり、彼女の顔を見た――それはまぎれもなく、ぼくのヘレナだった。

一瞬、ぼくは全身がしびれたような気持がしたが、すぐに気をとりなおして、彼女のあとを追った。うしろから、大声で呼びかけていたのである。

「ヘレナ！　ヘレナ！」

彼女は、一度だけ、ぼくのほうをふりむいたが、そのあと、足をはやめて逃げだした。ぼくも、夢中でそのあとを追ったが、オクセ市場のかどまでくると、前方から自動車が走ってきた。彼女はそれを見ると、あわてたようにとび乗った。車は騒音高く走り去った。

あいにく、ほかの車がみつからなかったから、追跡をつづけることは不可能となった。ぼくは非常に興奮したまま、レイェリング街へとってかえした。ところが、おかしなことに、またも階上に――ぼうっとではあるが――灯火が見えるのだ。ただし今度は客室のほうである。

　ぼくはいそいで肚をきめると、玄関のドアへ近づいた。それは、鍵がかかっていなかった。暗闇のなかを、足をしのばせて、階段をのぼり、できるだけ音を立てぬように、ドアをあけた。注意して、はいりこんでみると、葉巻のかおりが、かすかながら、ぼくの顔にながれてきた。

　食堂で、元気のよい話声がしている。ぼくはすぐに、そのふたりの男の声を聞きとった。そのひとりは、サンデルソン警部と思われる。ふたりの男のほか、いまひとり、女性がしゃべっている――なんと、それはスティナの声ではないか！　会話のふたりは、ドアへ近よってきた。スティナがこういうのが聞こえてくる。

「さっきから申しあげておりますとおり、ルネスタムさんのピストルが見つからないかぎり、そして、あの夜、それがつかわれていないということが立証されないかぎり、わたしは夫の罪をみとめることができません。夫も、それを全面的に否定していますし、わたしは――ええ、わたしは夫を信じているのです。どんなことがあっても、あのひとを信じているのです！」

　ぼくはそれ以上、聞こうとしなかった。ここで見つかれば、新しくまた、トラブルに巻きこまれることになるし、不必要な弁解をするのも、面倒に思えたからである。

　音を立てぬように、台所へはいりこんで、裏口のドアをあけた。いざ逃げだす必要が生じたときの場合の用心のためだった。

それはあやういところだった。一秒でもおくれたら、見とがめられたことであろう。話声が、しだいに近づいてくるのだった。ぼくは、わずかの間もおかず、台所をしのび出ると、裏階段の上に立って、人々の話声に耳をそばだてた。そのあいだも、ぼくの頭のなかには、ヘレナのことと、なぜヘレナが逃げ出したか、その考えがあわただしく去来していた。彼女もまた、このドラマの渦に巻きこまれたのであろうか？

台所で、警部がしゃべっているのが聞こえる。

「わたしは確信をもっている。ピストルはたしかに、この部屋のどこかにかくしてあるにちがいないんだ」

「すでにさがしてみましたがね。それも、徹底的にやったつもりですよ」とこたえたのは、カリングの声だった。「犯人がもち去ったんじゃないか」

その後しばらく、かれらがそのあたりをさがしまわっている気配がしていた。するとつぜん、サンデルソン警部が、勝利のさけびをあげた。

「ここにあった！　かならずあると思っていたのだ！」

「どこにです？　ほう、薪木《たきぎ》入れのなかですか！　ぼくはたしかに、そこも調べたはずなんだが」

と、カリングがいった。

「薪木のずっと下に、つっこんであるんです。うまくかくしたものですな！　――やっぱり、使用してありませんぞ」

　と警部は、大声でつけくわえた。

「ここへかくしたままで、発射されていないことはたしかです。これもまた、わたしが考えていたとおりですよ。これで、いっさい、判明したことになる」

「いや、いや」と私立探偵は、一語一語に力をこめていった。「かえってこれで、事件のもつれがくわわったようなものですよ」

　サンデルソン警部は返事のかわりに笑っていた。それからレオ・カリングが、ながながと説明をはじめた。それは残念なことに、ぼくのところからは聞きとれなかった。そしてそのあと、またも長い時間をかけて、かれらは捜索をつづけていたが、やがて、裏口のドアに、だれか近づいてきたので、ぼくは手さぐりで、階段を降りはじめた。それがまた、きわどいところだった。台所のドアがあいて、光線がながれ出した。

「しようがないな。あれだけいっておいたのに！　閉めることを忘れたらしい」

　サンデルソンは口小言をいって、ドアをしめると、二度も、鍵をねじった。こうしてぼくは、ついに閉め出されてしまったのだ。

　本来ならば、諦めて帰るところだったが、ぼくはしかし、もう一度、最後の試みをやってみたかった。手紙がこの家のどこかにおいてある可能性があるのだ。

ところが、不幸なことに、裏庭へ出るドアに、鍵がかかっていて、あかないのだ。もちあわせの鍵を、のこらずさしこんでみたが、どれひとつ、合うようすがなかった。ぼくはこうして、罠に捕えられたネズミのように、閉じこめられてしまったのだ。小説などで読むと、おもしろい場面で、これからいろいろと、愉快なシチュエイションが展開されるところだが、いまは笑いごとですむ場合ではなかった。どうしたらよかろうか？　地下室まで降りてみたが、それもただ、そこにも出口がないことを知るにすぎなかった。

そこでぼくは、もう一度、階段をのぼって、台所のドアの鍵穴を、懐中電灯で照らしてみた。鍵はたしかに、内がわからさしこんだままになっている。仕方なしに、屋根裏への階段をのぼってみると、そこのドアも、鍵がかかっていたが、手もちの鍵のひとつを試みてみると、運よく、合ったではないか！　表階段に出る鉄のドアは、鍵がかけてないばかりか、半びらきになっている。

ぼくは用心しながら、そっと押してみた。が、わるいことに、ぎいっと音を立てた。「なんだね？」という声が、階段のしたからひびいてきた。「だれか、屋根裏部屋にいなさるのかね？」

その声と同時に、階段の電灯がともった。

聞きおぼえのある声だ。雇い老婆のシャルロッテにちがいない。うごきようもなくて、ぼくはそこにつっ立ったまま、老婆のひとりごとを聞いていた。だれか、ドアを閉めるのを忘れてたんだな。それとも、風があけてしまったのかと、ぶつぶつつぶやいているのだった。

「しようがないね。わしが閉めにいかなきゃならんのか」

彼女はそういうと、のろのろとうごきだした。鍵をとりに、ひきかえしていったようすである。

このチャンスをのがしたら、大変なことになる。彼女がもどってくるまでに、下に降りてしまわなくてはならぬ。しかし、階段にむかうドアをあけて、しのび足に降りようとすると、階段の照明が消えた。ぼくは足を踏みはずした。あっとさけぶと同時に、すさまじい音を立てて、ぼくは階段をすべり落ちた。

かろうじて、手すりにつかまったところへ、シャルロッテがもどってきた。ぼくはいきなり、老婆の案外がっしりしたふくらはぎにすがりついた。きゃっというさけびとともに、彼女は安定を失って、ぼくたちはいっしょに、重なりあったまま、ころげ落ちていった。

さいわい、そこは電灯が消えていたので、彼女はだれのために、ころげ落ちることになったかわからなかった。しかし、ぼくもまた、あわてていたのとシャルロッテのぶかぶかした服のために、ぼくが彼女からはなれるには、かなりの手間がかかるのだった。

そのあいだ、シャルロッテはずっと、殺されでもするかのように悲鳴をあげつづけた。その悲鳴が、この建物の居住者を、ひとりのこらず起こしてしまったことは、怪しむにたるまい。ドアというドアがあけられて、人々は口々にさけんだ。

「どうしたんだ？　なにごとがおこったんだ？」

「助けてくれ！　人殺しだ！　助けて！」

シャルロッテはわめきたてた。

階段の電灯がともって、だれか、あがってくるようすだった。ぼくはすばやく立ちあがって、死の恐怖から逃げだそうとあがいている老婆に、適切な一撃をあたえた。それで彼女は、またもそこに、ひっくりかえった。その隙に、ぼくは身をひるがえして、アスタ・ドゥールの部屋にとびこんで、ドアになかから、鍵を下ろしてしまった。

息をはずませながら、ぼくは入口のドアに身をよせて、どうなることかと、ようすをうかがった。部屋のなかは、しずまりかえっていた。探偵たちは、帰っていってしまったらしい。

だが、ドアの外の階段のあたりでは、人声がしだいに、大きくなってきた。人々の数は、相当増しているようすである。シャルロッテが泣きわめきながら、殺人強盗――ひょっとすると、もっと凶悪なやつかもしれないが――におそわれた恐怖を語っている。悪漢は、信じられぬくらい身軽に行動して、部屋のなかに逃げこんで、わしをしめ出してしまったのだ！　部屋のなかには、ピストルだってあることだし、とてもわしは、生きていられないんじゃないのか。殺されるのは、ご主人ひとりでたくさんだ。わしはまだ、死にたくない。そういえば、あいつがご主人を殺した犯人かもしれないよと、老婆の話はとめどがなかった。

そういう考えかたもあるのだ。もしここで捕まったら、スキャンダルはどんなに大げさにひろまることか。ぼく自身の手紙をとりもどすために、さがしていただけだと説明したところで、だれも信じてはくれぬだろう。

そうだ、手紙の問題があった！　肝心なことを、ほとんど忘れるところだった。ドアの外で、どんなことが起ころうと、ぼくには手紙が大事なのだ。あらゆる機会を利用して、手紙をさがし出さなければならない。

外では人々が、狂気のように、ドアをたたいている。しかし、ぼくは息を殺して、音を立てなかった。そのうちに、人々は諦めたのか、ドアをたたく音も、だんだんとしずかになって、だれかがいいだしたことから、警察へ知らせようということになった。

ぼくはいそいで、寝室をさがしだした。電灯をつけるわけにはいかないので、懐中電灯によって、あらゆる隅々を――それこそ、ありそうにも思えないところまでさがしてみたが、手紙をおさめてある革の紙挟みは発見できなかった。

失望して立ちあがったとき、ふと、ベッドの端に近く、絨毯の下に、なにかあるのが眼についた。絨毯の端をもちあげてみると、さんざん、さがしあぐねた紙挟みではないか！

ぼくははじめ、自分の眼が信じきれなかった。とりあげて、ひらいてみたとたん、階段の下が、またもざわめいて、入口のドアをあけようとしている音を、夢のなかの出来ごとのように聞いた。そうだ、あと数秒で、あれがひらくかもしれない。あの呪われた手紙が、この紙挟みのなかにあるかどうか？

つぎの瞬間、ぼくはそれを、手のうちににぎりしめていた。大いそぎで、眼を走らせると、まちがいなく、ぼくの手紙だ。ヴェラが生まれる、ほんのすこしまえに書いたもので、《ぼくたちの子供》という文字が見えるし、アスタのほか、ぼくの妻にすべきものはないと、はっきりいいきっている。

このような手紙を書いたとは、まるで、学生みたいに、子供じみたことではないか。もしこの告白の手紙が、ぼくのヘレナの手にわたりでもしたら、どんな大事に立ちいたったことであろう！　すこしでもはやく、この世から消してしまわなければならない。

ぼくはその手紙を、煖炉のなかに投げこんだ。つづいて、紙挟みも、あとから投げこんで、双方とも、焔につつまれるのを見て、胸のなかに、歓声をあげた。これでやっと、気持がかるくなって、外で、ドアをあけようと立ちさわぐ物音も、まるで気にかからなかった。

だが——ここでなにも、あの連中に捕まえられる理由もない。いままでのところは、だれにも姿を見られていないのだ。いざという場合のために、台所から裏口へぬける道がのこされている。——よい思いつきがある！　女の服をつけて、ごまかしてやることができるのだ。ぼくは大柄なほうではないし、痩せていて、ひげもきれいに剃ってある。そしてアスタの部屋には、舞台につかうかつらと、衣裳の類がしまってあるのを知っている。

栗色のかつらと、ほんのすこし、おしろいを塗っただけで、奇跡がひとつ、できあがった。しかし、アスタの衣裳は、つかうわけにいかなかった。あまりにも腰が細すぎたからだ。するとまた、入口のドアをあけようとする音が、うるさくなってきた。ぼくは風のように、シャルロッテの部屋にとびこんだ。そこのドアのそばに、古い服がかけてあって、ベッドの上には、マントがおいてあった。大いそぎで、それを身につけ、台所のドアをあけたところで、入口のドアがあいたとみえて、人々がなだれこむ音と、がやがやいうざわめきが聞こえてきた。

ついにかれらは、アスタの部屋にはいりこむことに成功したのだ。だが、ぼくはなにも、かれらの手に捕えられることはない。裏口のドアの鍵をぬいて、外からかけてしまった。そして、いったん階段をのぼり、屋根裏部屋から、例の鉄のドアをぬけて、表階段に出た。運よく、表階段のあたりには、人声も聞こえなかった。人々は、アスタの部屋を、ひとつずつ、さがしまわっているのだろう。

　間もなくぼくは、玄関の大扉をひらいた——が、そのつぎの瞬間には、またそれをしめてしまった。建物のすぐまえに、ぼくの旧友、警官三一七号が立っていたのだった。いうまでもなく、かれは《殺人強盗》の逃亡をさまたげるために、そこを見張っているのである。

　しかし、ちょっとおそかった。どんなことがおころうと、とにかくこの建物をはなれてしまわなければならない。

　もう一度、ドアをあけてみると、ちょうど警官が、ぼくにとびかかろうとするような恰好をしているところだった。しかし、ぼくの姿に眼をやって、身なりはちょっと古風であるが、身分のある婦人と見たものか——警官とはすべて、このように几帳面なものであるが——あわてて一歩さがると、あとはただ、じろじろと、のぞきこんでいるのだった。婦女子保護委員会の女会長ならば、《さし出がましく》失礼なと、苦情をつけるにきまっている眼つきである。

　われながら理解できぬくらい大胆な気持に駆られて、ぼくはわざと、三一七号のそばへ歩みよった。ひざを折って、あいさつしてから、つくり声で、いまは何時でしょうかときいてみた。

　かれはちょっと、とまどった顔つきをしたが、すぐに時計をとり出していった。

「ちょうど三時半だが、こんなおそくに、どこからおいでになった？」

「ここの二階に、お産がありましてね」とぼくは、うしろの建物を指さして、「それが、かなりの難産で、手間どりましたのよ。ええ、お役所へおつとめのかたのお宅ですわ」

　そういってから、つぎのように、つけくわえた。

「それから、おなじ建物のなかで、なにかみなさん、大さわぎをしていますが、産婦は安静を要しますからね。おまわりさん、心配してやってくださいね」

　かれは助産婦としての誠意に打たれたようすで、さわぎはじきにおさまるから、安心して帰りなさいといっていた。もう一度、ひざを折る会釈をして、ゆっくりと歩きだした。まがりかどでふりかえってみると、警官三一七号はぼんやりつっ立って、信じられぬくらい間のぬけた顔で、ぼくのうしろ姿を見送っていた。勝利の快感が、ぼくの頭に湧きあがった。——そして、あとさきも考えず、《赤んべえ》をしてみせると、ひらり、街かどをまわって、姿を消した。

　かれがあわてて、追跡してきたのに不思議はない。

　その足音を背後に聞くと、ぼくは足をとめた。ぼくはマントの下に、ふとい籐のステッキをかくしもっていた。これは、握りのところが銀で、髑髏《どくろ》のかたちになっている。かれが、かどをまがったとみると、ぼくは髑髏の握りを、疾風のように、かれの頭にたたきつけた。その一撃で、かれはひとこともいわずに、地上に伸びてしまった。

ぼくはこうして、そのいきさつを書きつけているが、かれの頭蓋が打ち砕かれてしまったか、それとも、毛皮の帽子のおかげで、怪我をまぬがれることができたか、くわしいことを知ってはいない。それにしても、よけいなことをしてしまったものだ。なぜおとなしく、帰らなかったものか？

ぼくは駆けだした。うすい婦人服が破れない範囲で、できるだけはやく走った。そして、途中、ストゥレイランスの近くで、ドアのあいている家をみつけなかったら、どこまでも走りつづけていたかもしれない。

ぼくはいきなり、そのドアのなかにとびこんだ。そして、婦人服をぬぎ捨てた。一分ののちには、また以前のぼくの姿にもどって、はじめて家路へむかった。

もどってみると、さきにも書いたとおり、意外なものが待っているので、おどろかされた。

レオ・カリングが、ぼくの書きもの机のまえに腰かけこんでいたのである。

第十五章　厚かましい侵入者

レオ・カリングが、ぼくの書きもの机をまえにして、悠然と腰かけこんでいるのを見たとき、ぼくはあまりのおどろきに、なんといってよいものか、その言葉を知らなかった。かれはそれに反して、いかにも落ちつき払った態度で、無造作に話しかけてきた。まるで、ここがかれ自身の家で、ぼくのほうが、訪問者であるかのような恰好である。

「やあ、スミルノ博士、やっと帰ってきましたね」と、かれは、親しそうな口調でいった。「患者を診に行かれたそうですね？」

「そうなんです――かなり重症でして」と、ぼくはつぶやくようにいってから、「だいぶ待ちましたか？」

「そうですな。一時間にもなりましょうか。入口のドアに、鍵がかかっていませんでしたが、これでは危険ですよ、博士」

「そんなことはない！」と、ぼくはさけんだ。「出かけるとき、鍵をかけていったはずだ」

「パテント鍵が、きちんと嵌っていなかったんです」

探偵は、すました顔でこたえた。

「こんな時間に、なにか、用ですか？」

ぼくは、すこしそっけなく、きいてやった。かれの無作法なやりかたが気に入らなかったからだ。

「あなたはたしか、手伝ってくださるといっておられたはずだ。打ちあわせておきたいことがあるんですよ」

そのとき、ぼくははじめて、かれのまえに、ぼくの日記がひろげてあるのを見出した。

「これはおどろいた。なんのために、こんなものをとり出したんです？」とぼくは声を荒らげてさけんだ。「他人の日記をぬすみ読みするなんて、なんの権利で、そんなまねができるんです？」

「あまり退屈したところへ、机の上に、これがおいてあるのが眼についたからで。しかし、読まれてこまるような秘密が書いてあるわけでもないでしょう」

「机の上に？　それは、うそだ！　ぼくはこれを、鍵のかかる場所にしまっておいた」

「それもまた、あなたの思いちがいですよ。さっきのドアと同様にね。出かけるとき、眼がさめきっていなかったのじゃありませんか？　この上においてなければ、日記なんて品が、ぼくにとり出せるはずはありませんよ」

「うそだ！　まっ赤なうそだ！」ぼくは怒って、さけびつづけた。「日記は鍵のかかる引出しにしまって、鍵はぼくのポケットにはいっている！」

レオ・カリングは、のろのろと立ちあがった。かれの眉は、憂鬱そうによせられて、鋼鉄色につめたく光るその眼が、つき刺すようにぼくを見つめている。

「スミルノ博士！」とかれはいった。「きょうまでぼくは、どのような相手からも、うそつきとののしられたことはないのです。ぼくはもともと、侮辱の言葉を浴びせられて、平気でいられる人間ではありません。そのうえあなたは、ぼくを笑いものになさった。もともとあなたは、ぼくという男を、大山師と考えておられるようだが、それはこのさい、だまっていることにしましょう。いずれ、そうでないことがわかるはずですし、あなたのそう考える気持が、ぼくの興味をひきますのでね。しかし、うそつき呼ばわりされることは、いかにぼくでも、がまんできないのです」

「しかし、ぼくはまちがいなく、この日記を鍵のかかる場所へしまっておいた」

「そう思いこんでおられるだけですよ。事実は、この机の上にありました」

ぼくは日記を手もとへひきよせて、

「これを、そ、そっくり、読んだのですか」と、ぼくはきいた。

「ほとんどぜんぶ、——読めるところは、のこらず読みました」

「では、ファビアン・ボールスのピストルの件も?」

「読みました。そして、不思議に思っていたところです。あなたが——ぼくの手伝いを買って出られたあなたが——捜査の妨害をなさろうとは、考えてもみなかったからです。これでは、犯人の利益をはかっているとしか、いいようがない」

「しかし、ぼくは、ぼくなりの考えで、それをしたのです」

「たしかに、そうでしょう。しかし、その場合、なんのためにそんなまねをしたか、その理由が問題になりますね」

「もちろん、その責任はとります」ぼくはしずかにいった。「それはそうと、きょう一日の捜査で、なにか新事実が発見されましたか? あのフィンランド人の逮捕はすみましたか?」

「ああ、残念ながら、逮捕は失敗したんです。人のいいサンデルソンが、あまりぐずぐずしていたので、ルネスタムは逃亡してしまいました。どこにも姿が見当らないのです」

「残念ですね! かれさえ調べあげれば、いろいろとわかることが多かったはずですのに」

「いろいろどころか、ぜんぶわかったはずというべきでしょう」と、カリングはいった。「それでぼくは心配になってきたのです。かれが姿を消したのは、われわれの尋問を避けるだけではないのじゃないかとね」

「と、いうと？」

「けさはまだ、部屋にいたことはたしかなんです。下宿の女主人のところへ、《マックス》とだけ、上書きした封書をもってきて、九時に、この名の男がたずねてくるから、わたしてくれというのだそうです。そして、事実、九時になると、黒眼鏡をかけた赤毛の男がたずねてきて、ルネスタムはいるかときいたのです。女主人は『あなたがマックスさんですか？』とききますと、男はおどろいて、『マックスだって？』とさけびました。女主人は『ええ、マックスさんでしたら、手紙をあずかっています』といって、封書をさし出しますと、『ああ、これです』とこたえて、すぐに封を切って、眼をとおし、そのまますぐに、立ち去ってしまったとのことです」

「するとサンデルソンは、ルネスタムを調べる手配をしなかったんですね。すぐ呼びつけて、《マックス》という男のことを問いただせばよかったですね」

「いや、やったことはやったんです。サンデルソンは署へもどると、さっそく刑事を派遣したんですが、赤毛の男が帰ってしまったあとなんです」

「運がわるいんだな！」とぼくはいった。「大きな捕物だったのに！」

「しかし、サンデルソンの見解はちょっとちがうんです。かれは最初から、ルネスタムを主役とは考えていないんです。わき役にすぎぬとの意見だったが、それでも、かれの部屋を、刑事に見張らせる手配だけはしておきました。すると、九時をすこしすぎると、《マックス》がやってきて、ほかの男が、かれの手紙をもち去ったときくと、ひどく怒って、わめき散らしたそうなんです。だが、それもながくはつづかなかった。男がふたりあらわれて、自分たちは警察のものだというと、その《マックス》はあわてて逃げだしたんです。しかし、外の道路までとび出さないうちに、わけなくとりおさえられて、いまは拘置所へほうりこまれているようです」

「その男は、なにか白状しましたか？」

「ひとことも口を割らぬそうです。なんのためにとりおさえられたのか、わけがわからぬといった振りをして、いっさい答弁は拒否しているそうです。殺人とは、なんの関係もないのかも知れませんが、ルネスタムの怪しげな職業とは、大いに関係があるようですよ」

「それで、ルネスタムの捜索はすすんでいるんですか？」

「もちろんでしょう。かれもまた、殺人事件とは関係がないにしても、手形偽造の罪は成立しますからね」

「なるほど。それはぼくも忘れていました。それから、これはあなたのほうだが、ボールスはどうなさるおつもりです？」

「ぼくはなにもしませんよ」

「なにも？」

ぼくはおどろいて、おなじ言葉をくりかえした。

「ええ、ファビアン・ボールスは、数時間まえに逮捕されました」

「え？」ぼくはさけんだ。「ピストルのことも、はっきりさせずに？」

「いや、サンデルソンは、すでに、かれの不利な証拠を、数多くあつめているのです。ピストルのことがわかれば、とどめを刺す恰好になるだけです」

「あなたはのんきな顔で、そんなことをいっておられるが、それでもじっさいには、かれの無罪を信じておられるのじゃないんですか？　今度ばかりは、あなたの負けでしたね」

カリングはしずかに、新しい葉巻に火をつけて、

「そうです」と、かれはいった。「これまで、一度だって、失敗したことはないんですがね。今度がはじめてといえるでしょう」

「ところで、ボールスに不利な証言というと、どんなことです？」

「きょうの午後、かれの細君が、サンデルソン警部へ電話をかけてよこしたのです。いろいろ考えた末、これ以上、夫といっしょに暮らすつもりはなくなった。両親のもとへ帰る決心をしたというのだそうです。もちろん警部としては、それにとやかくいう筋合ではないわけですが、夫人の話を、電話を通じて聞いたところでは、いかにもヒステリ

ックで、おかしな印象を受けたのです。しゃべることが矛盾だらけだし、質問すればするほど、答弁はいよいよ混乱して、しまいには泣き出すような始末なんです。

　そこで警部は、車で駆けつけてみたところ、彼女が、そのように、とつぜん夫と別れる決心をした理由が見当りません。それが警部に疑惑を感じさせたのです。そこで、もう一度、するどい尋問を行なったものの、なんの結論もえないので、あらためてまた、ボールスの住居の捜索を行ないました。するとどうです。喫煙室の煖炉のなか、灰の下に、ミス・ドゥールの石臼の破片が、大部分かくしてあるのを発見したのです」

「ありそうなことだ！」

　とぼくは、思わず口走った。

「とにかく、その事実によって、ボールスを拘置することに踏みきったわけです」

「しかし、あなたはどう思うんです、カリング君？　あなたの意見は？」

「ぼくとしても、こんなに狡猾な犯罪者に出会ったことは、いまだかつて、ありませんね」

「ファビアン・ボールス以上の——？」

　かれはぼくを、同情するように見やって、

「ぼくのいっているのは、真犯人のことですよ」と、いった。

「しかし、ボールスはそれで、犯人と確認されたんでしょう？」

「サンデルソンや、ほかの連中の眼から見ますとね。ただ、ぼくはそう、思っていないのです」

「では、あなたの推理と、その結論を打ちあけてくれませんか。口が腐っても、しゃべることはないと約束しますよ。安心して、犯人の名を教えてほしいですね。あなたの名刺に書いた名ですよ」

カリングは笑った。

「お話ししてもよろしいが、いずれ、もう間もなく、おわかりになることです」と探偵はいった。「しかし、ここではお話しのできない理由があるので、しばらく、あずけさせていただくことにします。いえ、なに、じつは、かつて一度、打ちあけたことがあるのです。すると容疑者は、もともと怪しまれているのではないかと心配していたところですから、あらゆる手段をもちいて、自分の身に危険がせまっていることをさぐりだしてしまったのです。今度も、その二の舞をしたくないと思っていますのでね」

「では、いつあなたは、その人物の逮捕に踏みきるんですか」

と、ぼくはたずねた。

「犯人がぜったいにぬけ出せぬように、完全な網をはりめぐらしてからです」

「その網は、どんなぐあいに、はりめぐらすつもりですか?」

「それには、いろいろな方法があるので、あなたも熱心な犯罪学者でいらっしゃるから、よくご存じと思いますが、犯罪というやつは、おそかれはやかれ、なんらかのかたちで、尻っぽを出すものです。警察が捜査をはじめた当初に出さなければ、ずっとあとになって、出すことになります。犯罪を行なった以上、捜査の経過を緊張して見守っているのは、人情として当然のことで、捜査があやまった方向にそれたとみると、よろこびの色をあらわし、嫌疑が自分のほうにむかうと、不安に駆られて、がたがたふるえだす。

　それにまた犯罪者は——常習犯でない場合は、ことにそうでありますが——探偵がそばにいることだけで、ある種の不安に責められるとみえて、臆病そうな眼つきやおどおどした態度を見せる。あるいはその逆で、じろりと、するどい観察眼をはたらかすものなのです。したがって、探偵たるものは、その心得として、つねにかれらを研究し、かれらがうっかり油断して、警戒心を失った瞬間を見逃がさぬように注意している必要があるのです」

「たしかに、りっぱな意見ですね」とぼくはこたえた。「しかし、今度の場合だけは、あなたにとって、すこし困難なのではありませんか。あなたは、ボールス夫妻には嫌疑をかけてはおられんし、ルネスタムははやいところ姿をくらますほうが利口だと知っておったようですし——」

「ルネスタムひとりが、容疑者ではありませんよ」とカリングは、反駁するようにいった。「まだほかにも、ぼくたちが、眼をつけている相手がいないわけでもありません。

もちろん、一刻もはやく、逮捕するために、努力は致します。躊躇している時間がながびけばながびくほど、それだけ情勢が悪化するおそれがあるわけです。あの男が逮捕されないあいだは、われわれにとっても手の打ちようがありません。ホシの見当をつけたところで、ルネスタムを逮捕するまでは、その人物が真犯人ときめつけられるかどうかはわからんのですよ」

「まるで、謎のようなことをいいますね、カリング君」とぼくは、不愉快な気持を感じながらいった。「ぼくはこれでも、できるだけの手伝いをしているんですから、もうすこし打ちあけて話してくれてもよさそうに思われますね。たとえば犯行現場で、発見できたことから、どういう結論が生じたか話してくれてもいいのではないでしょうか？」

「それはあなた自身、その眼でごらんになったはずです。したがって、それからあなたご自身、結論をひき出されたことと信じています。いや、こちらからうかがいたいくらいで、砕かれた石臼、時計のなかの銃弾、破かれたドミノなどを、あなたはどのように解決なさいます？」

「そうですね。ぼくの見たところをいいますと、最初の弾はねらいがはずれて、石臼をこわしてしまったんです。第二の弾がミス・ドゥールを殺し、それがまた、時計にあたった――こう見ていますが、ドミノについては、べつに考えておりません」

「では、ぼくの推理も聞いてもらいましょうか。第一の銃弾が、ミス・ドゥールの命を奪い、つづいて石臼を割ったのです。第二の銃弾は、犯人が故意に、時計めがけて発射したもので、その目的は、アリバイをつくりあげるところにあったのです。そしてそのとき、ドミノからひき裂いた破片を利用したわけです」

ぼくはものもいわずに、かれを見つめていた。ぼく自身、あとで気づいたことだが、そのときのぼくは、いかにも間のぬけた顔つきをしていたにちがいない。

私立探偵は笑って、

「あなたは、いまの言葉を、ただのハッタリにすぎぬと考えておられるようだが、よかったら、論理的に、証明してみせますよ。

死体の位置から見て、ミス・ドゥールに弾が命中したとき、彼女は台所の戸棚のわき、時計をのせた台のまえに立っていたことがわかります。ぼくはあなたに手伝っていただいて、被害者の足もとから、胸の銃創までの距離、いいかえれば、床から銃弾のあたった個所までの高さを測ったのです。ところが、この銃弾のあたった個所は、すくなくとも十五センチほど高すぎるのです。銃弾が、その位置で、からだを貫通したのであれば、時計の文字盤にはあたっていないはずです。それは時計のもっと下の部分にあたることになるのです。それなのにからだを貫通した弾道と、時計の機械装置のなかにとどまっていた銃弾の位置とをくらべると、両者の方向が、ほとんど水平であるのを知ったのです。

その結論はこうなります。時計を射った銃弾と、被害者の生命を奪ったそれとは、まったく別個のものであるという結論です。

最初のうちは、ぼくもまた、サンデルソン警部やあなたとおなじに、銃弾が時計にあたっているのは、犯人が射ち損ねたからだと考えていたのです。しかし、その後の精密な検査によって、空色の絹地からの糸と血痕とが付着しているのを知りました。

その結論は、こうなります。犯人は、時計にあたった銃弾を、被害者のからだを貫通したものと同一であると思わせようと計った！

その理由は——一定の時刻を、それによってつくりあげておくためです。万一、容疑を受けたときの用心に、アリバイの用意をしておくことにあったのです。

どうです、博士。ぼくの推理は論理的だといえませんか？」

ぼくがそのとき、どんなことをこたえたか、いまではすこしも覚えていない。この推論のするどさと力づよさに、ぼくは完全に打ちのめされたような気持を味わった。それは反駁の余地がないまでに、論理的な推理過程に基礎をおいているのだ。かれに眼をつけられている犯人は、どのようにかれを恐れ、かつ憎んだところで、じゅうぶんとは、いえぬくらいであろう。

私立探偵は説明をつづけた。

「ぼくはこの犯罪を、あらかじめ計画を立て、熟慮のうえで行なったものではないと考えています。そう見てよいだけの理由があるのです。いいかえれば、犯人は偶然訪れた好機を利用して、犠牲者の身を葬り去ろうと考えついたのです。それを考えると、いかにこの犯人が、敏速かつ冷酷非情に、犯行前後の計画を樹立したかを、驚異の眼をもって見ないわけにはいきません。

よろしいですか、博士、かりにあなたが、犯人だとして、その立場に立ってみてください。致命傷を負って、アスタ・ドゥールが崩折れたおれる。あなたは、ブローニングを手にして、そこに立っておられる。あなたの視線は、時計にそそがれる。そしてそのつぎに時計のそばで、石臼がこわれていることを発見なさる。

そのときあなたが、最初に考えられたことは、銃弾が時計にあたらなくて、仕合わせだったということです。もしあたりでもしたら、警察はそれによって、犯行の時刻を知ってしまうからです。しかし、すぐその直後に、あなたは、この時計を利用すれば、犯行の時刻を、あやまったものに思いこませることができると気づいたのでした。

そこであなたは、なにかの理由をよそおって——たぶん、ドミノが、そこにあるのを知っていたからでしょうが——寝室へはいっていかれる。そして、ドミノのはしを破りとり、それを時計のまえに当てがって、時計の針をのぞみどおりの位置にうごかし、そのあとで第二の弾を発射する。その銃弾は、時計の内部に残存する。もちろん絹の繊維の一部は、弾孔のなかにはいりこむが、血痕も同様に、そこへのこしたいと考える。しかし、それくらい簡単にやってのけられることはない！　死体のかたわらにたまっている血液に、留針を浸して、それで弾孔と銃弾とをひっかいておけば、仕事は完了するのです――どうです、博士？　ぼくの説明は、事件の経過を、生き生きと描写してはいませんか？」

「非常に生き生きしていますよ。犯人がいまの話を聞いたら、眼をみひらいておどろくことでしょうよ」

「あるいは、動揺するかもしれませんね！　しかし、ぼくがつづいて、かれがそれと知らずにおかした誤算を指摘したら、かれはおそらく、もっともっとつよい印象を受けると思いますよ」

「いよいよおもしろくなってきた！」と、ぼくはいった。「あなたにはいわば、推理の技術について、講義を受けているようなものです。なんと感謝してよいものか、礼の言葉を知らぬくらいです。しかし、その話のまえに、グローグ酒でも一ぱい、あがりませんか？　さぞ、喉がかわいたことでしょう」

「それはありがたい。そしておねがいですが、もう一本葉巻をいただかせてもらいましょう。ところで、犯人の誤算というのは、銃弾に付着していた絹と血痕の量が多すぎたところにあります。至近物に銃弾を発射しても、そのような事はおこり得ないのです。この場合、被害者のからだを射ちぬいてから、つぎの目的物に到着するまで、ほぼ三十センチもの距離をとばなければなりませんでした。

ですから、じっさいに、ミス・ドゥールのからだを貫通して、その後はじめて時計にあたったのであれば、時計の内部に、血痕が見出されるなど、考えられることではありません。——おそらく文字盤の上に、かすかにはねかかっている程度にとどまることでしょう。

そのうえ、犯人は銃弾の貫通力を誤算しています。ぼくはあの時計に、試験的に弾を射って、たしかめてみたのです。人体と同程度の抵抗をもつワラ人形をつくり、それを貫通させたあとの力をはかったところ、弾はやっと、文字盤を貫くほどの力しかもっていませんでした。そのうしろの厚い金属板が、弾の進行をとめてしまいました。それに反して、発見された銃弾は、時計を完全に貫いて、背後の大理石板にぶつかり、しかもそれに、ひびまで入らせているのでした」

「それで、その結論は！」

「ぼくの理論にあやまりがないということです」

そこでぼくはいった。

「それはまた、ボールスのピストルから、弾が二発なくなっていることからも推論できます」

しかし、かれはいらだつような口調でいった。

「ボールス技師については、いましばらく、考えないでおこうと思っています」

「そういわれるところをみると、あなたは犯人を、ボールスでもなく、ルネスタムでもないと考えておられるようですね」とぼくは、言葉をつづけた。「すると、ほかにだれがのこるのです？　あなたはさきほど、警察が眼をつけている人間がいるといわれたが、そんなものが、まだほかに存在するのですか？　それとも、それもやはり、いまのところは秘密なんですか？」

「いや、お話ししますよ。二、三の証拠があらわれて、容疑はふたたび――ボールス夫人にむけられたんです」

「え？　なにをいうんです！」と、ぼくはさけんだ。「また冗談ですか？　サンデルソンは、すべての証拠はボールスを指していると信じているはずです」

「この考えは、サンデルソンから出ているのではなくて、グリンマー刑事の意見にもとづいているんです」

「どうしてまた、そんなばかなことをグリンマーが？」

「そう興奮しないでください、博士。そんなにおっしゃると、みんなが考えますよ。あなたは――」

　この瞬間、電話のベルが鳴った。受話器をとりあげると、男の声で、カリング弁護士はいるかときいていた。

「カリング君、あなたへの電話です」そして、ぼくはいった。「しかし、あなたがここへきていることを、どうして相手は知っているのでしょう？」

かれは受話器を受けとって、すこしのあいだ、興奮した会話をとりかわしていたが、やがて、ぼくのほうをふりむいていった。

「ルネスタムをみつけ出したんです。しかし、かれは——死んでいたそうです」

「死んでいる！　すると、殺されていたということですか？」

「そうらしいですね。しかし、いまの電話では、はっきりしたことはわからんのです。すぐ出かけてみますが、いっしょに、おいでになりますか？」

ちょっと躊躇しなかったわけではないが、ぼくは同行することを承知した。今夜もまた、眠るわけにいかないのか！

第十六章　新しい証拠

「ルネスタムの死体は、小さいホテルで発見されたそうです」途中、カリングは説明していった。「それ以上、くわしいことはわかっていませんが、偶然の事故でたおれたとは思えませんね。むしろぼくには、かれの生命は、ずっとまえから危険にさらされていたように考えられるのです」

「行ってみればわかることです」と、ぼくは応じて、「それより、あなたからまだ、うかがっていないことがある。さっき、ボールス夫人に不利な新事実がみつかったといわれたが、それは、どんなことです？」

「夫人が三時に家を出たと述べたのは、真実でないことがたしかめられたのです。事実は、その三十分もまえに家を出ていることが立証されました。夫人と、道で会った男が証言していますし、ボールス家の女中も、入口のドアがあいたので、眼をさましたと証言しております」

「それがぜんぶですか？　それだけのことでは、嫌疑をかけるほど強力とはいえますまい。興奮していれば、だれしも、時間ぐらいはまちがえますからね」

「いや、それがぜんぶではないんです。女中は入口のドアの音に、いまごろ、なにごとがおきたのかと、ようすを見に行きました。そして、喫煙室までできますと、ピストルを入れておく書きもの机の引出しがひらいているのを見たそうです。しかも、それをあけるのにつかった鍵は、本来のものではなくて、食堂の戸棚の鍵を代用してあったといいます。そのうえ、女中はいっているのです。引出しのなかにピストルがなかったことはまちがいない。いつでも法廷に立って、証言する用意がありますとね」

「それだけで、ボールス夫人がしたこととはいいきれない」ぼくはあくまでいいはった。「彼女の夫自身が、ブローニングをもち出したともいえるんですから」

「かれだったら間にあわせの鍵をつかうことはないでしょう」

「女中はうそをいっているんだ」ぼくは主張を変えなかった。「夫人が拘引されたとき、凶器などは携帯していなかったはずですよ」

「遺憾ながら、あのときの警察官には、重大な手落ちがあったんです。ボールス夫人を拘引していながら、身体検査は行なわなかったのです。夫人はそれを、どこかのポケットに入れたまま、家へもち帰ることもできたわけです。女中についていいますと、これは女主人に、ひどく忠義立てをしていまして、グリンマーとしても、これだけのことをしゃべらせるまでには、ずいぶん骨を折ったといっていました」

「警部はそれについて、どんな意見を述べていました？」

「グリンマーは女中に約束してしまったんです。彼女の証言を、警部には洩らさないってね。したがって、サンデルソンは、いまのところ、なにも知ってはいないのです」

「それは助かった！」とぼくは、あかるい表情にもどって、ほっと息を吐いた。「あなたにもおねがいしておきますよ。ここ当分、サンデルソンには教えないでおきたいんです。さもないと、事件がどんな方向へ発展するかわからない」

「あなたにしても、なにもかもご存じというわけにはいかないんですよ」と、カリングはつづけた。「たとえば、例の石臼です。あの破片から、血のついた指紋が発見されているんです」

「だれの指紋が？」ぼくはまた、息をのんで、さけんだ。「たぶん、ファビアンのでしょう？」

「ところが、かれの夫人のものでした」

ぼくは思わず、呪いのさけびをあげた。

「だまってください！」われを忘れて、さけんだのだ。「それ以上、しゃべらないでください！　あなたはうそをついている！」

「どうして、そう考えるんです。博士？」と、探偵はするどく反駁した。「顔色もわるいし。気分でもわるくなったのですか？」

「そんなばかな主張を聞くと、だれしも気分がわるくなりましょう」

「ぼくはなにも主張しているわけではありませんよ。ただ事実を事実として、そしてそれだけを申しあげているのです。結論を出してもいないし」

　重くるしい沈黙のあと、ぼくはいった。

「ボールス夫人は、新しく嫌疑をかけられたことを知っているのですか？」

「いいえ、いまのところ、なにも知ってはおりません」

そのとき、車がとまったので、ぼくたちは降り立った。

　ホテルの女主人は、自分のホテルから死人が出たというので、すっかり気が顛倒してしまって、ろくに口もきけなかった。それでも、どうやら聞きだしたところによると、死んだ男はきのうこのホテルに部屋をとったが、九時をちょっとすぎたころ、赤毛の紳士の訪問を受けた。やがてこの紳士はもどっていったが、帰りぎわに、ルネスタムはすこし気分がわるいので、これからかなりの時間、眠りたいといっているから、そっとしておいてやってくれといったそうだ。そこで、部屋の女中は、夕方になって、はじめてかれの部屋へはいってみたのだが、ルネスタムはいまだに熟睡しているようすなので、そのままにしておいた。そして、いまから三十分ほどまえに、刑事のローランドが、ルネスタムの人相書をもって、こういう男が宿泊していないかと調べにきたので、夜勤のポーターが、例の病気だという宿泊客のことを思いだした。それで、ローランド刑事といっしょに、部屋へ行ってみたのであった。

ところが、ローランドは意外な事実におどろかされた。ルネスタムは死体となって横たわっていたのである。それで、刑事は部屋の捜索をはじめるにさきだって、とりあえずサンデルソン警部とカリングに報告したのである。

死体の検査はぼくがやったが、そこに殺害の証拠は見出せなかった。暴力とか毒物が用いられたようすはなかったので、カリングは、シャルロッテの口から、この男には心臓の持病があると聞いたことを思いだした。

「その点は、確信がもてますか？」と私立探偵は質問した。「解剖の必要はありませんかね？」

そしてかれは、ルネスタムの手提げカバンをあけてみながら、つけくわえていった。

「死因は、なにか痕跡をのこさぬような毒物によるものじゃないでしょうか？」

「中毒だとすれば、かならずわかるもんですよ」

「ジギタリスの製剤のある種のものを、一度に多量に用いると、心臓麻痺とまったく同一の症状を呈して、死体を解剖してみないかぎり、見分けがつかないものだと聞きましたが――」

「たしかに、それはいえますね」と、ぼくはこたえた。「そこまでは考えてみませんでした」

カリングはそのとき、手提げカバンの底へ手を入れて、銀製の小箱を発見した。かれはそれを、ぼくに示した。錠を破って、箱はねじあけてあった。中身は空である。

「これでルネスタムがぬすんだことが、説明されたわけですね」

と、ぼくはいった。

「すくなくとも、あの夜かれが、あの家を二回訪れたことはたしかですね」

そうこたえてから、探偵はつづいて、カバンのなかの証拠書類に眼を通した。

「いろいろな証券類がつまっていますよ。約束手形、借用証書や手形の類もありますが」と探偵は、調べおわるといった。「ルネスタムに関係のあるものは、不思議とありませんね」

「おそらく偽造手形は、焼いてしまったものでしょう」

と、ぼくがいうと、探偵はストーブの蓋をあけていたが、なにか口小言をぶつぶついいながら、また、それをとじた。それから、かれは死体の手をながめた。それはなみはずれて大きく、左の中指が欠けている。死体の上膊にのこっている指の痕の写真とくらべてみると、ぴたり符合することがわかった。

「これもまた、この男が台所にいた証拠になりますね」

と、ぼくはいった。

「そうです。しかし、かれが台所にいたことはわかっても、何時にいたか、その正確な時間までは決定できませんね。ぼくは、もともと、この男とボールス夫人は、あの家の台所で顔をあわせたはずだと考えているのですが、あなたはもちろん、それを否定なさるでしょうし――」

ぼくはその言葉をさえぎっていった。

「ボールス夫人は、うそをつきませんよ」

「しかし」と探偵はいいかえした。「ピストルの掃除を手伝ったことは否定していますし、行為で偽る人物は、言葉でも偽りますからね。ぼくは彼女を、なかなか策略好きの、油断ならぬ婦人と考えているのです。見かけは愛想のよい、罪のない女性のように思われますが、ひと皮剝《は》げば、どんな悪漢にも負けないくらいの狡猾さをもっているような気がするんですよ」

ぼくはそれを聞いて、腹を立てていった。「なんという怪《け》しからぬことをいうのです。あの気のどくな婦人に、そのようないわれのない罪をきせるとはもってのほかだ」

カリングはそれにはこたえようともせずに、死人のポケットをさがしていた。ほんの数枚、紙幣が出てきたが、ほかに現金は見あたらなかった。この男、金にはあまり、縁がないように思われた。

ぼくはそこに立っているあいだも、心のなかでは、怒りを煮えたぎらせていた。スティナの身が心配になってきて、ほんの一瞬だが、この探偵を、ステッキの頭の髑髏で、殴り殺してやろうと思ったくらいだった。それでファビアンは、まちがいなく逮捕されることになり、有罪の判決を受け、スティナの身の上から暗い影が消え失せることになるだろう。

この凶暴な思いつきを感じとったように、カリングはふりむいて、ぼくの顔を見た。

「あなたは、ぼくがボールス夫人に嫌疑をかけているので、怒っておいでのようですね」と、かれはいった。「あなたは夫人を敬慕しておられるので、よいところばかりが眼につくようですが……」

「むろんそうですよ」とぼくは、衝動的にさけんだ。「彼女ほどの女性は見出せるものではありません」

「それはすこし、いいすぎのきらいがありますね――まして、婚約中のかたとしてはね！」

とカリングは、からかうようにいった。

ぼくはそのとき、ふと思いついた。この探偵は、ぼくの日記の、糊で貼りあわせてある部分を、はがして読んでしまったのではないか？　しかし、ぼくは後刻家へもどってから、あらためてみたが、そのような気配はなかった。

「これをごらんなさい」

探偵はいきなりさけんで、ルネスタムのポケットから、しわだらけになった紙片をひき出した。

「とうとう偽造手形を発見しました。問題の名前は消してある――」

このとき、サンデルソン警部がはいってきて、ふきげんな顔つきで質問した。

「どうしたというんです？　この男も殺されたんですか？」

「そうではないらしいんです」と、ぼくはいった。「暴力をくわえた形跡は、どこにも見あたらないんですから」

そのあと、カリングが、簡単に経過を報告していた。

「なるほどね。この男はやはり、相当の悪者だったようですね！」サンデルソン警部は、唸るようにいった。「ところで、指輪は見つかりましたか？」

「チョッキのポケットだけが、まだ調べおわっていないのです」

探偵はそうこたえながら、なかをあらためて、ダイヤモンドの指輪をとり出した。そして、それと同時に、ポケット用のナイフと、小さな鉛筆もひき出した。

それを見て、サンデルソン警部はさけんだ。

「やはり、そうか！　カリング君、この事実にたいして、きみの意見は？」

カリングはこたえた。

「急死したからには、この男にたいする嫌疑は、すべて消えてしまいましたよ」

「それはまた、意外な結論ですね！　どういう意味なんです？」

「ぼくには、いまここで、それをくわしく説明しているひまがないんです。それよりさきに、あなたに話しておきたいことがあるのです。スミルノ博士から、知らせてもらった事実なんですが」

とかれはいって、ぼくがボールス夫人の涙にうごかされて、二発の銃弾が欠けている彼女の夫のピストルを掃除してやったいきさつを語ってきかすのだった。

「これはおどろいた！」と警部はさけんだ。

「そんな事実があるとはいままで、まったく知らなかった。しかし、さいわいボールスは拘留してあります。カリング君、成功でしたな！　けっきょくきみの説のとおりになった」

「ところが、現在のぼくは、それとはまるで反対の結論に到達しているんです。かれが発射したのではないという確信をえているんでね」と探偵はこたえた。「しかも、それがぜんぶではないんです。ボールスのブローニングは、ワセリンではなくて、バリストルで掃除してあった。そしてふたつのピストルをくらべてみると、あの薪木入れのなかにかくしてあったルネスタムのブローニングも、同様、つい最近、バリストルで掃除してあることがわかった。ところが、ルネスタムの下宿の女あるじの話だと、ルネスタムはながいこと、そのピストルを掃除していないそうで、壁にかけたまま、ほこりだらけに汚れていたというんです。それに、下宿の女あるじはまだこんな事実も教えてくれました。ルネスタムは掃除するとき、いつもきまって、ワセリンを使用したそうで、バリストルなど、かれはもっていなかったといいます。それで、あの夜の模様は、こういうことになります。

　夜の十一時ごろ、ルネスタムは怒ったような顔つきで、帰宅した。ひどく酔っ払っているようすでしたが、いそいで着替えをすますと、ほこりだらけのピストルをポケットにおしこみ、もう一度、下宿を出たというのです。もし、女あるじの証言が正しいとすると、われわれがルネスタムの手もとから、近ごろ掃除をすませ、しかもバリストルを塗りこんだピストルを発見した事実を、どう説明したらよいことになりますかね？」

「それを、こんな場所で質問されても迷惑だ！」と警部は、吐きだすようにいった。「こんな真夜中に、そんな謎を解いていられません。それに、いまのような話を聞いた以上、ボールス技師を指す証拠はそろったわけだから、このうえ、頭を悩ます必要はないはずだ」

　しかし、カリングはいった。

「夜があけたら、そうですな。六時ごろでよろしい。ぼくのところへきてくれませんか。あなたはおそらく、ぜんぜんちがった考えをもつことになりましょうよ。そのとき、ぼくの理論を説明しましょう。りっぱにそれが、証拠をあげて、説明できるんです。さしあたって、いえることはひとつだけです。ぼくが最初、凶行現場を捜索したときには、薪木入れにピストルははいっていなかったんです。ぼくは薪木を、一本、一本、とり出してみました。したがって、あなたが発見したブローニング――われわれはそれを、ルネスタムのピストルと呼ぶことができるが――は、その後になって、あのなかにおかれたものです」

「そんなばかなことが！　あの住居には、鍵がかけてあったんですよ」

「それでも、ぼくのいったことにあやまりはない。そのような事実が行なわれたんです」

　サンデルソン警部はいった。

「そういえば、あの家に、またしても人殺しさわぎがおきたそうですよ。そうです、今夜です。わたしたちが帰ったあとのことです。雇い婆さんのシャルロッテの話ですが、彼女は今夜、階段のところで、謎めいた怪しい人間と出っくわしたそうで、そいつはあわてて逃げだして、部屋へ駆けこんだというんです。人々が、入口のドアをむりにあけて、とびこんでみると、だれの姿も見られなかったそうです。しかし、シャルロッテの話が、妄想に基礎をおいているわけではないことは、その建物のまえを見張っていた警官が確認しているんです。かれの話によると、おかしな女が、あの家の玄関から出てきたそうで、この女はかれに話しかけ、隙を見はからって、警官の頭に、ものすごい一撃をあたえたんだそうだ」

「女が？」カリングは怪しんでいった。「どんな恰好をしていたか、聞いていますか？」

「あいにく、はっきりしないんです。ただ、警官はまだ、頭がすこしぼんやりしているが、女の服を着た悪漢にちがいないといっている」

第十七章　手紙

月曜日の正午。

ぼくの理性にいわせると、ぼくはぼくの生涯で、もっとも愚劣なまねを演じたそうだが、ぼくの心は、そうでないと語っている。

ヘレナとぼくとの仲は、いまやおわりを告げた。ぼくが彼女に贈った婚約指輪は、いま、ぼくの書きもの机の上においてある。怒りの感情に駆られて、彼女がそれを返してよこしたのだ。そして、ぼくも彼女に、同様はげしい興奮のあまり、似たような言葉を返したのである。

かくて破約は、当然のことながら完全になった。ぼくたちは二度と、顔をあわせることもあるまい。

それにしても、ぼくとは不思議な人間である。あの呪われた手紙をとりもどすために、どのような苦心をしたことか！　ばかげきった、もっとも危険な冒険をおかしたのも、ヘレナとの仲が破れるのを避けるためだった。そして手紙をとりもどし、この忌まわしい紙片を破壊することができたのに、ぼく自身すすんで、彼女との婚約を、永久に破棄することになる一歩を踏み出してしまったのだ。

そのようなことがおこらぬように、ぼくは当然、あらゆる努力をはらうべきだった。富と恵まれた生活の希望を捨て去ることは、いかにぼくにとって、困難なことであったか！　ぼくは性分として、貧乏には堪ええない男なのだ。

しかし、現実として、ぼくたちの婚約が破棄された以上、ここにその経過を語っておかねばなるまい。

昨夜、彼女がとった不可解な行動について、いろいろと考えぬいてみたが、けっきょくなんの結論も出せなかった。暗い気持にとざされたまま、ヘレナをむかえるために、ぼくはひと睡りもせず中央駅へむかった。しかし、朝の列車で到着するとの彼女の電報は、ぼくをあざむくための口実で、事実はおそらく、けさはやく、車で逆に、リルエホルム駅までもどり、そこから列車にのりこむものと推察した。

　この考えが、ぼくの頭を占領していたばかりでなく、同時にまた、スティナの行動と、彼女の嫌疑をふかめることになった、彼女に不利益な事実の発見がぼくの心を悩ませた。現在の彼女の立場は、夫のそれよりも、はるかに危険なものと思われた。それにまた、前夜一睡もしていないことが手伝ってヘレナと中央駅で出会ったとき、ぼくの顔はひどく暗い表情を示していたにちがいなかった。

「まあ、どうなさったの、ワルター？」と、彼女はいった。「おかげんがわるいみたいよ」

「からだはなんともないが、いらいらと不愉快なことばかりおこりましてね、たぶん、スティナから聞いたと思うけど」

「スティナのこと？　いいえ、なんにも聞いていませんわ。あのひと、患っていますの？」

「きみはあのひとに、ごく最近会っている。だからぼくよりも、いろいろと知っているはずだ」

「まあ、ワルター。そんなことはなくてよ。わたくし、もう二ヵ月も、あのひとの顔を見ていませんわ」

「昨夜――で、なければ、けさ、あけがたに会ったのじゃないですか？」

「どうして、そんなことをおっしゃるの、ワルター？　どうかしていらっしゃるわ」

「いや、どうもしていませんよ、仕合わせなことにはね。どうもしていないからこそ、わかっているのです。きみがこの夜中に、ボールス夫人に会っていることをね。まさかきみは、それを否定しようというのではないでしょうね」

ヘレナは肩をそびやかして、返事のかわりに、なんとも説明のしようのない、不可思議な眼つきで、ぼくの顔をながめた。ぼくはしだいに腹が立ってきて、

「それを否定する気はないんでしょうね？」

と、興奮のあまり、くりかえした。

「ゆうべはわたくし、一晩じゅう、列車にのっていましたわ」つんとした口調で、彼女はいった。「あいにくスティナは、いっしょの列車にのっていませんでしたわ。冗談は、それくらいでおやめになってね。わたくしの可愛いワルター」

「可愛いワルターなんて、いわんでおいてもらおう！」

とぼくも、怒りのあまり、声をあららげた。

「では、わたくしの小さなお友だちといいましょうか」

と彼女は、ゆっくりとこたえて、ぼくを見下した――口惜しいことだが、彼女はぼくより、背丈がずっと高いのだ。

「わたくしの小さなお友だち――それにあなたは、文句をおっしゃれないはずよ。くらべてごらんなさい。わたくしより、ほんのすこしだけど、背が低いはずよ。でも、いま

はそれも、お忘れになったようね」

「そのことだったら、きみのほうから、口に出すべきじゃないのじゃないかな、ヘレナ。きみはたしか、肉体は問題じゃないといっていたはずだが――」

と、ぼくは応じた。

その言葉で、ぼくは彼女の傷口に触れた。彼女はいつも、知性的であることを自負しているからである。しかし、中央駅では、ぼくたちふたりだけがいるわけではないので、彼女はかろうじて怒りをおさえて、すこし間をおいてからいった。

「さっきのお話、ご冗談なんでしょう？　それなら――」

ぼくはその言葉をさえぎって、

「ぼくは冗談なんていう男じゃない」

「では、なおさらいけませんわ。これから、タクシーをひろってスティナのところへ行ってみましょう。たぶん彼女が説明してくれると思います。あなたがお会いになったのはだれかと」

ぼくはこたえた。

「おたがいに、落ちついて話しあうことだよ、ヘレナ。スティナとファビアンの身に、どんなことがおきたか、きみは知っているんでしょうね？」

「知りませんわ、なんにも！　どんなことがおきましたの？」

「人殺しですよ。ふたりとも、あの事件に巻きこまれているんです」

「殺人事件？　いったいそれ、なんの話ですの？」

「アスタ・ドゥールが殺されたんです。舞台女優ですよ。ご存じでしょう？　レイェリング街六十七番地に住んでいる――」

「どうしてわたくしが、知っていなければならぬわけがありますの？」とヘレナは、ひどくおどろいた顔つきを見せてさけんだ。「殺人事件があったなんて、わたくし、ぜんぜん聞いていませんわ」

「ぼくはこの夜中に、きみがそこにいるのを見かけたんです！」

「わたくしを見たんですって？　どこで？　いつ？」

「きみがあの人殺しのあった家から出てくるのを、ぼくは見かけたんだ――十二時をすこしまわったころに」

「そんなこと、ありませんわ」

「ぼくがこの眼で見たといっても、きみは否定するのか？　ぼくが声をかけても、きみは聞こえないふりをしていた。そして、そばへ行くと、走りだした」

「わたくしが？」

「そうですよ。ぼくに会うのをいやがるようにして」

「おかしなお話ね、ワルター、きっとそれ、あなたの幻想よ。夢を見たにちがいありませんわ。あなただって、わたくしがいま、到着したばかりなのを、ごらんになったじゃありませんか」

「それはそうだが、しかし、つぎの駅からのりこむことだってできる。ヘレナ、ほんとうのことをいってくれ。なぜ、かくすんです？　うそをつくのは、きみ自身、大きらいだったはずじゃないか！」

　ぼくは憤りに、顔を青ざめさせ、興奮にふるえながら、なおも言葉をつづけた。

「なぜ電報で、到着時間を知らせたりして、ぼくをだましたんです？　ぼくは知っていますよ。きみはきのう、スティナのところへついていた。夜になって、探偵といっしょに、殺人の行なわれた家へ行ったことも、ぼくにはちゃんとわかっているんだ。なんのために、そんなことをしたのです？　ぼくはぜひとも、その返事を聞かなければならない」

「返事が聞きたければ、してあげますわ」と彼女は、ふるえる声でいった。「あなたの質問で気が狂っていることはわかりますけど――わたくしはいまの列車で到着したばかりです。家を出て、この駅へ着くまで、どこにも寄り道なんかしませんわ。したがって、ゆうベストックホルムにいるなんてことは、できるはずがありません。人殺しの話だって、いまはじめて、聞いたことです。ねえ、ワルター。信じてくださいますわね」

「いや、信じられませんね」

「うそだとおっしゃるの？」

「そうですよ。きみはぼくをだましている。それはぼくの推察だけでなく、はっきりと見ているんだ。きみの姿を、この眼で見ているんです」

彼女はぼくに、背をむけた。

「ヘレナ」とぼくは、哀願するようにいった。「どうして、ほんとうのことを話してくれないんだ？」

山ねこのように、彼女ははげしく、うごきまわった。その青白い顔に、眼がきらきらと光っていた。いきなり手袋をぬいで、婚約指輪を、ぼくにつきつけた。

「お返ししますわ。もって帰っていただきます！」

「この指輪を？」

ぼくはおどろいて、口ごもった。

「あなたはわたくしを侮辱なさいました。あくまでも、わたくしをうそつきだと主張なさるおつもりなんだわ。わたしだってうそつきを信頼することはできません。そんな人間は尊敬できないからです。おたがいに尊敬できないかぎり、いっしょに暮せないことはわかっています。わたくしの指輪もお返しねがいますわ！」

「そうしてほしいのなら」と、ぼくもいいかえして、指輪をぬきとった。「いつでも返してあげる。きみみたいに、手のこんだうそをつく婦人は、信頼するわけにいきませんからね。ぼくはだまされるのが大きらいなんだ」

ぼくたちはたがいに背をむけて、別れた。

ここまで書いてきたが、ぼくはスティナに電話をかけることを決心した。彼女はサンデルソン警部の意見を入れて、あらかじめ計画を立てた家出の件はとりやめにしたはずだ。したがって、いまだに家にいることはまちがいない。

ヘレナがスティナのところへ行ったこともたしかであろう。いまごろは、たぶんスティナがヘレナをなだめている最中と思われる。

ところが悲しいことに、電話をかけると、女中が出てきて、奥さまはご気分がわるいので、おやすみになっていらっしゃいます。いまお起しすることはできませんとの返事だった。

ぼくはこれから、どうしたらよいのだろうか？

しかし、なによりさきに、戸外へ出て、新鮮な空気を吸う必要がある。

その日の午後。

運命は、なおもぼくをいじめにかかった。

ストルマルムス市場とハム街のかどで、ぼくは思いがけなく、ふたたびヘレナに出会った。今度のヘレナは、ひとりではなかった。その手に、女の子をひっぱっている。それが――ぼくの、ヴェラなんだ！

　ぼくはその場に、釘づけになったように、つっ立ったまま、ふたりのようすをみつめていた。

　よろこびの声をあげると、ヴェラは両手をさしのべて、ぼくの胸もとに、とびついてきた。ぼくは彼女を、衝動的に、抱きしめていた。

「やっぱり、あなたたち、顔見知りなのね」と、ヘレナはいった。「わたくしはまた、あなたはこの子に、あなたのことを知らせぬようにしているのかと思っていましたが――」

　ぼくはその言葉をさえぎって、

「ヘレナ、ちょうどよいところで出会った」と、いきおいこんでいった。「時間はあるんでしょう？　すこし、話したいことがあるんです」

「いいえ、これ以上、なにも聞きたくありませんわ」彼女はこたえた。「これでわたくし、なにもかも、知ったのですから」

　そのあと、彼女は、なにもいわずに、ヴェラを指さした。ぼくは顔が赤くなるのを感じた。

「どこから知ったんです？」

　と、ぼくはいった。

「スティナからよ。この子をひきとって、教育の面倒をみてくれる者はないかと聞いたので、わたくしがひき受けることにしましたの」

「やさしい心ですね、ヘレナ」と、ぼくはさけんだ。「けさはぼくがわるかった。あんなに興奮するのじゃなかった。昨夜のぼくは、落ちつきを欠いていたので、ほかの女を、きみと見まちがえたのかもしれないんです」

「でも、その可能性を、けさのあなたは、考えてみようともなさらなかったのね。でも、わたくし、気にしませんわ。だれでも興奮したときは、どんなおそろしいことでもするものですものね」

「ぼくは感謝しますよ、ヘレナ」

「いいえ、感謝なんかしないでちょうだい。わたくしたちふたりのあいだは、二度ともとへはもどらないのですから。あなたご自身、わたくしにうそをついていたんですもの。うそつきだとお責めになった相手にですわ」

「ぼくが？」

「ええ、あなたがよ」そういって彼女は、ポケットから封書を一通とり出すと、ぼくに手わたした。「これ、受けとっていただきます。けさ、郵便できましたの。だれが出したものかわかりませんけれど。お読みになったら、わたくしがどんな気持でいるか、おわかりになるはずよ。そしてワルター、これからはもう、わたくしをうそつきだなんて、お責めにならないでいただきますわ！」

ぼくはその封書をあけた。すると、ぼくの手に落ちたものがある――アスタ・ドゥールにあてた、ぼくの手紙だった。

「この手紙、大事にとっておおきになるとよろしいわ」ヘレナのいう声が聞こえている。

「今後はもう、わたくし、あの婦人のことには触れないつもりです」

ぼくが顔をあげたとき、すでに彼女は、ふりむいて、ヴェラの手をひっぱりながら、去っていった。

この机にむかっているぼくのまえには、その手紙がおいてある。頭のなかはくらくらして、はげしい渦が巻いている。ぼくはこの手紙をたしかに燃やしたつもりだ。――これが焔に呑まれて、めらめらと燃えあがるのを、この眼で見ている。しかも、いまこうして、ふたたびここにおかれている！ そしてそれが、まったくおなじ手紙なのだ。一語一語、眼を通してみたが、ぼくの筆蹟にちがいない。――そのうえ、ぼくが憶えている、小さなインクのしみまで、ちゃんとのこっているではないか！

悪魔が、ぼくをおもちゃにしているのであろうか？

第十八章　犯人はだれか？

月曜日、夜。

ついに、それが起きた。

封筒をひらいて、ぼくたちは犯人の名前を読んだ。レオ・カリングが名刺に書きつけておいた名前である。

ぼくは、まさかと思っていたことを、やはりいわぬわけにはいかないようだ。レオ・カリングを賞讃する言葉を！　かれはたしかに、その専門分野における権威である。しかしまた、この私立探偵は、不気味な人間ともいえる。心臓をもたぬ、思考機械といえよう。犯人との闘争に――それはしばしば、生死を賭けての闘いであるが――あくまでも冷酷非情なうごきを示して、つねに勝利をえている男なのだ。

今度の事件においても、かれはこの秘密に富んだ事件を、当初から見ぬいていて、怪奇な謎を、確実な方法で解決してしまったのだ。

いまもまた、ぼくはふたたびペンをにぎって、今夜の出来ごとを書きつけようとしている。

六時すこしまえに、カリングからぼくのところへ電話がかかった。ボールルス夫人の病気はよくないほうだが、どうしても、彼女の話をきく必要があるので、サンデルソン警部と打ちあわせて、ボールルスの家でちょっとした会議をひらくことにしたと告げてきたのである。

「ぼくはもう、会場のボールルス家へきているんです」とかれは、言葉をむすんだ。「もし、最後の結末をごらんになりたければ、すぐお出でいただきましょうか」

電話を切ると同時に、ぼくは熱病患者のように興奮して、ストランド街へいそいだ。ついてみると、いつもの女中が、玄関のドアをあけた。まっ黒なひとみの眼を、すこし泣きはらしている。

「カリング君はきているかね?」

と、ぼくはきいた。

「おいでになっています」と、彼女は小声でいって、「それに、警部さんも、それから、あの、こわい顔をなさるグリンマー刑事さんも。奥さまを責め立てるつもりなんですわ。まだいじめたりないんでしょうか?」

ぼくは、呪咀の言葉をのみこんで、

「ボールス夫人に、関係のある会議なのかね？」と、いった。「しかし、心配するほどのこともないだろう」

女中の眼には、きらきらと涙が光っていた。

「あたし、なにも知りませんわ」と、彼女はいった。「奥さまはおやすみになっていらっしゃいますが、お疲れになってしまって、口もろくろく、きけないくらいなんです。それをカリングさんが、つぎからつぎと、質問を浴びせかけて、いじめているんです。さっき、お医者さんがおいでになって、診察なさいました。そしていまは、スンドハーゲンのお嬢さまもお見えになっています」

ファビアンの部屋では、カリングとサンデルソンが、なにかしきりに話しこんでいた。刑事のグリンマーは、ドアのそばに腰を下ろして、眠りこんでいるように思われた。

「やあ、博士。よくいらっしゃった」と、サンデルソンが声をかけた。「これから、とてもおもしろい場面がはじまるんです。アスタ・ドゥールの事件も、あと数分のうちに、解決するでしょう。正直なところをいいますと、わたしは好奇心で、むずむずしているくらいです。わたしはボールス技師が怪しいとにらんでいるのでしてね、きっとこのなかには、技師の名が書いてあると確信しているんですよ」

かれはそういいながら、ポケットから、カリングの名刺を入れた封筒をとり出した。

しかし、私立探偵は警部の腕をおさえていった。

「もうしばらく、待ってください。その前に、話しておくことがあるんです」

それからかれは、ぼくのほうへむきなおった。

「このまえお目にかかったとき、あなたに申しあげましたね、博士。新しい証拠をつかんだために、ぼくがどちらの方向に、嫌疑をむけることにしたかをね。現在では、証拠はボールス技師を指さずに、むしろ――ボールス夫人を意味しているのです」

「また、そんなばかなことをいう！」と、ぼくはさけんだ。そして、サンデルソンもまた、ひどくおどろいたようすだった。

「ボールス夫人？　それでは、わたしが最初に考えたのと、おなじじゃないか。嫉妬の悲劇か！　しかし、わたしはすぐに、その考えを捨てた。彼女の夫のほうが、より有力になってきたのでね」

「わかりますよ」と、カリングはいった。「でなければあんたは、ボールス夫人を逮捕して、そのあと、家宅捜査をするところだった」

「なぜわたしに、そんなまねをする必要があったんです？　いまの考えには、理由がありませんよ。夫人が、ぬすみでも働いておればべつですがね」

「ぼくはそれを、あんたのために惜しむのです」と探偵は、冷静にいった。「もしあのとき、家宅捜査に踏みきっていれば、殺人に使用した凶器と石臼の破片が、彼女のところにかくしてあるのが発見できたはずだ」

ぼくはそれまでも、針のむしろに坐っている気持を味わっていたが、ついに、辛抱しきれなくなって、さけんだ。

「それは、気ちがいじみた妄想だ！　ぜんぜん根拠もない主張だ！」

サンデルソンはだまりこんだ。

「いまにわかりますよ」とカリングは、落ちつきはらっていった。「よろしかったら、いろいろと質問させていただきます。順序立てて、おききしますから。犯行の経過に関してのぼくの理論は、すでに説明してあります。それについては、どなたも反駁はなさいませんね？」

「反対はしませんよ。しかし、問題はあなたが疑惑をむけた方向です。女ひとりで、あのような犯行のできるものではありますまい」

「ピストルを発射したのは、彼女ひとりでしたが、その後だれかが手を貸して、犯行の痕跡をとりのぞいたのです。が、それを説明するまえに、サンデルソン警部には、ぼくの抱いた嫌疑とその理由、原因などをお話ししておいたほうがよさそうですね」

そのあとかれは、簡潔に事情を説明した。サンデルソンはだまって聞き入っていた。

「ところで、きみはどういう理由で、凶行のあと、だれかが犯行の跡を除去するのに協力したというのですか？」

と警部は、カリングの話がおわるのを待って質問した。

「ボールス夫人は、彼女の恋敵ミス・ドゥールと、台所で顔をあわせ、そしておそらくは、夫がきているかどうか、さっそく質問したと思われます。ところが、そのときのミス・ドゥールの返事が、ひどく夫人を興奮させ、頭に血をのぼらせたにちがいありません。その結果、彼女は手にしたピストルを発射してしまった」

「それからどうなったのです？」と警部はいった。「それまでのところは、真相のようにも思われるが」

「そこへ、ルネスタムが、二度目にあらわれたのです。そして、ふたりの女性が、床の上にからだを横たえているのを見出しました。ボールス夫人は、相手が死んで、自分の足もとにたおれるのを見ると、彼女自身、気を失ってしまったのです。それがだいたい、夜中の二時半におこったことです。

最初はルネスタムも、おどろきのあまり、思わず知らず、死体を抱きあげたので、そのとき、血に染まった指のあとをつけてしまったことに気がつかなかったのだ。それでかれは、ミス・ドゥールが死んでいることを見とどけると、その指から、指輪をぬきとった——それは、かつてかれ自身が、彼女に贈ったものだった。そしてそれから、金庫の鍵をさがし出し、銀の小箱をやぶって、かれの偽造手形を奪いとったのです。

そのあいだに、ボールス夫人も息を吹きかえしました。そこで、殺人者と手形の窃取者は、たがいに協力して、かれらの犯罪の痕跡をとりのぞいてしまうことをいそいだのです。

そのために、まず第一に、時計の針をうごかし、ドミノを破って、その切れはしを、文字盤のまえにあてがい、それにむけて、さらに一発、ピストルを射ちました。それによって、時計にあけた銃弾の孔に、血をなすりつけた。そして最後に、ボールス夫人は石臼の破片を、ハンドバッグのなかに入れ、ブローニングは毛皮の外套の内ポケットにつっこみ——そして、ふたりして逃げ出そうとしたのです。

しかし、ふたりいっしょに外へ出るのは、危険なことです。そこでルネスタムは、ボールス夫人に強いて、自分がさきへ出るから、そのあと五分間、部屋にのこっているように約束させたのです。

その五分のあいだに、夫人は恐怖のあまり、すっかり逆上してしまいました。身をふるわせながら、あたりを見まわしていたのです。なにか、手落ちはないか、忘れていることはないか？　すると、ルネスタムが忘れていったピストルが眼につきました。このピストルが、発射されていないままで発見されると、殺人はほかのピストルで行なわれたことが、明瞭になってしまいます。そこで彼女は、いやまさる不安のあまり、このピストルもまた、とりあげて、逃げ出すことにしたのです。

しかし、彼女はその被害者に、最後の視線を送らずには、その場を立ち去ることができませんでした。それがいわば、夫人に、最後のとどめを刺したような結果になりました。しずまりかえった静寂のうちに、死人とふたりきりだと思い、むき出した眼が、じっとにらんでいるのを見ると、彼女は完全に、理性を失ってしまいました。はげしい恐怖におそわれ、われを忘れて、そこをとび出しましたが、すぐに夜警におさえられて、けっきょくは警察署へつれていかれることになったのです」

そこでカリングは、言葉を切った。しばらくのあいだは、しんとしずまりかえって、ぼくは心臓が、どきどきと鼓動するのを聞いたくらいだった。警部もまた、石になったように、つっ立ったままだったが、最後に、とつぜんさけんだ。

「なるほど、そのとおりだろう！　それにちがいない。しかし、きみはそれを、立証できるのか？」

「思うに、あんたもこれで、満足することができたでしょう」とカリングは、落ちついてこたえた。その態度は、ちょっとした窃盗事件でもとりあつかっているように見えた。

「証拠の輪は、完全につながっているんです。それに、あんたの手で、ボールス夫人を調べさえすれば、わけなく自白させることができると思いますよ。グリンマー君、ゲルダを呼んでくれたまえ」

それは、ぼくのために、玄関のドアをあけてくれた女中のことである。彼女は心配そうな顔をして、その視線を、まず探偵にむけ、つづいて、ほかの人たちの顔を、いちいちながめていた。

「ゲルダ、きみに頼みがあるんだ」とカリングは、彼女の顔を見るといった。「さっき、刑事さんに話したことを、もう一度、ここでくりかえしてもらいたいのだ。電話のベルで、眼をさましたところからはじめてくれ」

「はい、電話のベルが、二回も鳴ったので、あたし、とび起きまして、ドアの隙から、お部屋のなかをのぞいてみました。するとそこに、奥さまが受話器を耳にあてがって、お机のまえに腰かけていらっしゃいます。奥さまは、もしもし、もしもしと、何回もくりかえしておいでしたが、返事はいっこうにありません。そして、とうとうしまいには、まあ、ほんとうだったわと、小声でおっしゃるのが聞こえました」

「それは、何時だったね？」

「部屋へ帰って、時計を見ますと、二時十五分すぎでした」

「ボールス夫人は、きみを見なかったのかね？」

「ええ、おさわがせしないほうがいいと思って、そっと歩きましたから」

「それから、どうしたね？」

「それからあたし、もう眠ることができませんでした。こんなおそくに、奥さまの身に、どんなことがおきるのかと考えて、眠れなかったのです。そうしますと、それから十分もたちましたか、入口のドアが、ひらいてとじる音がして、だれか、階段を下りて行くようすでした。まさか奥さまが、こんな夜中に、お出かけになるのではあるまい。あたしはそう考えましたけど、さっきの奥さまは、とてもいらいらして、心配そうなごようすでしたし、とにかくあたし、もう一度、起きて出てみました。すると——」

そこで彼女は、口をつぐんだ。

「なにもかも、かくさずに話すんだぜ。どっちみち、さっきこの刑事に話した言葉は、書きとってあるんだから。そこできみは、なにを見たね？」

「お机の左の引出しがひらいているのです。鍵が挿しこんだままになっていましたが、お机の鍵ではありませんでした」

「これが、その鍵かね？」

とカリングは、小さな銀の札のついている鍵を見せた。その札には、《食堂の机》と書いてあった。

「ええ、それですわ」

カリングは鍵を挿して、引出しをあけてみた。

「なるほど」と、かれはいった。「これであくな。そしてきみは、のぞいてから、どうしたんだ？」

「あたし——それはもう、刑事さんにお話ししましたわ——」

「たしかに、そうだな。しかし、もう一度、聞きたいんだ。引出しのなかには、ピストルがはいっていたかね？」

「いいえ、なかにはなにもはいっていませんでした。ただ、書類が二、三枚あっただけでした」

「しかし、スミルノ博士、あなたがごらんになったという、最近使用した形跡のあるボールス技師のピストルは、この引出しのなかにはいっていたんでしたね？」

「そ、そうです」

とぼくは、くいしばった歯のあいだからひくい声でこたえた。

そこでふたたび、女中への尋問がつづけられた。

「引出しをあけたのは、だれなんだろう？　たぶん、ご主人だと思うがね。技師が出かけるまえにあけたのではないかしら？」

「いいえ、そのあとのことですわ。だんなさまは、六時ごろにお出かけになったのですが、そのあとであたし、お部屋を掃除しました。でも、そのときはこの引出し、しまったままでした」

「諸君、お聞きのとおりです。あとはあなたがたで、ご判断ねがいましょうか」とレオ・カリングは、ひきしまった顔でいった。「間に合わせの鍵で、引出しをあけたのは、だれでしょうか？　また、どんな目的で？」

「それは、太陽を見るように、あきらかなことだ！」とサンデルソン警部がさけんだ。

「彼女にちがいない――まちがいなく、ボールス夫人と考えてよい」

「ちがう」とぼくは、立ちあがって、はっきりいった。「そんなことは考えられない。ゲルダ、きみはなにか、かんちがいをしているんだ。引出しは、ボールス君が出かけるとき、あいていたにちがいない。ねえ、そうだろう？」

「あたしだって、そういいたいんですけど——でも、いえませんわ——あたしには——うそが」

と女中は、泣き声を出していった。

「この証言で、ボールス夫人がブローニングを携帯して、二時半ちょっとまえに、家を出たことが、たしかめられた」と、私立探偵はつづけた。「その時間は、彼女と街で出会った者が証言しています。しかし、ぼくの話は、まださきがあるのです」

そういってかれは、書きもの机の上にのっているハンドバッグを指さして、

「これは、ボールス夫人のものかね？」

と、女中にきいた。

「ええ」と彼女は、おどろいてこたえた。

「これはあたしが、玄関からもってきたものなんです」

「そのとおり」とカリングはいった。「ボールス夫人が、殺人の夜、これをもって出られたことを、ぼくはつい最近、聞いたばかりなんです。なかになにがあるか、見てみましょう」

かれはハンドバッグの中身を、紙の上にふるい落とした。数枚の名刺と、小さな銭入れ、あとは鍵が二個だけだった。しかし、さらにふるってみると、なおほかに、灰緑色の砂のかたまりがこぼれ落ち、最後に、おなじ色の石のかけらが、数個出てきた。

サンデルソン警部が、おどろきのあまり、大声をあげた。

「これは、あのこわれた石臼の破片じゃないか」

「そうなんです。まえにもいったとおり、ボールス夫人はこれをもち帰ったのです。その理由は、犯跡をあとにのこさぬためでしたが、ぼくはこれで、たしかな証拠をつかむことができました。この破片のひとつに、血の指紋がありましたが、これが、まちがいなくボールス夫人のものなんです」

このときまで、ぼくはなにもいわずにいた。緊張のあまり、息を殺して、無言でいたのだが、スティナに投げられた網が、いよいよ狭くなって行くのを見た。カリングの言葉がつづけばつづくほど、スティナは絶望の状態に落ちていくのだ。

どんな犠牲をはらっても、ぼくは口をはさまずにはいられなかった。

「うそだ！　そんなばかなことはない」ぼくは興奮のあまり、大声にさけんだ。「なにもかも、うそなんだ！　ボールス夫人は、その破片をもち帰ってはいない」

「どうしてです、博士？　なにが根拠で、そんな主張をなさるんです」

とサンデルソン警部も、おどろいていった。

レオ・カリングは、箱のなかから、その呪われた石臼の破片を、一個とり出した。そして、その上にうすくついている指紋と、白紙の上に、はっきりとふたつ、写し出された指紋とを、ぼくのまえにつき出して、

「あなた自身、比較してごらんになるとよろしい」かれはいった。「これ以上たしかな証拠はないと思いますがね」

事実、指紋はじゅうぶんなものと思われた。ぼくの理性は、まだ消え失せてはいなかった。

そのあとは、遠いところの声のように、探偵の言葉が、ぼくの耳もとをながれてすぎた。

「ボールス夫人は、石臼の破片をもってもどりました。それは、ピストルを撃った事実をかくすためばかりでなく――それだけのことなら、その破片を、入江かどこかに投げこんでしまえばよかったのですが――まだほかに、夫に不利な証拠をつくりあげる材料にするねらいがあったのです。シガレット・ケースだけでは、彼女の計画にじゅうぶんでないと思われたからです。彼女はそれによって、夫に復讐するつもりだったのです」

「ばかなことをいうのはやめろ！」ぼくはついに、われを忘れて、さけんでいた。「きみがしゃべっている言葉は、どんな意味なのか、きみ自身、わかっていないのだ。ボールス夫人を、そんな狡猾な、悪意のある女と思うなど、きみはいったい――」

「ぼくは思っているだけではないのです」と、探偵はいった。「同時にまた、それを知っているのです。ピストルを掃除した芝居にいたっては、これ以上のものはないと思われる悪辣な手段です」

その瞬間、アスタの雇い女中のシャルロッテが、手に一枚の紙をもってはいってきた。そしてそれを、ひとこともいわずに、おそるおそる、探偵の手にわたした。

「署名してくれたかね？」

とカリングは、いそいでたずねた。

「ええ、スンドハーゲンのお嬢さんと、わたしとが、証人として、名前を書いておきました」

と、老婆はこたえた。

「けっこうだ」

と私立探偵はいって、署名をあらためた。

警部もつづいて、

「これで、ルネスタムのピストルがどうなったのか、わかってきた」と、いった。「ボールス夫人は危険を予想して、そのピストルをもってもどった。しかし、使用した夫のピストルは、容疑を夫にむけるより、むしろ自分を指すおそれがつよいことを知って、その凶器を、もう一度、もどしてこなければならぬと考えた。そしてけっきょく、都合よいことに、チャンスに恵まれて、またそれを、ミス・ドゥールの家にもどしておくことができたのだ」

「そのとおりです。あなたがたも思いだすことができるでしょうが、あのとき夫人が、ぼくたちといっしょに、もう一度、レイェリング街に行きたいといってきかなかったことを。そのときのぼくには、彼女が行きたがる理由が理解できなかったんですが、彼女はあの家で、ぼくたちの捜査を手伝いました。そしてそのチャンスを利用したのです。これ以上狡猾な犯罪者は、あなたがたもこれまで、見たことがないと思いますがね」

「信じることができないくらいだ！　しかし、いまはその彼女を、拘引することもできるんです。証拠の輪は、欠けるところなく、完全にそろっている。もっともルネスタムが生きていてくれれば、個々の点について、もっとくわしいことが聞けるんですがね」

「くわしいことは、これでわかりますぜ」と、カリングはいって、警部の手に、いま受けとった書類をわたした。

「ここにぼくは、ボールス夫人の告白書をもっているんです。最初、ぼくがこの内容を、声をあげて読みあげ、それを聞いた夫人が、証人のまえで、署名したのです」

　しかし、ぼくがまたさけんだ。

「それを署名したとき、彼女は病気で、その内容を理解することもできなかったんだ！彼女がなにをいおうと、責任を負わすことのできる状態ではなかった。医師としてぼくは、その告白書の無効を主張する」

「先生、なにをおっしゃるんです？」とサンデルソン警部は、非難するようにいった。

「いまさら、告白書など、もはや必要なくなっているんです」

「そうですよ、警部のいわれるとおりです」カリングもそれに同意した。「たとえ、夫人が否定したにしても、彼女に有罪の判決が下ることはまちがいないでしょう」

　ぼくは筆紙につくしがたい窮状につき落とされた。このいまいましい探偵のひとことひとことが、スティナを汚辱の淵へひきずりこんで行くのを、だまって聞いていなければならぬとおもうと、狂わしいまでの激怒が、ぼくをおそってくるのだった。

「だまりたまえ！」ついにまた、ぼくは自制力を失って、さけんでしまった。「ボールス夫人に、罪なんかないんだ！」

　そしてぼくは、無意識のうちに、はげしくかれへつめよる気配をしめした。かれは、一歩あとじさりして、

「しかし、彼女はもう、自白しているんですよ」と、いった。

「それは、とり乱したあげくのことだ。それにちがいない。自白だなんて、それ以外に、説明のしようがない。もう一度いうが、彼女に罪はないんだ！」

「ばかなことをいってはこまります」と警部は、じりじりするようにいった。「これからすぐに、逮捕の手続をとるつもりですが、しかし、おうかがいしておきましょうか。

あなたが、そうまで夫人の無罪を主張されるのは、なにか理由があってのことですか、スミルノ博士？」

ぼくはほとんど、声を出すこともできなかったが、それでも、つぎのようにさけんだ。

「彼女でないことは、ぼくが知っている——なぜなら、ぼくが——ぼく自身が、アスタ・ドゥールを殺したんだから」

しばらく、その場はしずまりかえっていた。サンデルソンとカリングは、ひとこともいわずに、ぼくを見つめていた。刑事までが、腰をあげて、そばへよって来た。

「ああ！」と、ながい間をおいて、カリングがいった。「このひとは、彼女を救うために、犠牲になられる気だ」

「そうではない。事実ぼくが、アスタ・ドゥールを殺したのだ」とぼくは、主張をくりかえした。「ぼくのいうことは、信じてまちがいない。それに、ボールス夫人には、ぼくの告白を期待するじゅうぶんの理由があるのだ。なにもかも、話すことにする。最初、ぼくはボールス夫人に電話をかけて、ファビアンのいるところを教えた。そのうえで、アスタの台所へしのびこんで、待っていた。電話がかかって、ボールスがとび出していったとき、そのあとを追おうとしたアスタをひきとめたのも、じつはぼくなんだ。そして、ルネスタムのピストルが、台所にあるのが眼についたので、それでぼくは、彼女を射殺したんだ」

サンデルソン警部は、椅子に腰を落として、こういった。

「そんな話は、信じられませんよ。あなたはそれで、他人の罪を背負いこもうとなさるらしいが、しかし、それは法律のゆるさぬことですよ」

カリングもまた、口を添えて、

「そうですとも。だれだって、信じるわけがありませんよ。あなたはそれを、どうやって証明するつもりなんです？」

「それに、あなたにはアリバイがある！」とサンデルソンは、カリングの言葉をさえぎっていった。「あの夜あなたは、警官と争いをおこして、拘引されたじゃありませんか」

「それは、殺したあとの話だ」と、ぼくはつづけた。「ボールスがとび出して行くと、そのすぐあとで、ぼくは彼女を殺した。それから、時計の針をすすめておいて、第二の弾で、機械のうごきをとめたんだ。ぼくのアリバイはつくりあげたものだった」

「そんなおしゃべりは、時間を無駄にするだけです」と、警部は制して、「あなたのお考えは、非常に崇高なものです。しかし、博士、あなたがなんといおうと、殺人犯人を救うことはできませんよ」

「では、どういう証拠がほしいんだ？」ぼくはさけびつづけた。「ぼくはルネスタムのピストルで、彼女を射った――ボールス君のピストルではないんだ。そして、その後ぼくは、ボールス家を訪れたとき、夫人の面前で、持参したルネスタムのピストルを掃除した。すり替えは簡単な仕事で、彼女が横をむいている隙にやってのけた。石臼の破片にしても、ぼくがもっていって、煖炉のなかに投げこんでおいたのだ」

「しかし、ピストルをミス・ドゥールの家にもどしに行った人物は、ボールス夫人のほかにはいないでしょう？」

と、探偵が反駁した。

「いや、ぼく自身がもっていった。夜になって、ぼくはまた、あの家へしのびこんだ。出てくるときは、婦人に仮装して、その婦人服は、レストマカーレ街のある家に投げこんできた——たしか十一番地だったと思うが」

「その点はほんとうです」と、横からグリンマー刑事が口を出した。「衣裳はそこで見つかりました」

「しかし、ルネスタムの下宿にあらわれた赤毛の男は？」

「それもぼくだ！　かつらはぼくの寝室においてある。——それから、マックスあての手紙にしろ、ドミノからひきちぎった布切れにしても、ないしはまた空《から》の薬莢二個にしても、みな、ぼくの部屋にかくしてある。戸棚の鍵はこれだ」

レオ・カリングは、ふとい息を吐いて、

「これで、じゅうぶんでしょう。事件はこれで、解決しました」

「なにが解決したんです？」

と、サンデルソン警部がたずねた。

「封筒をあけてごらんなさい。万事、理解してもらえるはずだ」

警部は封を切って、名刺の上に、視線を投げた。そして、思わず口ごもった。

「な、なんです——これは——？」

私立探偵はいった。

「声をあげて、読んでください」

サンデルソンは読みあげた。

《ワルター・スミルノ博士》

「きみは、勘づいていたのか？」

と、ぼくはさけんだ。

「いや、ぼくは知っていたのです。立証できなかっただけです。そこでぼくは、ボールス夫人と打ちあわせて、このコメディの全幕を演出したのです。指紋とか、自白とか、そのほか、いろいろな手をつかってね。ゲルダにしても、この家の女中ではないので、じつはぼくがつかっている探偵のひとりです。一見、気のきかない役割を、なかなかたくみに、やってくれましたよ。それにまた——」

ぼくはもう、なにも聞いてはいなかった。

だまされたのだ。罠にかかったのだ。

ぼくはそのとき、大声をあげたにちがいない。しかし、ぼくはそれを意識していなかった。気がついたときは、三人の男にかこまれて、床の上に横たわっていた。

第十九章　告　白

火曜日。

完敗だ！

ぼくとしては、いまさら、どうしようもない。くるはずのものが、ついにきたのだ。最後に、ぼくはこの日記をひろげる。ぼくは、死が目前にあるのを知っている。しかし、それを逃れようとしているわけではない。いや、むしろ、その反対だ！

が、いま、もう一度ペンをとって、この懺悔を書きのこすことにする。

レオ・カリングはぼくを策略にかけ、ぼくをほしいままにもてあそび、そしてついに、ぼくをして、武器を投げて降参する羽目に追いこんだのだ。

もしぼくが、かれから嫌疑をかけられていることを知っていたら、万事はぼくのために、好都合に運んでいったことであろう。げんにカリング自身も、犯人はおそらく、すべての失策を塡《う》めあわせてしまう唯一の方法を心得ているだろうと、くりかえし、しゃべっていたほどである。しかし、かれはその攻撃を、ぼくのたったひとつの急所、ぼくの愛する女性にむけてきたのだった。それは、かれがぼくの愛情について、知っていたからなのだ。ぼくの日記の糊づけにした部分を、電灯の光にあてて、透し読んで以来、ぼくに打ち勝つには、どこを攻撃したらよいか、知ってしまったからである。

かれがスティナに不利な、虚実両様の証拠を、つぎつぎと積み重ねていったとき、ぼくがどのように苦しみぬいたかは、とうてい書きつくせるものではない。このような瞬間は、二度と経験したくない。たとえそれで、ぼくの生命を買いとることができようと、ねがいさげにしたいくらいである。

しかし、いまやぼくは、落ちついたが、疲労の極に達していることも事実である。それでいてぼくは、この最後の記入をしないではいられないのだ。

ぼくはこれを、自由意志をもって書く。いや、そればかりか、書かしてくれと、たのみこみさえした。そして、この日記をとりよせてもらったので、いまここに、ぼくの告白を書き記そうと思う。真相を率直に、なにひとつ、かくすことなく。

　カリングが正しく推定したように、ぼくは殺人後、これまでの行動を、事実どおりに書いてはこなかった。といって、事実を偽って書いたというわけではなくて、ただ、書いておくべきことの多くを、わざと沈黙させておいただけであって、正直にいえば、ぼくはこの日記を、ぼく自身のために書いたばかりでなく、一面、犯罪捜査にあたる連中を顧慮したことも否めないのである。

　アスタ・ドゥールを殺す計画は、ながいあいだ、ぼくの頭にあったことなのだ。慎重に、考慮のうえに考慮を重ね、焦燥と興奮をおさえて、計画を練りあげた。なんとなれば、アスタは、その生きているあいだ、ぼくにとって、危険の代名詞であったからである。

　ファビアン・ボールスがぼくを憎んでいたと同様に、アスタもまた、ぼくを憎んでいたにちがいなかった。といって、ぼくはけっして、彼女を苦しめたわけではない。むしろ、事実はその正反対である。彼女の不実を発見して、手を切ったときにしても、ぼくは世間に例を見ないほどの寛大さで、じゅうぶんすぎるほどの金額をわたしている。手切れ金として、三万クローネを支払っているのだ。

　それにもかかわらず、彼女はぼくを憎むあまり、不当にも、ぼくの手紙のうち、もっとも危険な一通をしまいこんで、返却しようとしなかったのだ。ヴェラをぼくの子供とみとめ、アスタ以外に、ぼくの妻とする女性はないと誓った手紙である。彼女はそれを武器として手もとにのこし、さらにまた、ぼくの金を絞りとる機会をねらっていたのである。

そして、その機会が訪れた。

ぼくとヘレナ・スンドハーゲンとの婚約が発表されると、アスタはすぐに手紙をよこし、問題の手紙と引替えに、五十万クローネを要求してきたのだった。

ぼくがなんといおうと、彼女はがんとして、要求を撤回しなかった。ぼくとしては、彼女を葬り去らぬわけにいかなくなった。ぼくのとるべき手段は、それ以外になかったからである。

この数週間、ぼくはたびたび、夜おそく彼女を訪問した。ぼくの訪問は、完全な秘密をたもっていたので、シャルロッテに見られるようなまねは一度もしなかった。一瞬のあいだも気をゆるさず、彼女と顔をあわせる羽目に陥ることを避けていたのだ。

そして、そのあいだ、ぼくに嫌疑のかかることなく、アスタをとり除く方法を考えつづけていたのだった。ぼくの計画は、きわめて慎重に行なわれ、細部にわたって、考えぬかれた。

しかし、偶然の出来ごとから、予定よりもはやく、計画を遂行する機会が訪れた。つまり、ぼくの周到な計画にもかかわらず、彼女の殺害は、むしろまったく衝動的な、偶然のチャンスにうながされた行動となってしまったのだ。

あの夜、アスタが用意していた夜食は、ぼくのためのもので、彼女はぼくとの深夜の会見を約束していたのだった。ぼくの提出した条件は、幾度となく拒けられていたが、やっと彼女の要求と、数字が近よってきたので、その夜、食事をすませたあとで、あらためて交渉をする予定になっていたのである。

ところが、アスタは《ナチオナール》で、ボールスと顔をあわせたとき、ぼくとの約束を忘れてしまって、ボールスに、彼女の家へいっしょにくるようにすすめたのだ。そしてぼくはそれをのこらず、聞いてしまった。

そこで、ぼくに、思いつきが浮かんだ。かれらの愉しみをじゃましてやろうという考えだ。ぼくはとりあえず、ボールス夫人に電話をした。そのさい、ぼくの声をごまかすために、仮面舞踏会で聞いたフィンランド訛りを、無意識のうちにつかっていた。しかし、そのときのぼくの気持では、まさかこんな夜中に、ボールス夫人が、アスタの家を訪れるなどとは、夢にも思っていなかった。ぼくはただ、彼女のほうから、夫に電話をかけるだろう程度にしか考えてはいなかったのだ。

ぼくは裏階段からしのびこんで、ぼくのもっている親鍵で、台所のドアをあけた。そこへはいりこむと、食堂でふたりが、冗談などいいながら、笑い興じている声が聞こえてきた。ところが、間もなくルネスタムが、あらあらしい音を立てて、とびこんできた。

そしてアスタが、かれのピストルをとりあげて、台所へはいってきたのだが、そのときのぼくは、きわどいところで、だれもいない女中部屋へかくれることができた。アスタがまた、台所を出て行くと、ぼくはそのブローニングを、ポケットにおさめた。それは装塡してあったのだ。

これこそまさに、運命の招きといえよう！

その後、すこし間をおいて、まったく思いがけなく、アスタがまた、台所へはいってきた。彼女は足音を立てなかったので、ぼくはとつぜん、彼女と顔をあわせて、おどろかされた。そうでなければ、もちろんぼくは、もう一度、身をかくすところだった。

彼女もぼくを見て、彼女を見た。よほどおどろいたとみえて、声もあげなかった。ぼくもまた、顔を青ざめさせて、彼女を見た。ぼくはすばやく、肚をきめて、ドアのあいだに立って、彼女にピストルをつきつけた。ぐずぐずしていれば、彼女はさわいで、ファビアンを大声に呼んだにちがいなかったからだ。

最初は彼女も恐怖にふるえていたが、やがて、笑顔をつくって、なにをする気かと質問した。

「ぼくたちのあいだには、まだ用件がのこっていたはずだ」とぼくは、せきこみながらも、声をひくめていった。「ぬすみとった手紙を、ぼくに返すという用件がね」

「ひどく、高圧的な態度ね」と、彼女はこたえた。「でも、おどかしなんかで、いうことをきくあたしじゃなくてよ」

彼女はそういうと、無関心なようすで、ぼくに背をむけて、コーヒーを入れはじめた。

「手紙をわたせ！」

　とぼくは、小声でくりかえした。

「あたしの出した条件は、ぜったい値引きしませんからね」

　いいかけて彼女は、口をつぐんだ。そのとき、電話のベルが鳴ったからだ。彼女がその電話に出る恰好を見せたので、ぼくはおどすようにささやいた。

「その場を一歩もうごくんじゃないぞ」

　そのときはじめて、ぼくが真剣なのを、彼女はさとった。下手をすると、生命の危険さえあることを知ったのだ。眼を見はって、ぼくの顔を見つめていたが、歩一歩、あとじさりして、ぼくのつきつけているブローニングを避けはじめた。そして、背中が戸棚に触れて、それ以上さがれないところで、立ちどまった。

　ぼくたちふたりとも、ひとこともいわなかった。そして、ファビアンが電話で、しゃべっている声を聞いていた。だから、かれがあわてて逃げ出した理由も、ぼくたちふたりには了解できていたのだ。

　かれがドアをしめる音を聞いて、ぼくはいよいよ、決行のときがきたことを悟った。

「手紙を返してくれ」ぼくはまた、くりかえした。「どんなわずかな金も更に出す気はないが、しかし、手紙はすなおに返したほうが、そちらの身のためだろう。いやだといえば、生かしてはおかないからな」

その声も、ピストルをつきつけている手も、おなじように落ちついて、しっかりしているのが、ぼく自身に感じとれた。

「いやよ！　返さないわ！」

彼女はそうさけぶとぼくにむかって、とびかかってきた。

そしてぼくは、引金をひいた。彼女はすぐに、その場にたおれた。

煙を吐いているブローニングを手に、ぼくは、生命を失った姿を、見下ろしながら立っていた。そのときのぼくの頭には、良心の声を知らぬ悪女が、かくて当然の報いを受けたという考えのほか、なにひとつ浮かんでいなかった。ぼくはまったく落ちつきはらって、すこしの動揺も感じない。ただ、頭脳だけが、するどく冷静に、うごきはじめていた。

そのあとのぼくの行動は、最初に空の薬莢をさがし、石臼の破片をかきあつめ、銃弾といっしょに、ポケットへつっこむことにあった。それからさきは、きわめて秩序だった方法で、犯跡をとりのぞく仕事にとりかかった。まさかスティナがあらわれるとは思っていなかったので、殺人の容疑は、二人の男、ファビアン・ボールスか、呑んだくれのフィンランド人にかぶせる計算をしておいた。このふたりのうち、どちらかの凶行に見せかけるために、犯行の現場に、それぞれの人物を指し示す証拠をのこした。ファビアンのシガレット・ケースを、死体のかたわらにおき、フィンランド人が玄関に忘れていったゴム靴を、台所へ運んでおいたのだ。

最後は、金庫について記しておく必要がある。ぼくはそれから、手紙をさがし出すために、金庫へむかったが、その二分ほどの時間を、ぼくは死ぬまで、忘れることがあるまい。はりつめた気持、神経の緊張ということが、どのようにすさまじいものであるか、ぼくははじめて味わった。一秒一秒が貴重だった。全身をふるわし、汗にびっしょり濡れながら、金庫のなかをかきまわし、書類をのこらずひっくりかえしてみたが、ついに手紙は発見できなかった。銀の小箱もあけてみたが、ぼくがのぞきこんだときは、書類が一通、はいっていただけであった。

手紙はけっきょく、さがし出せなかった。

もうこれ以上、ぐずぐずしてはいられない。逮捕される危険がせまっているからだ。頭がまるで、痺れたような感じだった。酔っぱらいのように、ふらふらした足どりで、ぼくはその家を逃れ出た。

ぼくはくりかえして、ぼく自身の胸に質問した。あの行為によって、なにをかちえたであろうか？　嘲るような声が、いつも耳もとでさけんでいる。これはおまえの失敗だったと！

そこではじめて、ファビアンに、もっと強力な嫌疑をかけてやろうと思いついた。そのために、石臼の破片を、無理をしてでも、かれの家に運ぶことにした。ピストル掃除のトリックは、まだそのときは、思いついていなかったのだ。

しかし、なによりさきに、アリバイをつくっておく必要がある。そこで、いったん車で、家へもどり、ピストルと石臼の破片とをかくしてから、ぼくはふたたび家を出た。そして、その途中、偶然警官三一七号と出会うことになったのだ。

日曜日の朝、スティナを訪れるまえに、ぼくは石臼の破片とブローニングをもち、赤毛のかつらをかぶり、黒眼鏡をかけて、ルネスタムの下宿を訪れた。

かれの新しい居所は、《マックス》にあてた手紙で知って、ぼくはすぐに、そちらへまわってみた。すると、これ以上のものはないほどの驚愕を味わったのだが、かれはすでに死んでいた。しかし、それはぼくの肩から、重荷ひとつを、下ろしてくれたかたちだった。のちにカリングが発見したように、ルネスタムはベッドに横たわって、息が絶えていた。ぼくの診たところでは、とつぜんではあるが、自然死にちがいなかったのである。

そのほかのことは、すべて日記に、忠実に書きつけておいた。ただ、ルネスタムのピストルを、ファビアンの、使用していないピストルとすり替えたことだけは、当然書くべき場所に書いておかなかった。かくて、凶行に用いられたピストルは、さらにあらためられ、掃除され、新しく装塡されることになったのだ。そしてぼくはその機会に、手ぎわよくファビアンのピストルにも、油をさしておいた。それでそれを、最近掃除したように思わせることができたのだ。

ぼくはそれで、ファビアンに不利な証拠をそろえることができたと考えた。そして、その後カリングが、ぼくの日記を読んだのを見て、この勝負には勝ったと、確信をもつにいたった。

しかし、結果は反対になった。レオ・カリングは、ぼくよりさらにぬけ目がなかった。かれが相手では、どのような武器も無力だった。しかし、ぼくはかれの狡猾さを非難しようとは思わない。ぼくがかれの立場にあったとしたら、やはりかれ同様、どのような手段も辞さなかったと思うからだ。

このようにして、ぼくの打った大賭博も、ついにおわりを告げた。そしてぼくは疲れた。おそろしいほどの疲労だ！　ぼくは告白し、これ以上、なにもいうことはない。

ぼくの前途には、死刑が待っている。かるくいっても、ながいながい刑期を覚悟しなければならない。しかし、そのまえに、面倒な公判手続が、果てしないほどつづくことであろう。それはぼくにとって、刑罰そのものより、もっともっとつらいことだ。

ながい年月ののち、ふたたびぼくが自由の身になったとしても、その後をなんのために、生きぬく必要があろうか？　ぼくの子供には、なにも聞かせたくない。スティナはすでに、ファビアンと和解しているではないか。

そうだ、ぼくにとって、生命はなんの価値ももっていない。だからぼくは、みずからこの生命に、終止符を打とうとするのだ。

だれか、ここにあらわれて、スミルノ博士が死んでいることを発見するだろう。そして、今度こそは、いかに策略好きなレオ・カリングにしても、ぼくがどのような方法で生命を断ったか、知ることはできぬはずだ。

第二十章　レオ・カリングの付記

スミルノ事件はある意味において、ぼくがこれまでに関係した事件のうち、もっとも興味ぶかいものであるといえるのだ。しかし、一方これを、解決しなければならぬ問題として見るときは、このうえもなく困難な事件だった。

すでに博士が、死体の検証を行ない、凶行の時刻は理論的にいって、午前三時以前ではありえないと断定したとき、ぼくは愕然《がくぜん》とさせられた。しかし、その後、時計のトリックを発見したとき、ぼくにははからずも思いあたることがあった。博士はアリバイをもっているのではないか？　そして、博士の強固なアリバイがもち出されたとき、ぼくの推測は確信と変った。その後、博士は被害者の子供の父親であり、愛情で書きつらねた古い手紙をとりもどすことが、いかに博士にとって重要な問題であるかを知るにおよんで、この確信はいよいよつよめられたのだ。

ぼくは率直にみとめるが、この事件の経過において、従来使用したことのない方法の助けを借りた。これは今後、二度と使用する気になれない方法である。おそらくだれもが、卑劣なトリックとして、ぼくに非難を浴びせるであろうが、あの場合、それを使用する以外に、方法はなかったのである。

博士に不利益な証拠をあげようとして、最初、あらゆる手段を試みたが、どれもみな、失敗におわった。かれは狡猾だった。どの個所を攻めてみても、博士の城砦《じょうさい》はゆるがなかった。そしてしかも、もっとも巧妙な方法をもって、ボールスにとって不利益な証拠を、つぎつぎと重ねていくのだった。

そのときぼくは、ボールス夫人への博士の、秘めた恋を発見するにいたった。それが博士の急所だった。それによって、ぼくはかれをして、罪状を自白するところへ追いこむことができた。

しかし、ぼくはそのまえに、博士の巨富への希望を奪い去ることを試みた。そして、偶然のことから、博士の婚約を破棄させる手段を思いつき、それによって、かれの病的ともみえる自負心を刺激し、いよいよその疑惑と不安とを駆りたてることに成功したのだ。

ぼくは、ぼくの事務所でつかっている女探偵のひとりに、顔立ちがミス・スンドハーゲンとそっくりの者がいるのを発見したのだ。そこで、化粧その他の方法で、その相似をいっそう強調させたところ、ボールス夫人までが見あやまるほどの結果をえた。

このにせのミス・スンドハーゲンをつれて、ぼくたちは最後に、ミス・ドゥールの家へおもむいた。その夜は博士が、かならず手紙をさがしにくるものと推測したからだ。

電話をかけてみて、かれが家を留守にしていることをたしかめた。そして、その後間もなく、博士がミス・ドゥールの家のまえに立っているのを見て、かれの婚約者の幽霊が出現するコメディをはじめたのだ。しかし、それだけの演出で、その翌日、かれらの婚約が破棄されることになるとは予期できなかったので、さらに運命の手紙を、ミス・スンドハーゲンのもとに送りとどけた。これでおそらく、ふたりの仲は完全にひき裂かれ、その結果、犯人はその自制力を失い、ぼくの課題の最後の部分は、きわめて容易に遂行されるであろうと考えたからだ。

ぼくはこの数日を、スミルノ博士を観察することに費した。そしてそれは、心理学上の見地からして、いちじるしく興味のあるものだった。かれは多くの点において、非常に個性のつよい人物で、これを精神病理学的にいえば、変態心理といってさしつかえないものの持主であったのだ。

博士と交際のある医師たちの話によると、博士自身が語っていることだそうだが、博士は、ときに数時間にわたる深刻な憂鬱状態に陥り、ときにそれが、はげしい苦悶と神経病的な不安に昂進することがあるという。これはすでに、子供のころから見られた病症で、年齢とともに、いくらかは良化しつつあったにすぎぬとのことである。

このような病症をもつ博士が、まったく緩慢ではあったが、その不安をしだいにつよめ、ついには自分が、運命から迫害されている男であると思いこむようになり、ある時期にいたると、かれを没落させようとしている仇敵があるという妄想を抱くにいたった。博士はあきらかに、脅迫観念に悩む患者だったのだ。

もっとも凶悪な迫害者として、かれの眼に映ったものは、工業技師のボールスだった。この人物について、博士はその日記に、本来の性質とは、まったく正反対の、記述をしている。卑劣な考えを抱く悪人どころか、ボールスはその性質がいたって善良、かつ明朗で、もし非難するとなれば、ある程度かるはずみで、思慮を欠くきらいがあるというにすぎなかった。ミス・ドゥールと関係をむすんだときも、それが旧友スミルノ博士を苦しめることになるとは、すこしも知らなかった。いわんや、かれの妻スティナへのスミルノ博士の恋情については、夢にも知るところではなかったのだ。

スミルノ博士とは、あかるく太陽のかがやく白昼にあっても、幽霊のほか、なにも見ないという男である。そして、かれの内心の危惧と不安を熟知するミス・ドゥールは、これを彼女の目的に利用したのだった。

博士がこの良心を失った恐喝者を殺害した点については、法律が博士を、あまり苛酷にとりあつかわないことを希望する。むしろぼくは、かれが罪なき者に嫌疑をかけさせ、妄想上の仇敵を、いわゆる殺人犯人として葬り去ろうと試みたところに、はるかに重大な犯罪を見るのである。

ぼくたちの背後で、潜行的なトリックを用い、病的な疑惑によって研ぎすまされた策略と、巧妙な偽装の才能を駆使した点において、スミルノ博士は、ぼくがこれまでとりあつかった範囲では、もっとも不潔な犯罪者といえるであろう。その理由によって、ぼくはかれに、いささかの同情もよせることができなかった。だからこそ、ぼくは考えられるかぎりの手段を用いて、あえてかれの罪をあきらかにしたのである。

ドゥーセ今昔

宇野利泰

この翻訳にあたって、原書は江戸川乱歩氏に拝借した。これはもともと小酒井不木博士の所蔵本で、博士の死後、江戸川氏の書庫にはいったものである。したがって、博士の旧訳――それは、大正十二年に雑誌『新青年』に連載されて、ドゥーセの名声を一躍高めたのであるのだが――と、私のこの訳書とは、原本をおなじくしたわけである。

博士の訳書を拝見してみると、発表機関が雑誌だった関係か、省略がいちじるしい。さらにまた、医学者としての劇務のかたわらのお仕事であったことから、思わぬ読みちがえも見受けられる。そのような理由から、私はこの訳書を、いわゆる本邦初訳とみていただいて、さしつかえないと自負している。

それはそれとして、旧訳を見るにつけ、推理小説の文章も、ずいぶん変ったものだと痛感した。昨今の読者には、当然理解してもらえるものとして、なんのこだわりもなく使用されている用語が、当時には理解できなかったものらしい。例えば、アリバイという言葉がたくさん出てくるが、博士はこの程度の言葉さえ、読者に理解させるのに苦しまれた形跡がある。多くの場合、その個所を省略しておられるか、ときに省略しないときは、「あなたには無罪の証拠がある」とか、「時間上の無罪の証拠が——」とかされなければならなかった。当時は原稿を書くのも楽ではなかったわけだ。

なお、人名と地名のすべては、スエーデン大使館に問いあわせて、原音とのあいだに齟齬のないことを期した。ことに、作者の名は従来、ドゥーゼと、ドイツ語風に読まれていたが、濁らずにドゥーセと呼ぶべきである。そして、これは読者諸君のご参考までにいい添えておくだけだが、本文に原音どおり記したクング街、ドロートニング街、リッデレ街、レイェリング街は、それぞれ、キング、クイーン、騎士、政府の意味がある。もちろん、ただの街路名で、レイェリング街が官庁街だというわけではない。

［編集部注記］

本書の底本および翻訳について

本書は、『世界推理小説大系5』（東都書房、一九六三）所収の宇野利泰訳『スミルノ博士の日記』を底本としています。

原著である Samuel August Duse : *Doktor Smirnos Dagbok* (Gebers, 1917) はスウェーデン語で執筆され、のちにドイツ語訳 *Das Tagebuch des Doktor Smirno* (Josef Singer, 1922) が刊行されました。

本書の訳者・宇野利泰氏が翻訳に際し参照した書籍は、後者のドイツ語版です。今回の文庫化にあたり、スウェーデン語版とドイツ語版および日本語訳文を比較した結果、ドイツ語版の翻訳時に、原文を変更・省略したと見られる箇所が確認されました。そのため、宇野氏の訳文も、ドイツ語版における変更・省略を反映したものと考えられます。

以下に、その主な例を示します。

【人名の変更】

登場人物の一人「スティナ・フェルセン」（独：Stina Felsen）は、原文では Nina Felsen と表記されます。

【記述の省略】

原文の記述が、ドイツ語版では省略された箇所があります（本文中「＊」で示した箇所を参照）。以下、その前後の文章とともに、［　］内に省略された原文の試訳を示します。

＊1（第一章）

ぼくは六週間の休暇をとって、イェムトランドまで出かける予定を立てていた。そこで休養をとるあいだに、この著名な私立探偵がとりあつかった数々の興味ある事件について、一冊の書物を書きあげるつもりだったのだ。それには、ここでかれに、その奇怪な経験談のいくつかを語ってもらう必要があるのだが、肝心の本人が、暗い表情でだまりこんだまま、話にのってこようともしないのである。

［そのようなようすのかれを見たのは、解決に約半年をも要したあの不愉快なグリムスボーの謎に精根を使い果たして以来のことだった。あの謎にかかりきりの間、かれは国際的な犯罪組織との闘いのなかで、何度も命を落としかけたのだ。事の始末がつくと、

かれ自身この事件によって相当神経を逆撫でられ、なにより疲労困憊させられたこと、そしてなにもかもにうんざりした気持であることをみとめたのだ。

今のかれは、あの時とほとんど同じようすに見えた。」ながいあいだ、会話が中断していたあと、ぼくはたまりかねて質問した。

＊2（第一章）
かれはため息をついて、

「冒険もけっこうだが、あまり多すぎるのも考えものさ。このあいだじゅうは、スパイ検挙の困難な仕事と取組んでいた。〔それは骨の折れる厄介な事件だった。かれらのような秘密諜報員を扱うのは容易なことではない。かれらには無尽蔵の資源があり、どんな手段も厭わないからだ」

「われわれの国でもそういう悪党の相手をしたことがあったね」

かれは頷いて続けた。」

「コペンハーゲンからもどってきたところだが、するとどうだ。ぼくの帰りを待ちかまえている仕事がなんと、四つもあったんだぜ。そのどれもが、相当複雑な事件ばかりで、〔興味を惹かれないわけではなかったが、ただとにかく——うんざりだった。〕八日のあいだに、二件はいちおう解決したが、〔きみも新聞で読んだだろう。うち一件は破傷風菌を使ったガートナー教授の殺害事件だった。細菌学が犯罪事件に使われることは大変稀だから、これには驚いた。もう一件はラツリング領事館で行方不明者が出た問題で、その事件の背後にあったのはかなり悲劇的な恋愛物語だった。

　残りの二つはまだ解決していない。よってぼくはこの先長いあいだ、己に必要な休息をとる代わりに、集中的に働かなくてはならないんだ。きみが呼ぶところのつよい冒険心が満たされてしまうことを恐れてね」」

＊3（第一章）
「そのうちのどれかを話してもらいたいな」

「いや、それはできない。第一に、ぼくの使命を完全に果たしおえないうちは、どんな親友にも、手のうちを見せるわけにいかない」

「「でも、きみにはかつての経験談や、ずいぶんと昔に解決した、複雑に入り組んだ難解な事件についてのワクワクするような話が、山ほどあるだろう。そういった話を一つ、今すぐぼくにくれないか。今なら時間はたっぷりあるし、きみの数々の冒険のうち一つを、ぼくの手で不朽のものにしたいんだ」」

「第二に、いまはそれを話している時間がないし、疲れてもいるんだ。このつぎのことにしてもらおう」

＊4（第五章）

「まあ！」スティナはあえいだ。「では、あなたは――いいえ、ファビアンはかるはずみで、ときに、ばかなことをすることもありますが――でも、まさかそのようにおそろしいことを！――いいえ、そんなことはぜったいに――」

「「まだなんともいえません」

警部は落ち着き払って答えた。

「わたしが今のところお聞きしているのは、事件におけるあなたのいい分だけです。ご主人の方にも聞いてみないことにはわかりません。それに殺人のあった晩、だれか他の人物がドゥール夫人を訪ねていった可能性もあります。いずれわかることでしょう。早急に判断を下すつもりはありません。

すると警部はぼくに手招きしていった。」

（中公文庫編集部）

（スウェーデン語／日本語比較・試訳協力　大鋸瑞穂）

解説

戸川安宣

今でこそ、スウェーデンのミステリというと、ヴァールー&シューヴァル夫妻の《マルティン・ベック》シリーズ（一九六五―七五）を皮切りに、ヘニング・マンケルの《クルト・ヴァランダー》シリーズ（一九九一―二〇〇九）やスティーグ・ラーソンの《ミレニアム》シリーズ（二〇〇五―〇七）など、世界的なヒット作が相次ぎ、英米仏日に肩を並べるミステリの生産国と目されるようになったが、一九一三年、日本でいうと大正二年に相当する年から二十年に満たない期間に十四作の推理作品を遺したＳ・Ａ・ドゥーセという作家を知るミステリ読者は現在、世界中にほとんどいないといって良いだろう。いや、本国スウェーデンにおいても、その推理作家としての存在を知るのはごく限られた人たちなのだ。それが大正期の日本で、その作品の大半が紹介され、当時の読者に鮮明な印象を刻んだのには、忘れることのできない事情があったのである。その経緯については、江戸川乱歩が再三に亘って記している（『海外探偵小説作家と作品』ほか）。

それに依ると、ドゥーセの作品を逸早く日本に紹介した医学博士で探偵小説好きの小酒井不木が、学生時代からの友人で日本の法医学に多大な貢献をすることになる古畑種基のドイツ留学中に、なにか面白い探偵小説があったら送ってくれ、と手紙を出したところ、それに応えて送られてきたのがドイツ語に訳されたドゥーセの作品だったという。ドイツ人作家にはこれといった作品がなかったそうだ。読んでみると面白いので、不木はまず『スミルノ博士の日記』を訳して〈新青年〉の大正十二年一月号から連載したところ非常に好評だった。そこで引き続き『夜の冒険』を載せると、これも好評を博した。ということで、不木は〈新青年〉や〈国民新聞〉その他に同じ著者の『生ける宝冠』ほかを訳載したのである。

一方乱歩は、フランスのミステリ作家イゴール・マスロフスキと文通していた。彼はスイスの犯罪学雑誌にヨーロッパ諸国のミステリ略史を発表し、スウェーデン、ノルウェー、デンマークなどに古くから探偵小説があり、イタリア、スペイン、オランダなどにもかなりの推理作家が活躍している、と伝えてきた。中でもスウェーデンは一九〇五年から一九二六年までの間に三人の著名な作家がいるといって、フランク・ヘラー（一八八六—一九四七）、スヴェン・エルヴェスタード（一八八〇—一九三四）、そしてドゥーセの名を挙げていたという。

こういう経緯があって、ドゥーセの作品が日本に紹介されたのだが、それから三十年経った昭和二十九年の十月、古畑博士がヨーロッパで開かれた学会に出席する途次、ストックホルムに立ち寄った。そこでかつて不木宛に送ったドゥーセの作品が思わぬ評判を日本で引き起こした逸話を思い出し、大学の知り合いに尋ねてみたところ、たまたまその人の秘書がドゥーセ一家のことを知っていた。ドゥーセ本人はすでに他界していたが、未亡人が健在だと聞いて翌日訪問し、日本での評判や乱歩のことなどを話したところ、夫人はたいそう喜んだという。ドゥーセの生没年や南極探検に数度出掛けた時の記録や写真を見せてくれながら、スウェーデンでは作家としてより画家として著名だといって、最高傑作だと評判の南極の氷山を描いた絵を見せてくれたそうだ。
かくて古畑博士やフランス作家マスロフスキなどのお陰で、ドゥーセに関する情報がかなり明確に日本に伝えられたのである。

　そういった経緯もあって、サミュエル・アウグスト・ドゥーセ Samuel August Duse が一九一七年、和暦でいうと大正六年に上梓した長編『スミルノ博士の日記』*Doktor Smirnos Dagbok* は、日本の推理小説ファンの間では夙《つと》に知られた作品である。実際に本作を読んだという人は少ないかもしれないが、その題名は推理小説の虜《とりこ》になった人なら馴染みがあるはずだ。

　今回、装いも新たに中公文庫の一冊として刊行されることになった宇野利泰氏の翻訳は、今から六十一年前の昭和三十八年九月に、東都書房から刊行された《世界推理小説体系》（全二十四巻別巻一）の第五巻として、チェホフの『狩場の悲劇』とともに収録された。

これは同じ東都書房が昭和三十五年より刊行した《日本推理小説体系》（全十六巻）の好評を受けて、昭和三十七年六月から始まった全集である。日本編を担当した同社の原田裕氏は海外編の企画に反対だったというが、監修に名を連ねた江戸川乱歩氏の膨大な蔵書があり、同じ監修者の中島河太郎氏に全巻構成など編集面で頼ればなんとかなる、という謂わば見切り発車のような状態で刊行を開始した当全集は、原田氏が危惧したとおり難航を極め、別巻の中島河太郎著『推理小説展望』が刊行されたのは三年後の昭和四十年十二月であった。刊行が遅延したばかりでなく、当初発表された全巻構成から大きく変更を余儀なくされた内容となった。

先行した日本編が、明治期の黒岩涙香から昭和三十年初めまでの日本推理小説の軌跡を俯瞰し、当時の推理小説読者にとってはバイブルとも言うべき編成だったのを受け、当初発表の海外編の陣容は、ポーの諸作にディケンズの『北溟館事件』（荒涼館）を配した第一巻に始まり、ワイルドの『検屍裁判』とセイヤーズの『大学祭の夜』までの二十四巻というのだから、海外推理小説ファンにはまさに待望の全集といって良かった。中でも、ガボリオの『ルコック探偵』にボアゴベの『マタパンの宝石』を配した第三巻や、チェホフの『狩場の悲劇』と「安全マッチ」にドゥーゼ（と予告では表記されていた）の『スミルノ博士の日記』、そしてハーリッヒ『妖女ドロッテ』の三長編一短編を収録する第五巻、A・K・グリーンの『リーヴェンワース事件』とヒュームの『二輪馬車の秘密』を組み合わせた第六巻はマニア垂涎の巻であった。それが予定通りにいかなかったのには様々な事情があったのだろうが、いずれにしても完結したときには当初の予定とは見違えるような姿となったのは誠に残念だった。

閑話休題。本書の翻訳者、宇野利泰氏は東大独文科を卒業し、江戸川乱歩の知己《ちき》を得て推理小説の翻訳を行うようになった推理小説の翻訳者として忘れることのできない名訳者だが、手がけたのはほとんど英米の作品で、専門のドイツ語を活かした仕事は本作の翻訳のみといって良い。それだけに宇野さんは大いに張り切って翻訳に臨まれたことだろう。しかも翻訳の底本には乱歩邸から借り出されたものが使用されたのだが、それは小酒井不木氏から譲り受けたものだった。期せずして日本における『スミルノ博士』の翻訳は小酒井、宇野訳共、同じ古畑氏から送られた本が使われていたのである。

それから三十年近く経った晩年の宇野さんにお目にかかった際、ぼくはちょうどスウェーデンでミステリ研究誌〈DAST〉を編集発行していたイヴァン・ヘドマン氏との文通の中でドゥーセの話になり『スミルノ博士』の原書は今入手できるかと問い合わせたところ、探してくれた古書が届いたばかりだった。そこでスウェーデン版の原書を手に入れたという話をすると、宇野さんは身を乗り出してやってみたい、とおっしゃった。そして早速、瑞英辞典と『スウェーデン語四週間』とを取り寄せた、と連絡を受けたときにはびっくりしたものだ。それだけ宇野さんにとって、『スミルノ博士』の翻訳には格別の思い入れがあったのだろう。惜しむらくはもう少し早く原書を手に入れていたら、と悔やむばかりだった。

サミュエル・アウグスト・ドゥーセは一八七三（明治五）年八月二日、ストックホルムに生まれた。父カールが軍人になることを望んでいたので彼はそれに従ったが、多彩な才能の持ち主だったのでその枠に収まることなくすぐに頭角を現すようになった。その一例が地図制作者としての才能だった。この技倆が見込まれ、ドゥーセは一九〇一年から三年にかけてスウェーデン南極探検隊に参加する。戻った一九〇三年には『ペンギンとアザラシの間に　スウェーデン南極探検隊の思い出』（未訳）を上梓している。画家としても評価されていたようで、南極の氷山を描いた作品は特に評価が高かったという。一九三三（昭和八）年二月九日にストックホルムで逝去。享年五十九だった。

ドゥーセの推理小説にはすべて探偵役としてレオ・カリングが登場する。そしてカリングのワトスン役はほとんどの作品でゲオルグ・トルネが務める。トルネはカリングの幼馴染みで、大学も初めは同じクラスだったが、経済上の理由で中退し、口を糊するために新聞記者になった。こうして二人は別々の道を歩むことになるのだが、トルネの下宿の一階の部屋を借りてカリングが弁護士事務所を開業したため、二人の仲が復活する。カリングは犯罪事件の謎を解くのが面白いばかりに探偵のまねごとを始めると、トルネを相棒として同行させるようになる。こうして二人のホームズ＝ワトスン・コンビが誕生し、やがてカリングは弁護士を辞めて私立探偵となるのだ。

　カリングにはもともと名探偵の素質があったのだろう。大企業で火災が発生し、社長が放火犯として逮捕されたとき、当時二十二歳の学生だったカリングは、一年前に同社を解雇された従業員が犯人であることを突き止める。社長はこの時の恩を忘れず、死亡時にカリングにかなりの資産を、その才能を犯罪者の撲滅と無実の者を救うために使って欲しいという遺言を添えて譲渡した。この資金をもとにカリングは弁護士事務所を開いたり、それを放り出して私立探偵になったり、と我が道を行く人生を送ることができたのだ。

　大学生の頃から、カリングは毎日、晩酌を欠かさなかった。仕事に没頭しているときはなおさらで、適量のウィスキーは頭脳の働きを活発にするというのが持論だった。少なすぎては効果がないが、多すぎるとかえって思考力を鈍らせる。適量のアルコールは理解力を増し、いい思いつきが浮かぶというのが口癖だった。

　以下にドゥーセの推理小説リストを掲げる。この中で、半数近くの六作に邦訳があり、あと一作が連載途中で中絶した。斎藤俊訳の『夜の謎』を除く全ての作品は、小酒井不木（鳥井雫水名義を含む）によって翻訳された。

1 *Stilettkäppen* 1913（『生ける宝冠』）
2 *Det Nattliga Äventyret* 1914（『夜の冒険』）
3 *Spader Kung* 1915（『スペードのキング』）
4 *Doktor Smirnos Dagbok* 1917（本書）
5 *De Fyra Klöveressen* 1918（『四枚のクラブー』）
6 *Cobra-Mysteriet* 1919（「毒蛇の秘密」未完）
7 *Antisemiten* 1921
8 *Nattens Gåta* 1922（『夜の謎』）
9 *Leo Carrings Dubbelgångare* 1923
10 *Hemligheten* 1924
11 *Fallet Dagmar* 1925
12 *Skuggan* 1926
13 *Pistolskottet* 1928
14 *Zuleikas Hämnd* 1929

[DAST Magazine] vol.4 No.3 1971、およびIwan Hedman 編、Deckare och Thrillers på Svenska 1864-1973 (DAST Dossier Nr 3) に準拠。邦訳に関してはインターネット上の「S・A・ドゥーゼ研究所」や「ミステリー・推理小説データベース」を参照した。

【さて、本作のキモとなる部分、作品の評価に関わる大事な部分をお話しするとなると、どうしても事件の真相について触れなくてはならない。しかもこの作品の場合、本作のみにとどまらず、推理小説史上の有名作のいくつかについて同様のアイディアが使われている、といった話をしたくなる、非常に厄介な作品なのである。しかし本作及び誰々の何々、そして誰それのなんという作品の真相に触れています、と書いて、以後は本書読了の後にお読みください、という断り書きを挿入すると、賢明な読者にはあれもこれもこのトリックなのか、と知れてしまう。といって、曖昧に書くと肝腎なことが伝わらない虞《おそれ》がある。それならいっそ書かない方が良い。そもそも本書やあれやこれやは、ネタを知って読んだという人の方が多いに違いない。ぼくもそうだった。しかし負け惜しみめくが、知っていて読んでもあれやこれやは面白い。かえって作者の工夫がわかり、愉しむことができるだろう。どうしても嫌だとおっしゃる方は、以下の文は本文読了後も読まないでいただきたい。】

推理小説、就中《なかんずく》、本格ものとか謎解き推理小説と呼ばれる作品は、時に犯人当てミステリとも言われるように、多くの作品は主題となる事件の首謀者――所謂「犯人」が誰かをさぐることがメインテーマとなっている。

日本で探偵小説とか推理小説、ないしはミステリ（ミステリー）と様々な呼び名があるように、たとえば英米では detective だの mystery story、あるいは suspense、thriller、crime story など様々な呼称がある中に whodunit《フーダニット》 という呼称がある。これは who done it――誰がやったか？から生まれた言葉である。このジャンルの小説は作者と読者の知的遊戯としての性格を明確にしていくとともに、読者がきちんと推理できる材料を作者は提供しているか、というフェアプレイの精神が尊ばれるようになる。

やがて、作者は読者の裏をかこうとして意表を突く結末の考案にあれこれ知恵を絞り、様々な犯人の意外性が考え出されることになる。子供が犯人だったり、いやそもそも犯人は人間ではなく動物だったり、宇宙人だったりする作品さえ現れる。そしてとうとう探偵を犯人にしてしまう作者が登場する。ただし、探偵役の犯人を指摘する探偵は必要だから、作品中に探偵が二人登場すると、片方が犯人ではないか、と考えるのが必然だ。江戸川乱歩の作品なら明智小五郎の鼻を明かそうという探偵が登場してくれればそいつが怪しいということになる。それならいっそホームズを、明智を犯人にするのが究極のトリックということになるが、流石にそういうわけにはいかない。そこで作家はお馴染みのレギュラー探偵とは別の探偵を拵《こしら》えて、二つ三つ、新しい探偵役の活躍譚を書いたところで、その探偵を犯人にする。こうすれば、ホームズや明智を犯人にしなくても、探偵＝犯人のトリックで読者を唸らすことができる。これを実行した一人がエラリー・クイーンだ。その後になると、デビュー作以来活躍させた主人公探偵を、三作か四作目であっさりと犯人にしてしまう作家も現れるようになる。

探偵＝犯人トリックの上を行くのが記述者＝犯人トリックである。しかしいきなり馴染みのない記述者を登場させて、それを犯人に仕立てても、読者からは良く思われない。そこでワトスンが犯人だったらどうだ、と考える。ただしこれもホームズや明智を犯人にするのに躊躇したように、作家としてはワトスンやヘイスティングズを犯人にはしたくない。

そもそも推理小説のトリックといわれるものの中で、最も議論を呼ぶのが叙述トリックである。叙述は小説の根幹であり、推理小説は様々な形で読者を欺《あざむ》くものだ。従って、読者はどんな企みにも騙されないぞ、と気を張って本のページを繙《ひもと》く。読んでいる間、語り手は男だと思っていると実は女だった、あるいは欧米の小説だと最後に語り手は黒人だった、という作例もいくつかある。いずれもジェンダーや人種問題がよりシビアに考えられる今日でなくとも、書き方にはトリック考案以上の細心さが必要となる。

叙述トリックといわれる中でも、究極の形が「記述者即犯人」であろう。読者は今読んでいる作品の書き手に身を委《ゆだ》ねて作品世界を逍遥しているものだが、犯人は誰か、と問いかける記述者「わたし」が、実はその犯人だったとなると、一体何を信じて小説を読めば良いのか。結末で騙されたことを知った読者は、極度の人間不信に陥ることだろう。それだけに、作者は細心の注意を払って執筆に取り組まねばならない。推理作家として最も力量の問われるジャンルの小説ということになる。

推理小説における叙述トリックの評価は、基本的に嘘は書かない、ただし都合の悪いことは書いていない、という姿勢が貫かれているか、の検証にかかっている。

そもそも、なぜ犯人はその手記を書いたのか、その必然性が、このトリックの一番の問題として問われることになる。

自分の犯行は伏せておいて、事の経過を綴ることにどのような意味があるのか――それを納得させることができたら、この記述者即犯人のトリックは成功である。そこで編み出されたのが、額縁小説である。小説内小説、とも言われるように、小説の中に小説が組み込まれている。本書が正にそうである。いつものドゥーセの作品のように、トルネがカリングの手柄話を書こうと、カリングの処にやってきてなにか面白いネタはないか、と強請《ゆす》る。話している暇はないと突っぱねる代わりに、カリングはむかし預かった原稿（日記）をトルネに手渡す。これは巧妙な作者のテクニックで、記述者が犯人、といってもお馴染みのトルネが、ではないのだ。

そして内側の方にも、細心の配慮が施されている。「昨夜経験した異常な事件が、くりかえしくりかえしあらわれて」「しずまるようすも見せない思考から遠去かり、偶然かかりあうことになった人生悲劇の、いたましい光景を忘れ去るために」再開した、と序盤に日記執筆の動機が記されている。そのために「事件の経過を書き記してみようと考えるのだ」と。そして、「古い日記をまえにする」のは、「なにひとつかくすことなく、心の底まで打ちあけることのできる親友とむきあったような気持」になるからだ、と。

作者は充分、叙述に関わる問題を考慮した上で、執筆していることがわかる。それをフェア、合格と評価するかどうか、は読者《あなた》に委ねられている。

追記　『スミルノ博士の日記』の再読と併せて、エドガー・アラン・ポオの作品を読み返していたら、様々なことに気づいた。その例が「お前が犯人だ」や「長方形の箱」だ。両作を叙述トリックの観点から見た場合、作品はガラリと趣を変える。ポオはしみじみ恐ろしい作家である。

（とがわ・やすのぶ　編集者）

編集付記

一、本書は、『世界推理小説大系5』（東都書房、一九六三）を底本とし、サミュエル・アウグスト・ドゥーセ著／宇野利泰訳『スミルノ博士の日記』を文庫化したものです。

一、文庫化にあたり、明らかな誤植と考えられる箇所を訂正し、ルビを適宜整理しました。

一、本文中、今日の人権意識に照らして不適切な語句や表現が見られますが、著者および訳者が故人であること、作品発表当時の時代背景と原文の意味あいを尊重した訳語であること、作品の文化的価値に鑑みて、そのままとしました。

中公文庫

スミルノ博士《はかせ》の日記《にっき》

2024年7月25日　初版発行

著　者　ドゥーセ

訳　者　宇《う》野《の》 利《とし》泰《やす》

発行者　安部 順一

発行所　中央公論新社
〒100-8152　東京都千代田区大手町1-7-1
電話　販売 03-5299-1730　編集 03-5299-1890
URL https://www.chuko.co.jp/

ＤＴＰ　平面惑星
印　刷　三晃印刷
製　本　小泉製本

Published by CHUOKORON-SHINSHA, INC.
Printed in Japan　ISBN978-4-12-207543-6 C1197

定価はカバーに表示してあります。落丁本・乱丁本はお手数ですが小社販売部宛お送り下さい。送料小社負担にてお取り替えいたします。

中公文庫既刊より

各書目の下段の数字はISBNコードです。978-4-12が省略してあります。

フ-17-1
エミリーに薔薇を
フォークナー
高橋正雄訳
ミステリの古典にも数えられる表題作ほか「あの夕陽」「ウォッシュ」など代表的な短篇全八篇。巻末に中上健次の講演「フォークナー衝撃」他一篇を収録。
207205-3

フ-17-2
野生の棕櫚《しゅろ》
フォークナー
加島祥造訳
人妻と放浪する元研修医。増水したミシシピイ河で妊婦を助けた囚人。二つの物語を交互に展開する手法で後世に衝撃を与えた長篇。〈巻末エッセイ〉野谷文昭
207447-7

ケ-9-1
消え失せた密画
ケストナー
小松太郎訳
肉屋の親方キュルツはふとしたことから盗賊団に狙われる密画を輸送することに。登場人物すべてがどこか憎めない痛快ユーモアミステリー。〈解説〉深緑野分
207513-9

ト-9-1
ササッサ谷の怪 コナン・ドイル奇譚集
コナン・ドイル
小池滋監訳
北原尚彦編
ササッサ谷の幽霊を見た者は呪われる――。囁かれる伝承の真相とは？ 幻のデビュー作をはじめ、著者の才が光る珠玉の短篇十四作を収録。〈解説〉北原尚彦
207522-1

ホ-3-2
ポー名作集
E・A・ポー
丸谷才一訳
理性と夢幻、不安と狂気が綾なす美の世界――短篇の名手ポーの代表的傑作「モルグ街の殺人」「黄金虫」「黒猫」「アシャー館の崩壊」全八篇を格調高い丸谷訳でおさめる。
205347-2

ホ-3-3
ポー傑作集 江戸川乱歩名義訳
E・A・ポー
渡辺温
渡辺啓助訳
全集から削除された幻のベストセラー、渡辺兄弟のゴシック風名訳が堂々の復刊。温《おん》について綴った江戸川乱歩と谷崎潤一郎の文章も収載。〈解説〉浜田雄介
206784-4

チ-3-3
狩場の悲劇
チェーホフ
原卓也訳
殺人事件をめぐる小説原稿に隠された秘密と、読み終えてなお解け残る謎。近代ロシア文学を代表する作家が残した恐るべき大トリック。〈解説〉佐々木敦
207224-4